UN RÊVE DE COW-BOY

NOËL À HEART FALLS
TOME 4

VIVIAN AREND

Ceci est une œuvre de fiction. Les noms, les personnages, les lieux et les incidents sont le produit de l'imagination de l'auteur ou sont employés de manière fictive, et toute ressemblance à des personnes, existant ou ayant existé, des entreprises, des événements ou des lieux ne serait qu'une coïncidence.

AUCUNE FORMATION À L'IA : Sans limiter en aucune manière les droits exclusifs de l'auteur [et de l'éditeur] en vertu du droit d'auteur, toute utilisation de cette publication pour « entraîner » les technologies d'intelligence artificielle (IA) générative pour générer du texte est expressément interdite. L'auteur se réserve tous les droits de licence d'utilisation de ce travail pour la formation à l'IA générative et le développement de modèles de langage d'apprentissage automatique.

1

———————

La température de l'air qui entourait Yvette Wright alternait entre agréable et rafraîchissante. La bise hivernale glissait sur ses épaules à chaque fois que quelqu'un ouvrait la porte du café *Buns and Roses*. La dernière gorgée de son macchiato au caramel s'attardait sur sa langue, sucrée mais revigorante. Des chants de Noël flottaient dans l'air, ainsi qu'une odeur de pain d'épices et de citrouille épicée. En fait, être assise dans le café aurait dû être synonyme de perfection béate.

Mais non. Yvette vibrait si fort que, si la chaise sous ses fesses n'avait pas été parfaitement stable, il y aurait eu un trou dans le parquet à l'heure actuelle.

Pour la cinquième fois en moins de cinq minutes, elle sortit le porte-clés de sa poche et fixa le petit ornement de Noël entre ses doigts. La clé dorée et brillante sur l'anneau ne lui fournissait pas le moindre indice. Le carton arrondi à côté avait commencé à s'effilocher sur les bords parce qu'elle l'avait beaucoup tripoté depuis son arrivée inattendue dans le courrier, deux semaines plus tôt. Le mot dessus avait demandé sa présence à cette heure-ci.

« 1*er* *décembre, au* Buns and Roses, *à midi.* »

La partie décorative du porte-clés était un minuscule sapin de Noël. Des petits joyaux en toc étaient nichés dans ses branches comme une guirlande lumineuse. Il était mignon... et lui plaisait jusqu'aux tréfonds de son être.

— *Je te jure, tu es à moitié pie.*

La voix de sa mère résonna dans la tête d'Yvette, un souvenir marquant. Les mots moqueurs avaient toujours été accompagnés par une secousse de la tête et un claquement de langue.

La famille d'Yvette se plaignait souvent qu'elle était excessivement attirée par ce qui brille.

Pourtant, ce n'était pas le porte-clés en lui-même qui faisait qu'elle se trémoussait comme une enfant de deux ans pendant une messe interminable. C'était surtout la pensée de *la personne* qui lui avait envoyé ce cadeau.

Alex Thorne. Cow-boy dans un ranch du coin, pompier coordinateur volontaire à Heart Falls, et son enquiquineur officiel. Ou en tout cas, il l'avait été avant de quitter la ville des mois auparavant pour disparaître dans la ferme de sa famille.

— Les clés du royaume ?

Madison Zhao, une des meilleures amies d'Yvette, s'assit sur la chaise en face d'elle. Ses cheveux auburn, qu'elle avait nattés, reposaient sur ses épaules, sa peau pâle était rougie après avoir passé du temps dans le froid. Les rubans verts attachés au bout de ses deux nattes étaient presque perdus parmi la verroterie cousue sur le pull rouge de mauvais goût qu'elle portait.

Rire était peut-être impoli, mais la réaction fut quasiment

instinctive. Yvette se reprit rapidement pour jeter un clin d'œil à son amie.

— Ryan t'a déjà convaincue de porter cette monstruosité ?

Se faire piéger pour porter le pull moche était une tradition de fêtes entre Madison et son mari, et il semblait que même si elle était maintenant enceinte de presque huit mois, certaines choses ne changeraient jamais.

— Ryan m'a informée qu'il avait enfin eu le temps d'accrocher les rideaux dans la chambre du bébé, alors je suis allée voir. Il les avait accrochés, mais il avait aussi pendu *ça* sur la tringle, expliqua-t-elle en donnant une pichenette à un bonhomme de neige cotonneux attaché à son épaule gauche. Mais je suis contente qu'il ait lancé le rituel aussi tôt, parce que j'ai des projets vraiment machiavéliques pour cette année. Ce sera bientôt son tour de faire le mannequin avec notre célèbre tenue.

La porte du *Buns and Roses* s'ouvrit de nouveau, et cette fois, un cow-boy bien bâti entra avec l'air hivernal.

Alex. Jean défraîchi, veste en jean doublé d'une peau de mouton, chapeau de cow-boy marron foncé sur la tête, et bottes en cuir usées aux pieds. L'uniforme complet du cow-boy qui lui allait si bien.

Après son absence pendant presque toute l'année, Yvette s'attendait à découvrir un changement dans son apparence. Non. La même mâchoire puissante, les mêmes yeux marron foncé qui se tournaient attentivement vers elle, comme s'il avait senti avant même d'ouvrir la porte exactement où la trouver. Il avait la peau bronzée, ce qui indiquait du sang méditerranéen, et ses cheveux bruns étaient un peu trop longs pour être considérés comme arborant une coupe militaire.

Il se dirigea droit vers elle comme s'il était en mission.

Madison le remarqua immédiatement. Elle cilla avec un regard surprise pour Yvette.

— Oups. Désolée. Je ne savais pas que j'interrompais quelque chose.

— Pas du tout, protesta Yvette.

Mais Madison bondit sur ses pieds si rapidement qu'elle flageola.

Avant qu'Yvette ne puisse bouger, Alex était là. Il passa un bras autour des épaules de Madison et la retint jusqu'à ce qu'elle ait retrouvé son équilibre.

Elle lui lança un sourire.

— Merci. Bon retour parmi nous.

— De rien. C'est bon d'être revenu.

Le sourire d'Alex redoubla alors que son regard glissait sur elle.

— Tu as l'air en forme. Ce pull te va bien. Et le bidon aussi.

Madison pouffa. Elle agita un doigt vers lui.

— Attends un peu. Tu verras *Ryan* le porter très bientôt, et ça lui ira bien aussi, même sans bidon.

— Ça me paraît super. Je suis de retour en service à la caserne à partir de demain. Si tu as besoin d'un coup de main pour rouler quelqu'un dans la farine... proposa Alex avec un clin d'œil.

Madison lui lança un grand sourire.

— Je garderai ça à l'esprit.

Elle se tourna vers Yvette et agita la main.

— On se retrouve demain. Je me suis arrêtée pour prendre ma commande à emporter de chocolat et de gras. Amuse-toi bien.

Comme une tornade, l'amie d'Yvette disparut. Ce qui voulait dire que le mur de sécurité qu'elle offrait disparut aussi quand Alex tira une chaise près d'elle et s'y installa.

Ses yeux sombres se posèrent sur elle. Elle sut à quel instant il remarqua le porte-clés entre ses doigts.

Son sourire s'accentua légèrement avant qu'il ne croise de nouveau son regard.

— Merci d'être venue.

— De rien.

Soudain, Yvette ne savait plus quoi faire de ses mains. Ni à quel endroit poser son regard.

Quelles bêtises ! Elle était une adulte qui retrouvait un homme dans un lieu public. Elle devait résoudre une sorte de mystère. Par conséquent, il n'y avait aucune raison d'agir comme une adolescente timide.

Yvette leva délibérément les yeux et croisa ceux d'Alex sans détour.

— Tu veux un café ?

— Je vais aller le chercher, répondit-il avant d'indiquer son mug. Tu en veux un autre ?

— Non, merci.

Il s'était éclipsé avant qu'elle ne puisse poser d'autres questions.

Yvette reporta son attention sur café autour d'elle. Elle échangea des hochements de tête avec les connaissances qu'elle s'était faites au cours des deux années écoulées en tant que vétérinaire à Heart Falls. Elle fit tourner impatiemment son café. En dehors de ça, elle se contenta d'attendre.

Quand Alex revint avec son café, il portait aussi un sac en papier et une assiette couverte de roulés à la cannelle, de gâteaux secs au gingembre et de *carrot cake*. Deux de chaque.

Il poussa le plateau de pâtisseries vers elle.

— J'ai pensé que si je t'avais demandé ce que tu voulais pour le déjeuner, tu m'aurais répondu *rien*. Mais j'ai faim, et je sais que tu aimes ça. Et si un vrai repas t'intéresse, il y a des sandwichs bacon-salade-tomate là-dedans, dit-il en agitant le sac.

Yvette devait admettre que sa première idée avait été la

bonne. Qu'il lui offre à déjeuner semblait bizarre. Même si elle avait été suffisamment intriguée pour venir après avoir reçu son étrange message, elle ne considérait pas vraiment ça comme un rencard.

— Tu sais vraiment comment attiser la curiosité.

Mais avant de se précipiter, elle avait une question à poser :

— Comment vont tes parents ?

Alex se cala sur son siège, et une expression de contentement traversa son visage.

— Bien. *Vraiment* bien, étant donné qu'ils approchent tous les deux de quatre-vingts ans et ont subi de lourdes opérations. Tout s'est passé sans encombre pour la prothèse de hanche de papa. Glenda a eu un peu plus de problèmes avec son opération du genou, mais elle s'en est remise. Ils sont tous deux mobiles et suffisamment intelligents pour savoir qu'ils doivent se ménager.

— C'était bien qu'ils t'aient auprès d'eux pour les aider.

Les rumeurs avaient couru dans Heart Falls seulement quelques heures après qu'Alex avait fait ses bagages et était rentré chez lui.

Il haussa les épaules.

— J'ai de la chance d'avoir un patron qui m'a laissé partir en étant prévenu au dernier moment, et d'avoir encore un boulot en revenant.

Son amusement monta d'un cran.

— Je savais que le seul moyen d'empêcher mes parents de trop en faire serait de m'asseoir sur eux pendant les premiers mois. Et ma sœur et sa famille n'étaient pas en mesure de les aider. Alors je n'ai pas hésité.

Une bonne action qui avait flotté dans les pensées d'Yvette un peu trop souvent, pour bien des raisons.

Mais aucune n'avait quoi que ce soit à voir avec l'instant

présent. Elle leva le porte-clés, le laissant pendre d'un de ses doigts tandis qu'elle parlait :

— Tu veux m'expliquer ?

— Tu connais les calendriers de l'avent ? Où tu ouvres une case tous les jours jusqu'à Noël ?

Son cerveau s'emballa pour suivre alors qu'elle regardait la clé.

— Ils sont habituellement faits en carton et cachent des morceaux de chocolat ou différentes variétés de thé.

— Ou des bouteilles de vin, ou de la confiture, mais c'était trop monotone pour ce que je voulais.

Ce qui n'était pas une réponse. Elle agita la clé.

Alex se pencha en avant, écartant toute plaisanterie alors qu'une expression très sérieuse et déterminée la remplaçait.

— Je t'ai fabriqué un calendrier. Chaque jour, tu ouvres un tiroir. Parfois tu pourras profiter de ce qui est à l'intérieur toute seule, parfois je voudrais le faire avec toi. Quand nous arriverons à Noël, toi et moi nous nous connaîtrons beaucoup mieux. On aura résolu les embrouilles entre nous, dont celles que j'ai provoquées certaines pendant ces deux dernières années en agissant comme un préado bébête qui vit sa première poussée hormonale.

Yvette écarta la partie où il avait dit qu'il lui avait *fabriqué* un calendrier et se concentra sur le plus déroutant.

Ils s'étaient disputés par le passé, c'était vrai. Mais même avec leurs désaccords, elle pouvait honnêtement dire qu'elle pensait qu'il était quelqu'un de bien. Et réciproquement. Ce n'était pas comme s'ils étaient des ennemis jurés ou que quelque chose devait désespérément être arrangé. Ils étaient l'huile et l'eau.

Alors quoi ?

— Pourquoi ?

Sa question sembla le dérouter.

— Enfin, c'est bien que tu ne veuilles plus que nous nous disputions ou que nous nous tapions sur les nerfs. Ça ne requiert pas que tu m'offres un cadeau.

— Penses-y comme à une manière charmante pour nous de devenir amis. Pour commencer à sortir ensemble.

Le voilà. Le moment où tout ça devenait soudain très bizarre. Yvette resserra les doigts autour du porte-clés, les stries solides s'enfoncèrent dans sa paume, chaudes contre sa peau.

Alex Thorne voulait sortir avec elle.

Elle croisa son regard. Cet homme n'avait jamais *semblé* être du genre *stalker*.

— Tu ne vas pas prétendre que tu es amoureux de moi ou des bêtises du même genre, n'est-ce pas ?

— Bien sûr que non.

Il s'immobilisa.

— Même si je dois sans doute admettre que je suis presque sûr que je *pourrais* tomber amoureux de toi. C'est pour ça que je pense que nous devons faire ça.

Elle le regarda fixement. Elle devait être bouche bée.

Imperturbable, il continua :

— Je connais un couple pour lequel, à l'instant où ils se sont rencontrés, l'homme a su qu'ils étaient faits pour être ensemble. Il leur a fallu trois ans à se bagarrer avant qu'ils ne l'admettent tous les deux, mais malgré tout, c'était vrai. Ils sont en couple depuis presque soixante ans.

Les oreilles d'Yvette sifflaient. Que pouvait-elle donc bien dire ?

— Hum. Félicitations à eux ?

— Je ne plaisante pas, insista-t-il. Si je peux prendre un raccourci sur les trois ans, faire ça en un mois et nous épargner beaucoup de bouleversements émotionnels, ça me paraît une bonne idée.

Oh, petit perdreau de l'année.

— Tu prévois de m'offrir un cadeau chaque jour jusqu'à Noël et, comme par magie, ça fera disparaître le fait que nous avons passé presque deux ans à nous disputer sur tout ? Alex, nous n'avons rien en commun.

— Maintenant tu es simplement ridicule, râla-t-il.

Yvette haussa un sourcil.

— Ce n'est pas la meilleure façon de convaincre une femme déjà quelque peu énervée contre toi d'accepter ton idée farfelue. Je dis ça au passage.

— D'accord, tu as raison. Même si je te signale que nous avons tous les deux un boulot qui implique des ranchs ou des animaux, ce qui veut dire que nous avons au moins *quelques* points communs. Nous ne sommes pas de parfaits opposés.

C'était la raison pour laquelle elle était encore assise là, à écouter cette idée excentrique.

Elle avait souvent été près d'Alex au ranch de Silver Stone. Elle avait même travaillé à ses côtés, et il était merveilleux avec les animaux. Attentionné, prudent, pourtant avec juste ce qu'il fallait de fermeté...

Un homme auquel les animaux faisaient confiance n'était pas complètement mauvais.

Même si... les chèvres ? Elles n'étaient *pas* les meilleures pour cerner les gens, puisqu'elles-mêmes étaient des connasses.

Elle desserra les doigts autour de la clé et la posa sur la table entre eux.

— Accepte, et je te promets que nous irons aussi lentement que tu le voudras. Si à un moment tu veux plus que je ne t'offre, tu n'auras qu'à demander, dit Alex en croisant son regard. Mais tu dois réellement me donner une chance de sortir avec toi.

Elle s'adoucissait, que Dieu lui vienne en aide, jusqu'à ce que son dernier commentaire la mette en boule.

— Tu es exaspérant.

— Oui, répondit-il avec un grand sourire. Marché conclu ?

— Peut-être.

Elle n'arrivait pas à croire qu'elle avait dit ça.

— Tu penses vraiment que nous sommes des compagnons prédestinés ou un truc du genre ? demanda Yvette.

— C'est quoi cette idiotie ? Bien sûr que non. Pas à moins que *tu* ne te transformes secrètement en une créature poilue régulièrement.

Le sourire d'Alex ne faiblit pas.

— Et oui, je sais de quoi tu parles. Ma sœur avale ces livres comme du pop-corn. Elle en a toute une collection. Quand j'ai été à court de lecture cette année, je les ai lus aussi. Ils sont amusants et très sexy, mais si j'étais capable de me transformer en quelque chose, ce serait en aigle ou en balbuzard. Il n'y a pas assez de livres sur des métamorphes oiseaux, à mon avis. Je suppose que les femmes pensent que se blottir contre quelqu'un qui se couvre de plumes n'est pas sexy.

Yvette luttait désormais contre son propre sourire, parce qu'elle avait en fait déjà eu cette discussion avec son groupe de soirée entre filles.

Être amusée signifiait qu'elle n'était pas loin de céder. Elle *s'intéressait* à lui, même quand elle n'aurait pas dû.

Les pensées qu'elle avait eues plus tôt dans la journée, plus tôt dans la semaine, revinrent.

Elle se sentait seule.

Sur le plan des amis, elle s'en sortait bien, mais elle n'avait personne d'intime dans sa vie. Elle avait déjà eu des petits amis. Elle était même sortie quelques fois avec des hommes pendant l'année écoulée, mais à chaque fois elle avait tout annulé en plein milieu du premier rencard ou c'était venu de lui. Beaucoup d'amis oui, nada pour le reste.

La *raison* à ça ? Elle l'avait soupçonnée, mais vraiment l'admettre, même à elle-même, c'était une autre histoire.

Est-ce que passer du temps avec Alex était réellement une si mauvaise idée ?

— D'accord.

Elle leva le menton et croisa fermement son regard.

— Du moment que tu me promets que si ça ne fonctionne pas pour toi, quel que soit le nombre de jours qui restent, tu arrêtes tout. Sans rancune.

— Si tu promets la même chose. Même si... nous devons clarifier une chose.

Son expression devint penaude.

— Vu comment on est, nous disputer, crier ou être en colère l'un contre l'autre pendant un jour ou deux n'est pas une raison pour annuler.

Elle ne demanda pas pourquoi.

— Ouais, eh bien, puisque tu as dit que c'était ta tentative de raccourcir et surmonter trois ans de conneries en un mois, j'espère que tu es prêt pour les conversations animées que nous apprécierons à coup sûr.

Le grand sourire d'Alex était de retour.

— Vas-y. Parce que ça veut aussi dire qu'à un certain moment, quand tu seras prête, nous aurons aussi l'équivalent de trois ans de sexe de réconciliation à apprécier.

Oh, Seigneur.

Alex ne pouvait pas s'empêcher de la fixer du regard.

Même s'il faisait de son mieux pour avoir l'air nonchalant au sujet de toute cette situation, à l'intérieur il tremblait comme une feuille. La nervosité l'aurait rendu grincheux s'il n'avait pas géré une large gamme d'émotions à chaque fois qu'Yvette avait traversé son esprit pendant presque toute l'année.

D'abord, il avait été agacé. Il s'était senti défié. Admettre que des pensées coquines s'imposaient à chaque fois qu'il était près d'elle aurait été une réponse simple, mais il ne voulait pas céder à quelque chose de si simple. L'attirance physique, c'était bien beau, mais à moins que ce ne soit un des rares coups d'un soir qu'il avait eus quand il était plus jeune, Alex avait atteint un stade où il aimait être ami avec les femmes avec lesquelles il couchait.

C'était pour ça qu'un an plus tôt, en décembre, il avait été sidéré quand il s'était enfin rendu compte de la possible raison pour *laquelle* Yvette était si fascinante. Pour laquelle, même s'ils s'entendaient comme chien et chat, il ne pouvait pas garder ses distances.

Alex n'allait pas complètement s'emballer et dire que c'était le destin, mais il y avait des choses plus bizarres dans le monde. Bon sang, un de ses meilleurs amis avait assuré qu'avec sa première épouse, cela avait été le coup de foudre.

— Je reviens tout de suite.

Yvette se leva soudain de table.

Alex se leva en même temps, étonné de la voir revenir avec un récipient à emporter et commença à ranger les douceurs qu'il avait achetées.

Elle lui lança un sourire avant de se pencher et de baisser légèrement la voix.

— Cet endroit va être bien plus fréquenté dans peu de temps. Je ne veux pas expliquer ce que nous faisons ensemble jusqu'à ce que nous soyons sûrs.

— Nous sortons ensemble, dit-il fermement, mais il fit attention à parler à voix basse.

— Oui, bien. Mais ce que nous allons faire *d'abord*, c'est aller chez moi où nous mangerons cinq millions de calories et ouvrirons le premier jour du calendrier machin.

Alex lui prit la boîte de douceurs, lui rendit le porte-clés puis attrapa le sac de sandwichs.

— Je vais te suivre chez toi.

Quand il eut fini de faire marche arrière avec sa camionnette, elle l'attendait sous le porche d'un petit chalet adjacent à la clinique vétérinaire de Heart Falls.

Par le passé, la construction avait servi d'abri à bois. Au cours des années, les propriétaires de la clinique vétérinaire l'avaient rénovée et agrandie pour la transformer en chalet deux pièces, chauffé par un poêle à bois. Y vivre permettait à Yvette d'aller voir comment allaient les animaux qui passaient la nuit à la clinique.

Elle avait l'air chez elle en haut des marches avec son jean Wrangler délavé rentré dans des bottes de cow-boy noires qui avaient été cirées de nombreuses fois. L'air glacial avait rougi ses joues, et ses cheveux bruns dépassaient sous les rabats de sa chapka.

Il supposait qu'elle avait ce que les gens appelaient un petit nez. Yvette était mignonne et sympathique. La plupart du temps, elle était souriante, et tout un chacun autour d'elle semblait apprécier de passer du temps à ses côtés.

Mais il était un fumier tellement tordu que ce qu'il appréciait le plus, c'était quand ses yeux lançaient des éclairs. Ses iris marron clair étaient magnifiques, si lumineux qu'ils prenaient une lueur dorée. Comme de l'ambre ou la lumière du soleil qui brillait à travers les épis de blé. Quand elle était en colère, ils brillaient presque comme si elle avait eu le pouvoir de cracher des flammes.

Yvette en colère était un régal pour les yeux.

Mais pas seulement. La curiosité se lisait partout sur son visage lorsqu'elle le rejoignit. Il baissa le hayon de la camionnette et grimpa sur la plateforme. Il défit les sangles qui retenaient sa création et fit glisser l'objet enroulé dans une couverture jusqu'à ce qu'il puisse l'atteindre du sol.

— C'est plus grand qu'une boîte à pain, dit Yvette.

— C'est un secrétaire qui est dans ma famille depuis longtemps, répondit Alex en sautant de l'arrière de la camionnette. Tu as une idée de l'endroit où tu veux que je le mette ?

— Ça pourrait être un problème.

Yvette tourna les talons et rentra dans la maison.

Il marqua une pause pour prendre leur déjeuner et leurs douceurs puis la suivit. Il faisait chaud, des braises brillaient derrière le poêle vitré.

Par ailleurs, il n'y avait pas un centimètre de mur de libre nulle part dans la pièce. Yvette avait des bibliothèques, des tables d'appoint et des étagères à bibelots partout. Il savait qu'elle aimait les babioles, mais c'était spectaculaire.

Alex aurait voulu commencer à un endroit et faire le tour, fourrer son nez dans les moindres recoins. Avec un peu de chance, pendant ce mois, il trouverait l'occasion de le faire.

Pour l'instant, il lança un coup d'œil vers la porte au bout de la pièce en face du plan de travail et de la table de la cuisine.

— La chambre ?

Un rire moqueur échappa à Yvette. Sa main couvrit rapidement sa bouche alors qu'elle levait son regard rieur vers lui.

— Désolée. Tu vas un peu vite pour moi, là, caïd.

Ce fut à son tour de ricaner.

— Je voulais dire : as-tu plus de place dans ta chambre ?

— Oh, fit Yvette en secouant la tête. Pas vraiment.

Elle retira son manteau, révélant une chemise à manches longues qui moulait ses courbes douces. Alex admit qu'il avait très hâte d'explorer sa chambre.

Il fallait d'abord résoudre le problème. Parce que si elle n'ouvrait pas son cadeau, ils n'entreprendraient pas de devenir amis. S'ils ne devenaient pas amis, ils n'arriveraient jamais à la partie de cet arrangement où ils devenaient un couple.

Il déposa la nourriture sur la table puis pencha la tête vers la porte de devant.

— Sous le porche, ça ira. Il sera protégé de la météo, et ce sera sans doute mieux que de le mettre trop près du poêle.

— Je te promets de ne pas le brûler, dit Yvette.

Il équilibra le bureau sur son épaule et descendit les marches un instant plus tard.

— Je pensais à certains des objets que j'ai cachés là-dedans. Ils s'en sortiront mieux dehors que près d'une source de chaleur.

— Oh, c'est un indice.

Yvette l'aida à placer le bureau derrière les deux chaises Adirondack qu'elle avait tournées vers l'ouest, en direction des montagnes.

— Tu as mis des choses qui fondent dans les tiroirs. Ce qui me fait penser à du chocolat.

Alex retira l'épaisse couverture en laine qu'il avait enroulée autour pour protéger le bois.

— Je suppose que tu vas devoir attendre pour le savoir.

Il recula et guetta aussitôt la réaction d'Yvette. Il avait vu le secrétaire un million de fois au cours des années avant de commencer à travailler dessus, deux semaines plus tôt. Pendant cette courte période, avec l'aide de son père, il avait essentiellement ignoré les parties arrière et du dessus mais il avait remplacé et installé un certain nombre de serrures sur les tiroirs. Ce n'était pas sophistiqué, sans frises ou filigrane doré. C'était le meuble robuste d'un travailleur qui contenait maintenant un peu de magie, Alex l'espérait.

Yvette écarquilla les yeux, et elle entrouvrit la bouche. Elle baissa les yeux sur les rangées de petits tiroirs carrés sur le dessus de chaque côté, puis s'attarda sur les plus grands près de la base. Elle s'avança pour passer un doigt le long de la partie supérieure, une porte à cylindre qui cachait l'écritoire.

— Alex. C'est magnifique, déclara-t-elle en croisant son regard. Ce bureau est à l'évidence très vieux. Es-tu sûr que tu veux me le donner ?

— Oui.

S'il avait eu le moindre doute, l'expression sur le visage d'Yvette l'aurait effacé. On aurait dit qu'elle venait de gagner au loto.

Elle resta silencieuse avant de hocher fermement la tête et de se tourner en souriant.

— D'accord. Je ne te promets rien à part garder l'esprit ouvert.

Une alarme retentit sur la montre d'Alex. Il jura doucement tout en vérifiant ses messages avant de sourire d'un air penaud.

— C'est mon rappel. Quand je t'ai envoyé le mot, je ne savais pas quel serait mon emploi du temps de travail. Mon service à Silver Stone commence dans une demi-heure. Mais je peux attendre pendant que tu ouvres la première porte.

— Oh. C'est vrai.

Yvette sortit le porte-clés de sa poche et s'avança vers le bureau. Elle marqua une pause puis lança un coup d'œil par-dessus son épaule.

— S'il te plaît, dis-moi que je n'ai pas à deviner quel tiroir ouvrir.

— Regarde la clé, suggéra-t-il. Puis regarde les tiroirs d'un peu plus près.

Elle lança un coup d'œil vers sa main et retourna le porte-clés. Puis elle s'accroupit et passa les doigts sur l'avant des tiroirs en bois.

— Oh, tu es rusé.

Elle suivit le contour d'un sapin de Noël sur un des plus petits tiroirs, inséra la clé dans la serrure et l'ouvrit.

2

———

La clé tourna facilement, et Yvette ouvrit le tiroir pour découvrir une mince enveloppe et un autre porte-clés. Celui-là était en forme d'étoile avec des reflets dorés, et une autre petite clé pendait sur l'anneau.

— Il est très tentant de trouver tout de suite quel tiroir celle-ci ouvre, lui dit Yvette en se tournant vers Alex avec la clé dans une main et l'enveloppe dans l'autre.

— Maintenant tu vois ce qui est amusant dans le fait de devoir attendre une journée. L'anticipation, dit-il en levant les sourcils.

— L'agacement, marmonna-t-elle.

Mais l'amusement prédominait alors qu'elle ouvrait l'enveloppe. À l'intérieur se trouvait un chèque-cadeau pour *Fallen Books*, la librairie du coin. Le montant...

— *Waouh.*

Elle leva les yeux.

— Ne t'arrête pas sur les chiffres, lis jusqu'en bas, l'encouragea Alex.

Une seconde plus tard, elle comprenait.

— ... chèque est pour que nous achetions *tous les deux* une sélection de livres.

C'était sournois. Il n'y avait qu'un problème. Elle le regarda d'un air méfiant.

— Tu ne vas pas essayer de choisir des livres pour moi, n'est-ce pas ?

— Certainement pas. Tu prends ce que tu veux. Je prendrai ce que je veux.

Son grand sourire était revenu, même si, d'après le coup d'œil qu'il jeta à sa montre, il devait manquer de temps.

— Nous pourrons toujours échanger plus tard.

— Mec, la vie est trop courte pour lire de mauvais livres. Et un mauvais livre, c'est celui qui n'est pas ton genre.

— Nous trouverons quelque chose, lui assura-t-il. Considère que ça fait partie de l'aventure.

Yvette replaça le chèque-cadeau dans l'enveloppe, pas tout à fait sûre de ce qui était censé se passer ensuite.

— Quand veux-tu aller au magasin ?

— Ce soir, ça marche pour moi. Je sais qu'ils sont ouverts tard. Je pourrai passer et te prendre...

— Je te retrouverai là-bas, lui dit Yvette fermement. 19 heures ?

Alex émit un petit rire en se retournant.

— D'accord. On se verra là-bas.

Bon sang, elle n'allait pas le laisser partir sans avoir de quoi manger.

— Attends. Laisse-moi te donner ton déjeuner.

— Garde ce que tu veux, insista-t-il.

Yvette se dépêcha, glissa un sandwich et quelques douceurs sur une assiette pour elle avant d'emballer le reste et de le mettre dans le sac.

Elle le rejoignit sous le porche et lui tendit la nourriture.

— Merci. Pour tout.

Quand il marqua une pause à un pas d'elle seulement, la respiration d'Yvette se coinça dans sa gorge.

Il ferait mieux de prévoir de n'essayer... *rien du tout*. Pas ce jour-là.

Seulement, quand il leva une main pour passer les doigts sur sa joue, les pieds d'Yvette restèrent figés. Son cœur martelait, et sa bouche était soudain devenue sèche.

— À ce soir.

Alex avait parlé doucement, sa voix profonde lui caressant les sens. Il retira le sac de ses doigts aux articulations blanchies puis descendit les marches en direction de sa camionnette.

Elle était encore immobile sous le porche quand le rouge de ses feux arrière disparut au loin.

Il fallut que la brise glaciale qui soufflait sur le paysage hivernal s'enroule autour de ses épaules pour la tirer de son immobilité, comme si elle avait été partiellement hypnotisée.

Dans le chalet, elle mangea en hâte son déjeuner puis retourna à la clinique vétérinaire.

Un après-midi chargé passé à s'occuper de petits animaux lui fournit une merveilleuse distraction. Elle n'avait pas le temps pour que ses pensées s'attardent sur la situation inextricable dans laquelle elle avait accepté de sauter à pieds joints. Personne ne saurait qu'elle était complètement déconcertée par Alex et tout ce qu'il avait entamé.

Ou... peut-être qu'elle ne s'en sortait pas aussi bien qu'elle l'avait imaginé.

Des doigts claquèrent devant son visage.

— La Terre à Yvette.

Elle cilla, leva les yeux et découvrit l'épouse de son boss qui la regardait avec inquiétude. Les cheveux brun foncé de Lisa Ryder étaient détachés sur ses épaules, Zoë, sa fillette d'à peine plus d'un an, posée sur sa hanche. Ollie, le petit terrier couleur crème de la famille, était assis aux pieds de Lisa, regardant

Yvette d'un air soupçonneux, un léger grondement lui échappant.

— Désolée, dit Yvette en se redressant puis en regardant la salle d'attente autour d'elle pour découvrir des chaises vides. Je rêvassais. Tu es prête pour le check-up d'Ollie ?

Lisa hocha la tête en grimaçant.

— J'ai demandé le dernier rendez-vous de la journée juste au cas où.

Elle surprit Yvette en lui passant la petite fille qu'elle tenait dans ses bras.

— Tiens, prends Zoë. Je vais emmener Ollie dans la salle.

Zoë écarquilla les yeux, mais elle tapota le visage d'Yvette comme si elle donnait le feu vert. Lisa se baissa, attrapa Ollie, et un instant plus tard, elles se retrouvèrent toutes rassemblées dans la salle d'examen – Lisa tenant Ollie sur la table, Yvette serrant Zoë.

Le grognement qui provenait d'Ollie continua.

— Nous devons faire un peu de jonglage, dit Yvette d'un ton pince-sans-rire. À moins que Zoë ne prévoie de faire l'examen pour moi.

— En effet.

Lisa grimaça de nouveau avant de prendre Zoë et de la placer sur la chaise sur le côté de la pièce.

— Reste là une minute, d'accord, rayon de soleil ? Maman doit aider le toutou.

Yvette sortit le stéthoscope et entama l'examen, se demandant encore pourquoi Lisa semblait aussi distraite.

— Est-ce que Josiah a dit qu'il était inquiet pour Ollie ? Parce que tu sembles nerveuse.

— Oh, ça.

Lisa tapota Ollie d'un air absent. La chienne agita la queue avec enthousiasme et se pressa contre la main qui la caressait, tout en réussissant à garder un œil sur Yvette.

— Hum, non. Josiah aime simplement que quelqu'un d'autre que la famille fasse ses check-up.

— Et... ? l'encouragea Yvette.

Il était impossible que ce soit tout.

Les joues de Lisa devinrent rose vif. Elle lança un coup d'œil par-dessus son épaule vers Zoë, qui jouait avec le porte-clés qu'elle lui avait donné. Elle croisa le regard d'Yvette et parla doucement.

— Et la dernière fois que j'étais enceinte, Ollie est devenue très protectrice, tu te souviens ?

— Oh mon Dieu, dit Yvette en sentant un sourire étirer ses lèvres. Ce sont de merveilleuses nouvelles.

Lisa leva une main.

— C'est vraiment récent, alors c'est encore top secret. Mais j'avais déjà pris un rendez-vous pour Ollie, et je ne voulais pas l'annuler.

Yvette concentra son attention sur le petit terrier habituellement doux.

— Eh bien, soit elle n'a pas encore compris, soit cette fois Ollie ne prévoit pas d'être aussi protectrice, mais je te souhaite bonne chance.

— Merci.

Lisa souleva sa fille et déposa un baiser sur sa petite joue potelée.

— Celle-ci est tellement amusante, nous avons pensé que nous ferions mieux de faire une autre tentative avant que les gènes de sale gosse ne remontent à la surface.

— Tu veux dire avant que tu ne finisses avec un enfant comme toi ? la taquina Yvette avant d'ajouter d'un ton rassurant : Zoë est adorable, tout comme n'importe quel enfant que tu auras.

— Tu dis ça juste parce que mon mari est ton boss.

— Je le dis parce que c'est vrai. Et aussi, je vais dire à Josiah que lorsque l'on a des enfants avec moins de deux ans d'écart, le papa s'occupe du plus âgé pendant la nuit.

— Super idée, dit Lisa. Hé, je voulais te parler de la fête prénatale de Madison. Peux-tu passer ce soir ? Hanna amène Crissy, et ma sœur Tamara sera là avec sa progéniture, alors nous pourrons discuter pendant que les enfants joueront.

— Ça a l'air sympa.

Normalement, elle aurait adoré se joindre à elles. Passer du temps avec les femmes qu'elle avait rencontrées à Heart Falls était génial, mais elle avait cet autre engagement qui l'obsédait.

— Mais je vais devoir remettre ça à une autre fois. Je suis prise ce soir.

— D'accord. Qu'est-ce que tu manigances ?

Lisa était perpétuellement curieuse. Il n'y avait absolument aucune raison pour qu'Yvette ne puisse pas répondre honnêtement et facilement à cette question.

— Je vais à la librairie.

Bon sang. Ses joues s'enflammèrent. Elles devaient être rouge vif, surtout étant donné le regard que Lisa lui lançait.

Yvette se concentra sur Ollie, essayant d'ignorer la question se lisant dans les yeux de Lisa.

Cette dernière riposta de la pire des manières.

Elle resta silencieuse.

— Je retrouve Alex.

Les mots lui échappèrent, et Yvette soupira d'un air dramatique.

— Il m'a offert un bureau calendrier de Noël, et le premier jour, ce sont des livres.

Zoë agita les clés avec enthousiasme, et Ollie aboya, mais ni l'une ni l'autre ne suffit à distraire Lisa ou à éteindre le sourire très intéressé qui traversa son visage.

— *Vraiment* ? Il t'a offert... un *bureau* calendrier ?

— Comme un de ses trucs compte à rebours de Noël. Mais en plus grand.

C'était gênant. Elle devait trouver comment exactement l'appeler. Et comment appeler ce qui se passait entre Alex et elle.

— Alors, c'est un rencard ? demanda Lisa en levant un doigt. S'il te plaît, n'essaie pas de le nier, parce que tu n'abandonnerais pas une soirée avec nous pour aller à la librairie.

— Peut-être que j'aime simplement les livres, dit Yvette sérieusement.

— Bien sûr que oui, mais tu le vois quand même, dit Lisa en tendant la main pour lui tapoter l'épaule. Ça va. Je l'aime bien.

— Ce n'est qu'un rencard, dit Yvette.

Tester le mot était... étrange.

— Mais je me sens mal parce que je voulais vous aider à prévoir la fête.

Lisa agita une main.

— Ce ne sera que début janvier. Nous discuterons dans quelques jours. Ça me donnera l'occasion de découvrir comment les choses se passent exactement entre Alex et toi. Un rapport complet.

— Tu es agaçante, l'informa Yvette.

— On me l'a déjà dit.

Lisa sourit davantage.

Terminer avec Ollie ne prit pas longtemps. Lisa discuta tranquillement d'autres choses, tenant encore une fois sa petite fille dans ses bras. Zoë riait comme une folle tandis que la chienne la léchait dès que c'était possible.

L'ambiance était légère et joyeuse, et Yvette était sur un petit nuage en sortant du cabinet, avec cette sensation de contentement qui s'attardait.

Elle avait un rencard. Alex sortait avec elle. Il lui avait

fabriqué un bureau plein de tiroirs remplis de trésors secrets, et ce soir-là ils achèteraient des livres.

Cela semblait magique. Cela semblait trop beau pour être vrai.

Cela semblait trop beau pour *durer*.

Yvette frissonna alors que l'écho d'un rire indélicat résonnait dans ses souvenirs. Ses frères et sa sœur, qui la taquinaient, qui se moquaient d'elle parce qu'elle n'était pas comme eux. Parce que ses objectifs étaient différents.

Elle était différente.

Pourquoi ne peux-tu pas être plus terre à terre, Yvette ?

Bon sang, petite, tu dois continuer à faire avancer tes deux pieds.

Petite sotte, absorbée par la poursuite de chimères. Tu n'es pas assez bien pour lui.

Pas assez bien pour nous.

Pas assez bien.

Un vent glacial souffla sur elle alors qu'elle approchait de la petite maison dont elle avait fait son foyer ces deux dernières années, la faisant frissonner.

La colère l'envahit.

Au diable tout ça ! Yvette chassa ses pensées maussades. Elle avait un rencard. Les voix pouvaient aller se faire voir.

FALLEN BOOKS AVAIT l'odeur de l'aventure et de l'espoir.

Alex sourit de la tournure poétique de ses pensées alors qu'il se recalait dans le fauteuil dont il avait pris possession, placé dans un recoin confortable de la boutique. Il ferma les yeux et inspira profondément.

De nouvelles pages qui craquaient, le plus discret effluve de bougies parfumées et une sorte de thé épicé lui chatouillaient les sens. En gros, l'odeur parfaite pour une librairie.

Ils devraient la mettre en bouteille ou l'infuser dans une bougie ou un truc comme ça.

Il était arrivé à 18 heures 30 pour avoir largement le temps de faire le tour et de choisir quelques livres avant qu'Yvette ne se joigne à lui.

Premier jour. Dans moins d'une heure, ils auraient officiellement commencé ce qu'Alex espérait être un voyage épique.

L'idée qu'il devait graver dans son esprit était d'arrêter d'espérer que tout se passe sans heurt tout le temps. Mais c'était difficile. Plus il avait eu de temps pour faire des projets et plus il avait ajouté de choses sur sa liste, plus ça lui avait semblé facile de s'imaginer arriver à l'autre bout avec Yvette à ses côtés.

Il avait une âme tellement optimiste ! Il devait vraiment parler à sa famille d'accueil. Peut-être qu'il aurait dû avoir moins d'expériences positives dans son adolescence – cela aurait peut-être expulsé la pensée positive et joyeuse de son être.

Ils n'avaient pas été parfaits, mais s'ils lui avaient appris une chose, c'était que le succès impliquait de beaucoup rêver. Puis ça impliquait de fournir l'effort.

Ainsi soit-il. Le petit moment *garde les pieds sur terre* venait d'être mis sur la touche par cent pour cent d'enthousiasme festif. Alex allait faire de son mieux pour s'assurer que, lorsque Noël serait arrivé, Yvette et lui soient plus qu'amis.

Il feuilleta un de ses livres, des chants de Noël jouaient en fond sonore. Très à propos, « I Know What I Want for Christmas[1] » de George Strait passa, et Alex sourit tout en fredonnant.

— Tu sais que c'est une librairie, pas une bibliothèque ?

Cette déclaration fut énoncée d'un ton pince-sans-rire avec une pointe de menace alors que Sonora Fallen s'installait sur le fauteuil à côté du sien. Il était d'une évidence frappante que cette femme était solide et satisfaite de sa vie. D'une soixantaine d'années, elle avait de longs cheveux blanc argenté qu'elle portait habituellement nattés pendant qu'elle travaillait au refuge pour animaux du ranch où elle vivait. Ce soir-là, elle avait laissé ses cheveux détachés, et pendant un instant, Alex put voir des traces de ce à quoi elle avait ressemblé quand elle avait la petite vingtaine. Audacieuse, sans peur et magnifiquement belle.

Alex posa la main sur la pile de livres posée sur la table entre eux.

— Je prévois de tous les acheter.

— Hum.

Elle se carra dans son fauteuil et croisa les mains sur ses cuisses, puis l'examina attentivement.

— Tu as été absent pendant des mois.

— Oui. Me voici de retour.

Elle garda le regard resta fixé sur son visage. Évaluateur – ce qui était un peu inquiétant, non seulement parce qu'elle avait l'esprit vif, et mais aussi qu'elle avait été présente quelques fois quand il n'avait pas été au top. Y compris une fois où il avait réussi à mettre les deux pieds dans le plat au sujet d'Yvette.

Effectivement, les sourcils de Sonora se haussèrent.

— Pendant que tu étais absent, as-tu appris la politesse ?

Il était intéressant de noter qu'il se tenait assis bien droit, non plus affalé et détendu, mais comme s'il subissait une inspection.

— Oui, m'dame.

Elle émit un son qui aurait peut-être pu être pris pour un ricanement avant de glisser la pile de livres sur ses cuisses.

Silencieusement, elle examina chacun d'eux avant de les remettre en pile.

Alex travaillait au ranch de Silver Stone depuis de nombreuses années. Entre ça et la caserne de pompiers, il avait appris à connaître assez bien le contremaître, Ashton Stewart. Ashton, dont ils étaient tous convaincus qu'il avait un faible pour la femme assise à côté de lui. Ashton avait lui aussi la soixantaine et en disait habituellement aussi peu que possible sur sa situation de couple.

Ce qui rendait d'autant plus tentant pour Alex d'aborder le sujet.

— Je vais voir Ashton plus tard, informa-t-il Sonora.

Les mains de celle-ci ne tremblèrent pas alors qu'elle tournait les pages. Sa voix était calme lorsqu'elle répondit :

— Je le supposais bien.

Alex était sur le point de proposer de lui dire bonjour de sa part quand la cloche au-dessus de la porte sonna, et Yvette entra.

Il l'avait rejointe avant même qu'elle n'ait atteint le milieu du rayon.

— Tu es en avance.

— J'ai pensé que j'allais faire le tour un moment, dit-elle, ses lèvres tressaillant alors qu'elle lui lançait un coup d'œil. Tu es encore plus en avance.

Il lui adressa un grand sourire.

Sonora avait disparu, le rideau derrière le comptoir se balançait encore. Alex reprendrait ses taquineries plus tard si c'était approprié.

Pour l'instant, il concentra son attention sur Yvette.

— Tu es déjà venue ?

— Un certain nombre de fois, lui répondit-elle.

Elle marqua une pause, et Alex sourit quand il se rendit

compte qu'elle inspirait profondément, le plaisir éclairant ses traits.

— J'adore cette odeur, ajouta-t-elle.

Alex fit un geste vers le coin du magasin.

— J'ai déjà choisi quelques livres, alors va regarder. Tu veux que j'aille te chercher une tasse de thé ?

— Du *chaï*, s'il y en a, s'il te plaît.

Sans un regard en arrière, Yvette flâna vers les hautes étagères avec leurs rayonnages colorés.

Alex se retourna et découvrit que Sonora était réapparue, se tenant derrière le comptoir, haussant un sourcil.

— L'intrigue se corse, murmura-t-elle.

Il se racla la gorge.

— Les amoureux des livres, dit-il en guise d'explication.

— Ah.

Sonora posa les mains sur le comptoir et se pencha en avant.

— Jeune homme.

La tentation de se mettre au garde à vous était puissante. Cette femme avait dû être dans l'armée dans une autre vie.

— Oui, m'dame ?

— C'est une jeune femme bien.

Son regard se tourna à peine vers Yvette avant de se poser sur Alex avec une expression sévère.

— Tiens-toi bien, ajouta-t-elle.

— M'dame, il n'y a rien que vous puissiez me dire que ma propre mère ne m'ait pas déjà dit, de nombreuses fois, surtout au cours des six derniers mois, lui assura Alex.

Ce qui n'était pas un *oui, je prévois de bien me tenir*, parce que sa liste de ce qui pourrait se passer au cours des trois prochaines semaines impliquait pas mal de mauvaises conduites. Il l'espérait.

Si tout allait bien.

Sonora soupira.

— Tu es aussi terrible que mes petites-filles. Ne crois pas que je n'ai pas remarqué ce petit bout d'ambiguïté, dit-elle en secouant la tête. Je vais aller te chercher le *chaï*.

Sur ce, Sonora sembla disparaître comme par magie. Peut-être, puisqu'elle avait donné sa mise en garde, estimait-elle que c'était maintenant à Yvette de prendre soin d'elle-même. Ou peut-être Sonora pensait-elle, pendant qu'elle asticoterait Ashton comme d'habitude, garder un œil sur Alex en même temps.

Alex écarta tout ça et suivit Yvette.

Il la trouva dans la section crimes réels.

— Vraiment ?

Elle avait déjà trois livres dans sa pile.

— Malachi Fields commande régulièrement de nouveaux titres policiers pour moi. Mais c'est une merveilleuse surprise.

Elle souleva un énorme pavé qui comportait des tueurs en série et des affaires classées.

— Yvette Wright, est-ce que tu me dis que tu aimes les livres sanguinaires ?

— J'aime un mélange éclectique d'histoires.

Elle lança un coup d'œil sur le côté, où deux mugs fumants étaient posés sur la table entre leurs fauteuils.

— Voyons ce que tu as choisi, ajouta-t-elle.

Un instant plus tard, elle avait poussé ses livres sanglants contre son torse pour pouvoir s'installer sur son fauteuil et fouiner dans la pile d'Alex.

Elle retourna les livres qui se trouvaient au-dessus et leva les yeux, surprise.

— De la fantasy. Je ne t'aurais jamais cru du genre à t'intéresser aux hauts elfes.

— De la science-fiction, la fantasy historique. De l'*heroic fantasy*.

Il posa les livres d'Yvette sur la table latérale, retournant le premier pour ne pas devoir regarder la couverture avec son image de sang qui coulait d'un couteau.

La peinture brillante lui donnait un air un peu trop réel.

— De l'imaginaire, déclara Yvette.

— Même les trucs réels ont tendance à avoir une partie d'imaginaire en eux.

Il se carra sur son siège et prit le temps d'admirer Yvette pendant qu'elle était occupée à lire la quatrième de couverture de ses choix.

Elle avait enfilé un legging avec un motif de flocons de neige. Un pull bleu recouvrait ses courbes, des ombres accentuaient sa silhouette tentatrice. Des seins ronds sur un buste puissant. De très longues jambes. Des mains qu'il voulait sentir caresser son torse de la même manière qu'elle passait les doigts sur le dos du livre...

Concentre-toi, bon sang. Le programme actuel, c'était de regarder les livres, pas de la reluquer.

Il se força à regarder le visage d'Yvette avant de lui parler pour que leurs regards se croisent.

— J'ai lu des livres d'histoire, mais l'essentiel est rempli de batailles ou de gens qui sont cruels avec les autres, et ce n'est pas mon truc. C'est pour ça que la fantasy historique fonctionne mieux avec moi.

— Une bonne partie de l'histoire est révoltante, acquiesça-t-elle.

Elle but une petite gorgée de son thé d'un air pensif, son regard se promenant sur lui.

— Tu n'as pas à m'acheter de livres, ajouta-t-elle.

Quoi ?

Il avait dû le prononcer à voix haute parce qu'elle abaissa sa tasse et se pencha en avant sur son fauteuil avec une mine inquiète.

— Je ne sais pas si nous devrions faire ça, dit Yvette doucement. Enfin, c'est très gentil que tu aies fait du bureau quelque chose d'unique. Tu y as à l'évidence consacré beaucoup d'efforts. Je ne veux pas minimiser ça. Mais je ne suis pas sûre que ça va marcher...

— Parce que nos choix de lectures diffèrent ?

Alex émit un petit rire. Il y mit beaucoup d'énergie, parce que si elle annulait tout, ce serait fini. Il la poursuivrait de ses assiduités sans réserve, mais seulement si elle le voulait.

Il voulait que ça marche. Il *prévoyait* que ça marche, mais elle devait se sentir aux commandes.

Yvette le regarda avec confusion.

— Nos choix de lecture ne diffèrent pas simplement, ils s'opposent comme le jour et la nuit. Je te le dis maintenant, je n'ai aucun intérêt pour les livres que tu veux acheter.

— Fais-moi confiance, je n'ai aucune intention de lire les tiens.

Il secoua la tête et lui lança un sourire.

— Je suis vraiment surpris, étant donné que nos deux boulots impliquent une certaine quantité de sang et de saleté parfois. Je m'attendais à ce que tu évites ça dans tes lectures. Mais les choses sont ce qu'elles sont.

Yvette le regarda, dans l'expectative.

Alex posa les coudes sur ses genoux.

— Voilà ce qui est important. Nous *lisons* tous les deux.

Yvette avait la bouche ouverte, certainement prête à lui dire encore une fois qu'ils devaient arrêter avant même d'avoir commencé.

Mais maintenant, elle la refermait. Un petit son lui échappa, un peu comme un *humph*, et elle hocha la tête.

— Tu as raison.

— À quel moment lis-tu ? demanda-t-il, l'espoir revenant alors qu'Yvette se calmait.

Dieu merci, elle n'avait plus l'air d'être sur le point de filer du magasin.

— Quand je peux. Beaucoup trop, répondit Yvette en croisant son regard. Je suis désolée. Je suis un peu nerveuse. J'ai dit que je te ferais confiance et que j'essaierais. À l'évidence, tu as non seulement investi beaucoup d'effort là-dedans, mais aussi beaucoup de réflexion.

— Inutile de t'excuser. Je comprends, lui assura-t-il. Je suis sur un terrain glissant aussi.

Pendant un instant ils se regardèrent simplement. Les chants de Noël formaient un doux fond sonore alors que la chaleur de la librairie les entourait.

— Quand devrais-je ouvrir le prochain tiroir ? demanda Yvette.

Le cœur d'Alex se remit à s'emballer. Bien. Ils avançaient toujours dans la bonne direction.

— Le deuxième jour. Quand tu voudras demain.

Les lèvres d'Yvette s'incurvèrent légèrement.

— Laisse-moi reformuler ma question. Tu as dit que j'ouvrirais certains tiroirs toute seule, d'autres avec toi. C'est quoi demain ?

— Toute seule.

Il aurait dû être plus clair dès le début.

— J'ai fait quelques suppositions, en me basant sur les activités typiques de décembre à Heart Falls. Est-ce que tu prévois d'aller aider à emballer les paniers de fêtes pour la banque alimentaire samedi ?

Elle ouvrit son téléphone et vérifia son agenda.

— Oui. Je suis de repos toute la journée.

— Alors, si ça te convient, j'apporterai le déjeuner chez toi. Tu pourras ouvrir le quatrième jour, et nous irons au *Rough Cut* à 16 heures pour les aider.

— Est-ce que nous devons prévoir de déjeuner pendant tout

ce temps ? Parce que je ne sais pas si j'ai besoin d'autant manger avant les fêtes.

Il se mit à rire.

— Nous ne mangerons pas tout le temps. Ton cadeau de samedi *requiert un assemblage*.

Yvette hocha lentement la tête avant que son regard ne croise le sien, et cette fois l'hésitation avait en partie disparu. La curiosité et l'amusement l'avaient remplacée.

— D'accord.

D'accord.

Premier jour. Des projets pour le quatrième jour. Alex sortit un livre de l'étagère à côté de lui, et pendant l'heure qui suivit, ils flânèrent dans le magasin, en parlant de livres.

D'un point de vue général, le temps passé ensemble était un peu embarrassant, mais il était bien moins hostile que certaines de leurs rencontres passées.

C'était un début, et c'était tout ce qu'Alex pouvait demander.

3

―――――

*B*ien sûr, le changement de leur relation était désormais du petit-lait pour les discussions dans la communauté de Heart Falls. Alex le découvrit le lendemain en entrant dans la caserne.

Son premier service maintenant qu'il était de retour ne devait commencer qu'à 14 heures, mais le capitaine des pompiers, Bradley Ford, lui avait demandé de venir plus tôt. Après que Brad eut été assez gentil pour le laisser s'en aller au dernier moment l'année précédente sans date de retour connue, Alex pensait qu'il y aurait un retour de bâton au cours des mois suivants pour la chance qu'il avait eue.

Non pas que cela le dérange. Tous ceux avec lesquels il travaillait à la caserne forçaient l'admiration.

Les deux hommes qu'Alex considérait comme ses meilleurs amis étaient Mack et Ryan. Mack Klassen, le pompier en chef, était un ancien militaire, solide au possible. Ryan Zhao dirigeait le pub du coin, le *Rough Cut*, en plus de faire des heures de volontariat. Ajoutez à cela Brad et Ashton, qui coordonnaient aussi les services à la caserne, et Alex était entouré d'un noyau d'hommes qui, il le savait, non seulement le soutenaient, mais étaient aussi prêts à lui botter les fesses quand c'était nécessaire et capables de mettre la menace à exécution.

Il grimpa quatre à quatre les escaliers jusqu'au premier étage, au-dessus des camions. La zone principale en haut était divisée en trois parties. D'abord, il y avait la cuisine, qui servait aussi de lieu de rassemblement, où ils prenaient leurs repas et se retrouvaient pour l'entraînement technique. Ensuite, il y avait la salle commune pour les moments de repos et les conversations plus détendues, où des canapés et des fauteuils avaient été placés en/ petits groupes. La dernière section contenait les douches et les chambres.

La seule chambre privée, qui avait été précédemment occupée par Mack, était encore vide. Au cours des deux dernières années, Heart Falls avait lentement augmenté son nombre de volontaires jusqu'à ce qu'il y ait suffisamment de gens prêts à effectuer des services de nuit, alors ils ne s'étaient pas donné la peine de réattribuer la pièce.

Alex arriva sur le palier et s'arrêta brusquement.

Comme si penser à eux les avait fait apparaître, Alex lança un coup d'œil à la table, surpris, et découvrit non seulement Brad mais aussi le reste de l'équipe d'encadrement. Y compris Ashton, qu'Alex avait laissé à peine vingt minutes plus tôt au ranch de Silver Stone.

Brad tira une chaise et la tapota d'un air quelque peu inquiétant.

— Alex, mon gars. Assieds-toi.

Il ne s'était pas attendu à ce qu'une confrontation soit requise, mais Alex s'avança, s'efforçant de rester en apparence aussi détendu que possible.

— Eh bien, une salve de vingt et un coups de canon. C'est sympa que vous ayez tous pris le temps de venir m'accueillir.

Ryan sourit, ses cheveux noirs se balançant sur son front.

Alors qu'il se penchait en avant, ses yeux foncés dansaient d'espièglerie.

— C'est l'équipe d'interrogatoire. Tu dois cracher le morceau.

— En effet, acquiesça Mack. Voyons... « *Hé, je me demandais un truc. J'ai besoin de quelques infos et j'ai pensé que tu pourrais m'aider.* » Ce n'est pas comme ça que tous les e-mails commençaient ?

— Le mien, oui.

— Moi aussi.

— Moi itou.

Merde. Quand il avait été cherché des informations sur Yvette, Alex avait fait de son mieux pour rester discret dans ses questions. Il avait cru que les gars ne parleraient pas entre eux de ce qu'il manigançait.

Il semblait qu'il avait eu tort. Malgré tout, il n'allait pas avouer quoi que ce soit à moins d'y être obligé.

Il s'assit sur la chaise, s'avachit délibérément et croisa les bras sur son torse.

— Posez vos questions, mais je veux vous signaler tout de suite que vous êtes pires qu'un groupe de vieilles commères.

— Qu'y a-t-il d'autre à faire pendant que nous sommes en service de minuit à 7 heures une soirée de calme plat ? demanda Brad.

Il se frotta sa barbe.

— Balance, continua-t-il. Qu'est-ce que tu fiches avec Yvette ?

— Ce n'est pas que nous voulions jouer les vieilles commères, se dépêcha de clarifier Ryan. C'est que nous gardons un œil sur un ami. Et aussi, une des bonnes amies de nos dames.

Alex ricana.

— Ce que tu veux dire, c'est que vos épouses vous forcent à me cuisiner.

— Bien sûr. Si c'est ce que tu préfères croire, dit Ryan.

— Je n'ai pas de petite amie, et je veux quand même savoir ce qui se passe.

Cela venait d'Ashton.

Alex était à deux doigts de charrier Ashton pour ce bobard. Tout le monde en ville savait que Sonora Fallen et lui partageaient *quelque chose*, même s'ils refusaient de l'admettre en public. Mais après sa petite conversation avec Sonora la veille, Alex savait très bien qu'elle était curieuse comme tout. Ce qui voulait dire qu'Ashton voulait avoir des ragots à partager avec elle, c'était obligé.

Alex haussa nonchalamment les épaules.

— C'est ce que je vous ai dit quand je vous ai contactés. Je souhaitais faire un cadeau à Yvette, et je voulais que ce soit quelque chose qu'elle puisse apprécier.

— C'est bien de voir que tu te ressaisis enfin et que tu passes à l'action. Tu es plus lent que de la mélasse en hiver.

Cela venait de Ryan. Son ami avait l'air bien trop content.

Alex effectua sa plus belle imitation de Vulcain.

— Dit l'homme qui a mis bien trop longtemps à se rendre compte qu'il était en fait amoureux de sa meilleure amie.

— Ouais, mais quand il a enfin été mis au parfum, il a été au pas de course pour s'unir à elle et la faire entrer dans la famille. Maddie a l'air prête à éclore, dit Mack en se penchant en avant et en secouant la tête. Tu es sur le point d'avoir une préado et un bébé dans la même maison. Tu es maso.

Ryan leva une main en l'air.

— Madison a de l'expérience avec les enfants. Et Talia est aux anges, même si elle s'inquiète un peu que ce soit un garçon. Elle pense qu'une petite sœur pleurerait moins qu'un petit frère.

— Ce n'est pas notre faute si la plupart de ses amies ont eu des petits frères, dit Brad.

Alex eut un rire moqueur.

— Et tu penses que c'est la faute de qui exactement ? Il me semble me souvenir que tu avais un fils qui braillait.

— Belle tentative de nous faire changer de sujet, dit Mack en avançant les coudes sur la table et en croisant le regard d'Alex sans détour. Alors, Yvette et toi ?

— Avec un peu de chance, mais il n'y a encore aucune garantie, signala Alex promptement. Écoutez, je sais que c'est en partie parce que vous avez des épouses qui sont curieuses, et en partie parce que vous êtes tous superfouineurs tout seuls. Voilà le truc. Vous avez tous été d'une grande aide pour préparer ce que j'espère être un plan génial pour *apprendre à nous connaître* pendant le mois de décembre. J'espère que vous nous verrez souvent ensemble, mais à part ça, reculez et laissez-nous tranquilles.

Ashton souriait beaucoup trop.

— Je ne sais pas si nous en sommes capables.

Brad indiqua Ashton du pouce.

— Comme il dit.

— Ce n'est pas que nous ne voulons pas te voir réussir, expliqua Mack. C'est juste que te guider dans cette affaire compliquée qu'est une relation est une chose que nous attendions depuis longtemps.

— Foutaises.

Ryan lança un coup d'œil aux autres gars autour de la table avant de tourner son grand sourire vers Alex.

— Ils sont tous bien trop gentils. C'est l'heure de la vengeance, mon pote. Pour toutes les fois où tu t'es mêlé de nos affaires et toutes celles où tu nous as roulés dans la farine, à nous de surveiller tes arrières maintenant.

— Pourquoi est-ce que ça ressemble plus à une menace qu'à une promesse ?

— Il est super malin. Parfois, dit Brad en se tournant vers Ashton.

Celui-ci émit simplement un petit rire.

Génial. Non seulement il allait devoir manœuvrer pour qu'Yvette suive ses projets, mais il devrait aussi supporter que ses frères d'armes bien intentionnés se mêlent de ses affaires.

Soit.

— Vous n'êtes qu'une bande de cons.

— Absolument, dit Mack en levant les sourcils. J'espère que tu te rends compte que, quels que soient vos efforts, il y a une chose à quoi Yvette et toi n'allez pas pouvoir échapper.

Alex marqua une pause alors qu'il se levait.

— Qu'est-ce que c'est ?

Mack croisa les bras sur son torse et se carra sur son siège, le visage amusé.

— Le Concours annuel de pulls moches des pompiers, devenu maintenant officiel. Brooke et moi les avons cousus. Vous allez voir.

Des rires s'élevèrent. Alex lança un coup d'œil au groupe d'hommes devant lui. Combiné à tous les plans qu'il avait prévus pour ce mois avec Yvette, une sensation de chaleur et de joie se répandit dans ses membres.

Des gens bien. De beaux espoirs pour l'avenir. Il l'avait dit... rien n'était garanti, mais il se sentait optimiste et déterminé.

Il allait faire de cette saison de fêtes la plus mémorable pour une belle vétérinaire en particulier.

~

Yvette avait toujours aimé le matin de Noël. Elle avait été une de ces enfants qu'on peinait à convaincre d'aller se coucher et qui descendait toujours l'escalier pour voir le sapin bien trop tôt pour tout le reste de sa famille.

Elle adorait l'excitation de l'attente et les papillons qu'elle provoquait dans son ventre. Cela lui donnait la sensation d'être en vie, comme si elle était au bord de nouvelles découvertes fantastiques.

La clé qu'elle avait trouvée dans le tiroir du premier jour lui faisait le même effet qu'un matin de Noël. Couchée dans son lit, à fixer le plafond du regard, Yvette régla sa matinée pour prolonger cette sensation grisante aussi longtemps que possible.

Alex avait raison. L'anticipation était une drogue puissante.

Elle sortit le porte-clés de sous son oreiller – oui, elle était obsédée à ce point. Le laisser ailleurs lui avait semblé inapproprié.

La clé en elle-même n'avait rien de secret, mais maintenant qu'elle avait eu le temps d'examiner l'étoile de plus près, elle était encore plus brillante qu'elle l'avait cru au début. Quand elle appuya sur un petit bouton à l'arrière, les deux moitiés de l'anneau s'écartèrent assez pour qu'elle puisse attacher l'étoile sur quelque chose de pointu, comme sur l'extrémité d'un crayon.

Elle devait mettre ces petites babioles là où elle pourrait les apprécier.

Cette idée suffit à lui donner des fourmis dans les jambes. Elle repoussa les draps et affronta l'air frais du chalet. Elle prit le temps d'allumer le feu et de mettre la bouilloire en route avant de se retourner et d'évaluer ses options.

L'avantage d'avoir un lieu de vie aussi rempli, c'était qu'elle pouvait vraiment faire ce qu'elle voulait. Contrairement à sa mère et à sa sœur, dont les foyers immaculés donnaient l'impression qu'elles avaient poussé le concept du minimalisme au point qu'il ressemble à un vide monastique.

Cela les rendait peut-être heureuses, mais Yvette n'imaginait pas que rien puisse s'éloigner davantage de l'aisance et du plaisir visuel. Elle n'était pas désordonnée – c'était habituellement les commentaires qu'elles faisaient sur son style décoratif qui l'énervait le plus. Avoir beaucoup de choses ne signifiait pas qu'il y avait de la poussière.

Elle avait *des trésors*.

— Bon. Reconcentre-toi.

Yvette se couvrit délibérément le visage des mains et poussa un long soupir.

Cet instant était destiné à célébrer une période amusante et excitante, pas à gérer ses démons familiaux. Yvette regarda fixement l'étoile entre ses mains et repensa à la soirée précédente, à Alex et à ce que c'était de passer du temps avec lui.

Il n'y avait vraiment rien de déplacé dans ce qu'ils faisaient. Peut-être que rien ne ressortirait de cette aventure, mais elle n'était pas surchargée d'amis au point de ne pas apprécier d'en avoir un de plus.

L'inspiration la frappa. Yvette tendit la main sous la table et en sortit un bloc de papiers cartonné. Après quelques minutes, avec des ciseaux et une boîte de punaises, elle avait créé un nouveau chef-d'œuvre.

Quand elle eut terminé, la scène campagnarde qu'elle avait récupérée dans un vide-greniers cet été-là avait trouvé un nouvel usage. La toile était couverte de papier bleu en haut, de blanc en bas, avec un sapin de Noël d'un genre très naïf qui remplissait presque le reste du cadre.

Elle enfonça des punaises au hasard dans la toile et sur le bas de l'encadrement en bois, ce qui servirait à exposer facilement les jolies babioles qu'elle trouverait.

Accrocher le premier porte-clés, le sapin de Noël, fit tournoyer des bulles dans son ventre.

Elle posa le porte-clés en étoile sur la table, bien en évidence, et prépara son petit déjeuner, en prenant soin de surveiller l'heure. Quinze minutes avant au travail, elle trouva le tiroir marqué d'une étoile et l'ouvrit.

Un autre porte-clés plus un petit sac en tissu étaient posés au fond du tiroir. Yvette en renversa le contenu dans sa paume.

— Oh, Alex.

Un bracelet à breloques en argent reposait dans sa main, avec un minuscule arbre et une étoile déjà attachés. Un frisson la parcourut.

Elle avait toujours rêvé d'avoir un bracelet à breloques.

Yvette pendit le porte-clés en étoile et celui en forme de sucre d'orge du troisième jour sur son panneau au sapin de Noël fraîchement créé. Elle aligna l'étoile pour en faire le sommet du sapin.

Elle posa soigneusement le bracelet à breloques sur la commode dans sa chambre.

Le temps passa rapidement, sans qu'elle ait l'occasion de s'asseoir pour caresser le bracelet comme elle en avait envie. Tout son instinct lui disait qu'elle devrait dire à Alex que c'était bien trop.

Mais elle adorait ça. Le bracelet était parfait. C'était bien trop, et...

C'était parfait.

Elle enfilait son manteau quand son téléphone sonna. Yvette répondit sans regarder, les yeux toujours soudés sur la jolie création devant elle, ses pensées toujours sur Alex et cette folle aventure dans laquelle il les avait embarqués.

— Oui ? Qu'y a-t-il ?

À l'autre bout de la ligne, un soupir exaspéré résonna.

— Comment peux-tu t'attendre à ce que les gens te prennent au sérieux quand tu fais des choses pareilles ?

Sa joyeuse effervescence disparut. Elles n'explosèrent pas, elles ne faiblirent pas. Elle fut tout simplement chassée par le son de la voix de sa mère.

— Oh. Bonjour, maman.

— Eh bien, je suppose que ce n'est en général pas toi qui réponds au téléphone pour ton truc d'animaux. Mais nous t'avons mieux élevée que ça. Le premier instant d'un appel téléphonique donne le ton de la suite, et malgré tes choix de carrière rustiques, tu dois toujours être professionnelle si tu veux un jour réussir. Je suis sûre que si tu essaies, tu pourras apprendre.

Peut-être qu'une trace d'effervescence s'attardait chez Yvette, parce que ce qui sortit de sa bouche fut totalement inattendu.

— As-tu une raison d'appeler à part me faire la leçon ?

Hoquet instantané de désapprobation.

— Yvette Elouise Wright. C'était impoli.

Tout comme recevoir une leçon après avoir simplement répondu au téléphone. Malgré tout, Yvette garda un ton neutre.

— Je dois aller à la clinique. As-tu besoin de quelque chose ?

Parfois, remettre sa mère fonctionnait à sa place.

Parfois.

— Ta sœur a gagné une nouvelle récompense. Première agente immobilière du mois de novembre. N'est-ce pas incroyable ? Carrie est bien trop modeste pour t'en faire part, mais nous allons sortir dîner samedi pour fêter ça. Tu devrais te joindre à nous. Ce serait merveilleux d'avoir toute la famille réunie. Tu ne viens pas nous voir assez souvent.

Un trajet de douze heures, aller puis retour, sur des routes hivernales, pour dîner avec sa famille ?

— Je ne peux pas prendre de congé maintenant, maman.

Comme si elle n'avait rien dit, sa mère continua :

— Viens vendredi. Tu pourras voir la petite Cassandra participer à la parade de Noël de son école. Elle s'en sort merveilleusement bien, comme d'habitude. Je suis si fière de mes petits-enfants ! Je dois chérir chaque instant parce qu'ils grandissent si vite, et que je n'en aurai plus d'autres aussi petits à gâter.

Parce qu'à vingt-neuf ans, Yvette ne pouvait plus avoir d'enfants ? N'importe quoi. Elle envisagea de raccrocher *accidentellement* mais n'arriva pas à se décider à aller jusqu'au bout.

— Comme je l'ai dit, je ne peux pas prendre de congé en ce moment. Comment allez-vous, papa et toi ?

— Ton père... il est incroyable comme toujours, à jongler avec toutes les tâches de bénévolat qu'il fait. Il est simplement inépuisable. Il est sans doute impliqué dans plus de choses que toi, mais bon, *lui* n'a jamais été fainéant. Ils lui ont demandé de superviser un autre événement. De plus, lui et moi coprésidons la foire automnale de la communauté.

Yvette ignora les critiques passives agressives et lança un coup d'œil à sa montre, jaugeant le temps qu'elle avait avant de pouvoir couper court.

— Ça a l'air excitant.

— Nous ne l'avons jamais fait, mais j'ai dit à ton père que j'étais sûre que tu serais prête à nous aider. Tu dois connaître un certain nombre de choses sur les petites villes maintenant. Nous voudrions avoir cette impression à l'ancienne et pittoresque. C'est ton style.

Bon sang, maman, quelle technique pour complimenter et insulter une fille en même temps ! Ce qui semblait être une spécialité familiale. Yvette attrapa le roulé à la cannelle qu'elle avait eu l'intention de garder pour plus tard.

Après la plupart des conversations familiales, elle avait besoin d'une grosse dose de sucre et de glucides pour retrouver son équilibre.

— Nous verrons.

Il valait mieux ne pas faire de promesses.

— Merci d'avoir appelé, mais je dois vraiment y aller. Au revoir.

— Carrie était aussi...

La culpabilité traversa Yvette lorsque la ligne coupa au milieu de la phrase de sa mère. Mais la vérité était que, si elle n'avait pas raccroché, elles seraient encore au téléphone.

Soupirant, elle se dirigea vers le bureau principal. La famille, c'était souvent compliqué. La sienne était maladroite, gênante et horrifiante tout à la fois.

Elle entra dans le bureau, ravie de découvrir que le vétérinaire en chef, Josiah, était déjà là, à préparer sa trousse médicale. C'était la première fois qu'elle le voyait depuis qu'elle avait appris la nouvelle par Lisa.

— J'ai entendu dire que tu avais décidé de continuer à remplir les pièces de ton énorme maison. Félicitations.

Son sourire fut immédiat, mais ses joues rougirent.

— C'est très récent, alors nous ne disons encore rien.

— Lisa me l'a dit. Et si vous voulez vraiment rester discrets pendant un moment, vous devriez peut-être vous assurer que personne ne surprenne Ollie, le prévint Yvette.

— Bien vu.

Josiah hocha la tête, sans quitter son sourire fier et enthousiaste.

— Oh, au fait... ajouta-t-il. Changement dans ton emploi du temps, cet après-midi. Avant que tu n'ailles à la colonie, j'ai besoin que tu t'arrêtes chez Reiner. Il a quelques animaux qui doivent être examinés, et ce serait une bonne idée d'y aller avant que le temps ne change. La route qui mène chez lui est un enfer après une tempête, et la météo nous annonce de la neige.

Yvette grogna. Elle appréciait vraiment que son boss n'essaie pas de la protéger et lui fasse suffisamment confiance même pour gérer les anciens.

Mais Reiner ?

Normalement, elle n'aurait pas de problème, mais après une dose de sa mère, elle n'était pas sûre d'avoir la patience de gérer un vieil homme grincheux.

— Ne pourrais-tu pas t'en charger ?

Elle regretta les mots à l'instant où ils sortirent de sa bouche.

— Impossible. J'ai dit à Finn que je serai au ranch de Red Boots il y a deux jours.

Josiah passa les sacs sur son épaule tout en se dirigeant vers la porte. Il marqua une pause, se retourna et lui lança un hochement de tête compréhensif.

— Tu gères. Vraiment. Et aussi : Reiner t'apprécie.

— C'est ça. Il me déteste, dit Yvette en riant.

— Là, tu dramatises.

Yvette fit sa plus belle tentative pour hausser un seul sourcil, mais elle était presque sûre que son expression avait l'air torturée, plutôt.

— Je ne dis pas non, mais je dis que tu délires. Creighton Reiner aimerait beaucoup que non seulement la population féminine disparaisse, mais aussi l'essentiel de la population *humaine* sur terre.

Josiah se dirigeait à grands pas dehors.

— C'est une bonne chose que ce ne soit pas lui qui commande, alors. Nous nous verrons plus tard. Sois prudente.

— Toi aussi.

Ses mots rebondirent contre la porte qui se refermait derrière son boss. Elle prit une profonde inspiration et se permit le luxe de la laisser sortir en un soupir audible. Mais alors même qu'elle se débarrassait de cette plainte, exagérée, il fallait l'admettre, elle emballa tout ce dont elle aurait besoin pour une visite à l'ancien.

Creighton était un des clients que personne n'appréciait vraiment, ce qui avait fait de lui une sorte d'étrange défi pour Yvette. Terminer une visite sans perdre son calme était devenu une mission personnelle. C'était plutôt amusant de voir Creighton devenir de plus en plus grincheux sans réussir à la faire réagir.

Il était impoli avec Josiah, grognon et hostile à chacune de leurs suggestions vétérinaires, et carrément méchant avec les gens en ville quand il venait lors de ses rares courses.

Chaque fois qu'Yvette avait été appelée chez lui, il avait rôdé autour d'elle, regardant et évaluant avec une expression qui suggérait qu'elle s'était récemment roulée dans un champ fraîchement épandu.

C'était une bonne chose qu'il l'apprécie. Elle détestait imaginer comment il se serait comporté s'il l'avait vraiment eue dans le nez.

Elle ricana en se dirigeant vers sa camionnette.

4

Le trajet pour monter la route raide en gravier vers la propriété du vieil homme prit suffisamment longtemps pour qu'Yvette accompagne une demi-douzaine d'interprétations de chants de Noël dans le style country et western. Chanter avec Dolly Parton un « Hard Candy Christmas[1] » l'empêcha de rêvasser sur Alex et sur les émotions désordonnées et pleines d'espoir qu'il avait déclenchées par leurs activités.

En arrivant à la petite ferme, Yvette se força à se concentrer sur l'instant présent. Cet endroit était comme n'importe lequel de la communauté. Creighton Reiner, maintenant octogénaire, avait été célibataire toute sa vie. Que ce soit une des raisons pour lesquelles il était grincheux ou qu'il soit célibataire parce qu'il était grincheux, Yvette ne voulait pas essayer de deviner.

Mais il avait certainement arrangé l'endroit d'une manière qui le rendait heureux. Aucune trace de touche féminine nulle part.

D'après Josiah, Creighton s'était essayé à élever à peu près tout. Au cours des années, il avait eu des vaches, des chèvres, des moutons et des lamas. La première année où Yvette était arrivée, il avait tenté d'élever des canards. Ce n'était pas une mauvaise idée, sauf qu'il essayait de le faire avec des oiseaux qu'il avait attrapés dans la nature.

Elle se gara près de la vieille Ford déglinguée et attrapa sa trousse avec l'intention d'aller dans la cour pour le chercher.

Quelque chose attira son regard.

Elle se retourna pour examiner la camionnette de Creighton d'un peu plus près. Ce n'était pas son imagination. La camionnette avait l'air un peu plus amochée. Le pare-chocs avant semblait avoir heurté avec quelque chose de large et de solide. Quelque chose de suffisamment rigide pour faire une fente verticale du côté conducteur. Yvette se pencha et jura en découvrant que tout le pare-chocs tenait avec du grillage.

— Bon sang, Creighton, marmonna-t-elle.

Que ce soit par manque d'argent ou parce qu'il s'en fichait, ce pare-chocs amoché n'était pas une chose qu'elle pouvait laisser passer.

Elle se demanda si elle pouvait faire en sorte que son amie Brooke vienne à la ferme en cachette. Avec un peu de chance, grâce à ses compétences en mécanique et en réparation de carrosserie, elle gérerait le problème avant que Creighton ne reçoive une amende pour conduite d'un véhicule non conforme sur la nationale.

Non pas qu'il quitte la ferme très souvent, mais si cela arrivait et qu'il se tuait ou tuait quelqu'un d'autre, Yvette se sentirait mal.

Elle ne vit pas tout de suite le vieillard, mais les chiens de la ferme étaient sortis en force, deux d'entre eux accouraient depuis l'autre côté de la ferme avec enthousiasme pour l'accueillir. Au loin, il y en avait deux autres, trop vieux ou fatigués pour accourir eux aussi, mais également avec des museaux enthousiastes tournés vers elle.

Elle s'arrêta pour caresser les deux colleys plus jeunes qui bondissaient sur ses talons.

— Hé, les gars. Comment ça va ? Oui, vous êtes de bons garçons.

Yvette leur glissa à chacun une friandise avant de leur faire signe d'avancer d'une main.

— Où est le boss ? Creighton ?

Comme s'ils comprenaient, ils se retournèrent et traversèrent la cour, aboyant avec enthousiasme. Elle les suivit vers la petite grange. Ou la très grande cabane, elle n'arrivait jamais à décider entre les deux.

Creighton la retrouva à la porte seulement pour afficher un air renfrogné et tendu.

— Par ici. Dépêche-toi.

Yvette le suivit, résistant à l'envie de rouler des yeux. Malgré tout, l'agacement la poussa à murmurer, d'une voix basse et râpeuse, bien trop doucement pour qu'il l'entende :

— Content de te voir, Yvette. Merci beaucoup d'avoir monté ma pente infernale. J'apprécie toujours que des personnes compétentes trouvent dans leur journée le temps de m'aider.

Elle ricana, assez amusée pour que, lorsqu'elle le rejoignit pour regarder par-dessus la barrière dans un petit enclos, sa bonne humeur soit revenue et que son sourire soit sincère.

— Qui devons-nous examiner aujourd'hui ?

Un peu plus tard, après trois cochons, deux chèvres et un chien très maigre, son sourire avait assurément disparu. Seulement, ce n'était pas les animaux qui l'inquiétaient, c'était Creighton alors qu'il clopinait douloureusement en la menant d'un endroit à un autre, avec Tex, son chien à demi chenu qui avançait à ses côtés comme s'il voulait l'aider.

Yvette l'épiait du mieux qu'elle pouvait, mais l'ancien semblait essayer de rester assez à distance pour qu'elle ne puisse pas voir grand-chose d'autre qu'une paire de bottes très usée, l'une avec du ruban adhésif enroulé autour de la voûte plantaire.

Elle se concentra sur les animaux jusqu'à ce qu'elle ait terminé avec le dernier.

— Nous ne pouvons pas faire bien plus pour Hunter, dit Yvette à Creighton en passant une main sur la tête du retriever le plus âgé.

Dans un coin sous le porche de devant, il avait un panier pour chien, vieux propre, et il s'y dirigea lentement pour se rouler en boule quand elle l'eut examiné, remuant doucement la queue alors qu'ils continuaient à le regarder.

Tex vint lui toucher la truffe de la sienne avant de retourner aux côtés de Creighton.

— Il n'y a aucun vrai problème, continua Yvette. Il est un peu maigre. Vous devriez peut-être essayer de le nourrir dans la maison. Ou dans un endroit séparé du reste des chiens pour vous assurer qu'il reçoit sa part.

Le vieil homme se renfrogna mais ne dit rien.

Avant qu'il n'ait eu le temps de quitter le porche, Yvette reprit la parole. Rapidement, avant que le moment ne passe.

— Vous voulez que je regarde votre pied ?

Creighton lui lança un regard noir.

— Je ne suis pas un chien.

Elle lui rendit son regard.

— Vous n'êtes pas une vache ni un cheval non plus, mais je devrais sans doute jeter quand même un œil à votre pied et vous dire si vous devez voir un médecin.

Du sang tachait sa botte au-dessus de l'adhésif, ce qui annonçait bien plus qu'une simple coupure.

Pendant un instant, il parut sur le point de simplement l'ignorer, mais il fit un geste de la tête vers le chalet.

C'était la première fois qu'Yvette y pénétrait. Après avoir

vu la manière sobre et efficace dont il gérait les choses dans la ferme et les dépendances, elle ne s'attendait pas à un tel 'intérieur. Elle se retint tout juste de rester bouche bée alors qu'elle le suivait dans l'espace cosy et bien rangé. Les nombreux meubles, fabriqués avec du bois d'œuvre en pin clair, contrastaient magnifiquement avec les épais coussins bleu foncé. Le lieu était décoré principalement de magnifiques morceaux de souches et de cailloux aux formes intéressantes. Comme un musée de merveilles naturelles.

Yvette étouffa sa curiosité et se concentra sur le vieil homme qui s'était installé sur une chaise près de la petite table et retirait prudemment sa botte de travail et sa chaussette.

Il croisa les bras sur son torse et ses yeux lancèrent des éclairs.

— Voilà.

Un morceau de tissu légèrement taché de sang était enroulé autour de son pied, noué avec des lambeaux. Yvette le défit prudemment avant de siffler à la vue de la blessure.

— Eh bien, dites donc. C'est une coupure très impressionnante. Laissez-moi deviner. Une hache ?

Il se renfrogna de nouveau.

— Il y a quatre jours. J'ai touché un nœud, elle a dévié. Elle est filée tout droit vers ma fichue botte.

Yvette examina prudemment la blessure, ignorant ses grognements, pires que ceux du chien. Heureusement, elle put le rassurer.

— On dirait que ça ne s'est pas infecté, mais la blessure est assez profonde pour que vous ayez besoin de points de suture.

— Recouds-moi alors. Je vais pas en ville.

Avec quelqu'un d'autre, Yvette aurait refusé. Mais comme il allait rarement en ville, si elle ne le faisait pas, il y avait des risques qu'il ignore son conseil. Sans points de suture, le risque d'infection future augmenterait.

Elle se mit immédiatement au travail. Le silence total les enveloppa, à part le tic-tac rythmé d'un coucou ancien sur le mur d'en face. C'était étrangement réconfortant.

Creighton enfila une chaussette propre sur son pied cousu et bandé, qu'il renfonça dans sa botte.

— Ça suffit. Maintenant, du vent. J'en ai assez que tu fouines dans mes affaires.

— De rien, dit Yvette d'un ton pincé en se relevant, étonnamment amusée par son impolitesse. C'est toujours un plaisir de vous voir, monsieur Reiner.

Ce ne fut que lorsqu'elle fut repartie qu'elle se rendit compte de ce qui l'avait le plus amusée. Il avait essayé d'être agaçant et de la repousser, pourtant pendant tout ce temps il était clair que quelque chose le turlupinait. Quelque chose qui lui avait permis d'accepter son aide.

Cette rudesse tout sauf véhémente n'était pas ce à quoi elle s'était attendue. Elle prit mentalement note de parler à Josiah et de voir ce qu'il pourrait suggérer d'autre à l'avenir. Elle envisagea aussi des méthodes détournées d'envoyer l'air de rien quelqu'un avec une formation médicale pour vérifier à nouveau qu'elle-même n'avait rien raté pendant son examen.

Le temps passé avec Creighton fut la plus grande distraction de cette journée et de la suivante. Ce qui lui laissa trop de temps pour penser à Alex, songer à ce qu'ils faisaient.

L'impatience l'étreignait comme un boa constrictor.

Le troisième jour, elle ouvrit un tiroir étroit tout en bas sur le côté droit du bureau qui révéla une bouteille de vin, un sachet de mélange d'épices et un mot.

« Pour ta prochaine soirée entre filles. À l'arrière de cette carte il y a une recette de sangria. Je suis content que tu aies de bonnes amies dans ta vie. »

Le déjeuner du samedi sembla mettre une éternité à arriver. Elle trompa son impatience du mieux qu'elle put, y compris en prenant la plus longue douche du monde, en chantant « Carol of the Bells » à tue-tête avec LeAnn Rimes.

Elle lisait plus ou moins quand on frappa enfin. Yvette bondit sur ses pieds, son livre abandonné, le cœur battant d'excitation. Elle ouvrit la porte et découvrit le cow-boy qui hantait ses rêves et se tenait devant elle dans toute sa musculeuse gloire.

Il avait aussi une petite masse de fourrure grise dans une grande main et un sourire penaud sur le visage.

Elle secoua la tête alors qu'elle s'avançait pour lui prendre le chaton.

— Alex. Je suis contente que tu n'aies pas fourré celui-là dans un des tiroirs de l'écritoire, mais tu ne peux pas...

— Holà ! Ce n'est pas un cadeau. Je l'ai trouvé. Il se déplaçait furtivement sous ta camionnette, et je ne voulais pas qu'il ait l'idée de se pelotonner dessous.

Il lança un coup d'œil sur le côté du porche, et son amusement disparut, un pli se formant entre ses sourcils.

— C'est quoi ce bazar ? demanda-t-il.

Il s'écarta et souleva un panier. Il était du style pique-nique à l'ancienne, avec un couvercle à charnière, et d'après les sons qui s'en échappaient, le chaton entre ses mains n'était qu'un des problèmes du moment.

— Sérieusement ? Pourquoi donc est-ce que quelqu'un déposerait un panier de chatons sous mon porche ? demanda Yvette en plissant le nez – une question rhétorique.

Alex posa le panier sur le dessus du secrétaire, puis ouvrit le couvercle pour révéler deux autres boules de poils qui miaulaient.

— Je suis sûr que vous avez votre part d'animaux abandonnés déposés ici.

— Ça s'est amélioré depuis que Sonora a ouvert un refuge pour eux, mais ouais. Les gens présument que les vétérinaires adoptent tous les animaux errants.

Yvette soupira alors qu'elle soulevait le chaton dans sa paume et regardait la petite boule de poils gris dans les yeux.

— Hé, mon chou. Je suppose que nous allons devoir nous occuper de toi et de ta fratrie.

— Laisse-moi le prendre.

Alex prit le chaton dans sa main, le reposa dans le panier, ferma et attacha le couvercle. Dès qu'ils furent dans le noir, les petits êtres se calmèrent.

— Nous pouvons les déposer au refuge avant d'aller au pub.

Yvette lui fit signe d'entrer.

— Je pourrais aussi bien les ausculter rapidement avant que nous partions. Cela m'évitera d'être appelée pour le faire plus tard.

Elle attendit qu'Alex pose le panier sur la table et se tourne vers elle pour pouvoir croiser son regard sans détour.

— Alors, continua-t-elle. Recommençons. Bonjour. Comment vas-tu ?

Il s'avança davantage dans la pièce et s'approcha d'elle.

— Mieux maintenant, dit-il.

Ses yeux sombres brillèrent d'espièglerie tandis qu'un côté de sa bouche se relevait en un sourire désabusé.

— Ça va te sembler bête, mais c'est vrai, continua-t-il. Tu m'as manqué ces derniers jours.

Les papillons dans son ventre avaient réapparu.

— Je...

Pourquoi était-ce si difficile ? Pourquoi était-il si difficile d'admettre qu'elle pensait exactement la même chose à peine une heure plus tôt ?

Soit il sentit sa gêne, soit elle eut simplement de la chance, parce qu'il lui lança un clin d'œil puis retourna à la porte, la laissant heureusement souffler.

— Avant que je ne retire mes bottes, laisse-moi aller chercher le déjeuner.

Yvette dégagea la table et sortit des assiettes. Quand il eut déballé le festin, encore une fois acheté au *Buns and Roses*, Yvette avait l'eau à la bouche. De la soupe, des sandwichs grillés au fromage, et encore des roulés à la cannelle qui venaient de sortir du four.

— Ça m'a l'air fantastique.

— Et délicieux. C'est une soupe à l'oignon campagnarde. Tansy a dit que c'était ta préférée.

— C'est vrai.

Une nouvelle vague de plaisir envahit Yvette car il avait soigneusement choisi un plat qu'elle aimerait. Elle lui lança une moue feinte.

— Tansy refuse de révéler une de ses recettes.

Alex prit une inspiration profonde marquant son approbation, fermant les yeux.

— Du moment qu'elle continue de cuisiner, je continuerai d'acheter, dit-il en se tournant vers Yvette et en levant sa canette de soda en l'air. Soutenons les commerces de proximité.

Elle se mit à rire.

— Bien dit.

Il leva son sandwich.

— Maintenant, parle-moi de ta matinée. Que se passe-t-il au pays des vétérinaires ?

ALORS QUE LA conversation se déroulait tranquillement pendant les minutes qui suivirent, Alex cessa de faire semblant d'être calme, serein et posé. Il laissa son regard errer à sa guise, s'imprégnant de tout, de la coupe nette du chemisier d'Yvette aux mèches de cheveux qui s'échappaient de sa queue-de-cheval et encadraient son visage.

Pendant qu'elle mangeait, les breloques de son bracelet s'entrechoquaient avec un petit bruit de clochette, et il se retrouva à sourire malgré le bout de sandwich dans sa bouche.

Elle suivit son regard posé sur son poignet avant de lever les yeux vers lui.

— C'est un très joli bracelet.

— Ce n'est pas vraiment quelque chose que tu portes tous les jours, n'est-ce pas ?

— Non, mais il est magnifique, et je l'adore vraiment. Merci.

— Hum.

Il se carra sur son siège et sourit.

— J'étais sûr que je devrais faire un bras de fer avec toi pour te convaincre de le garder. Ou que tu allais me passer un savon pour avoir trop dépensé... ce qui n'est pas le cas. Je n'ai pas trop dépensé, je veux dire.

Elle plissa le nez de la plus adorable des manières.

— Si tu étais entré dans la pièce trente secondes après que je l'ai ouvert, tu aurais eu raison. Mais en prenant le temps pour bien y réfléchir, si je dois te faire confiance pendant ces rencards, alors je dois te faire confiance pour savoir ce que tu peux te permettre. Et aussi pour savoir que des babioles coûteuses ne sont pas toujours la bonne méthode.

C'était un des conseils de sa liste. La liste des notes qu'il avait prises après avoir parlé avec ses parents au début de ce cheminement.

Elle ne voudra pas de cadeaux coûteux mais plutôt attentionnés.

Instinctivement, il tapota sa poche avant de se reprendre et de croiser le regard d'Yvette.

— De rien. Je me suis amusé à rassembler des choses qui, à mon avis, te plairaient. Quelques-unes coûtent achetées, mais d'autres sont recyclées. Nous verrons ça au fur et à mesure.

Le sourire qu'elle lui lança valait chaque centime qu'il avait dépensé sur le bracelet à breloques – qui n'était certainement pas un des objets recyclés. Pas d'après le trou sur son compte en banque.

Ça en valait quand même la peine.

Ils terminèrent leur déjeuner. Alex parla de la balançoire qu'ils étaient en train d'installer dans le ranch pour les enfants les plus grands et des poules qui leur avaient fait obstacle de manière inattendue. Yvette lui parla de sa visite de la veille à la colonie huttérite[2] , où une section de la clôture autour d'un enclos à cochons avait mystérieusement disparu, laissant tout le groupe s'échapper. Destruction et chaos.

Il avait toujours su que leurs boulots étaient compatibles.

Yvette recula de la table avec un grognement.

— J'ai trop mangé.

Il lança un coup d'œil sur la table devant elle et émit un petit rire devant sa moitié de sandwich et son verre abandonnés.

— Je vois que tu as réussi à terminer le roulé à la cannelle.

Elle rougit et son corps se tendit.

— Ouais, eh bien...

Il marqua une pause. *Merde.*

Alex se pencha en avant et croisa son regard.

— On rembobine, c'était censé être une taquinerie pour te faire sourire, pas pour te mettre mal à l'aise. Tu remarqueras que j'ai moi aussi terminé mon roulé à la cannelle.

Elle hocha vivement la tête puis se redressa.

— Désolée. J'ai parfois encore l'impression d'être une enfant de dix ans à qui on dit qu'elle ne pourra pas avoir de dessert avant d'avoir terminé tout ce qu'elle a dans son assiette.

Il tendit la main par-dessus de la table et lui attrapa la main la plus proche de lui.

— Qu'est-ce que tu as dit au sujet de la vie, trop courte pour lire de mauvais livres ? Je pense que la même chose s'applique à la nourriture. La vie est trop courte pour ne pas profiter du dessert. Si ça veut dire que je ne mange que la moitié de ma salade et de mes légumes, soit.

Elle retourna sa paume vers le haut et lui serra les doigts.

— C'est une bonne devise.

— Je suis content que tu approuves.

Il était l'heure d'une distraction d'un autre genre.

— Débarrassons la table avant que tu n'ouvres le quatrième jour. Nous allons avoir besoin de place pour travailler.

À peine dix minutes plus tard, Yvette décrocha le porte-clés du jour d'un tableau au mur, si impatiente qu'elle sortit dans le froid sans rien enfiler.

Alex attrapa leurs manteaux, riant alors qu'il posait celui d'Yvette sur ses épaules.

— Excitée ?

— Un peu, admit-elle en croisant les bras et en lançant un regard noir au bureau. Je n'arrive pas à trouver dans quelle serrure va cette clé.

Elle lui lança un coup d'œil.

— Je ne vois pas d'indice, conclut-elle.

Il tendit la main, paume vers le haut. Elle posa le porte-clés dessus.

— Qu'est-ce que c'est ? l'encouragea-t-il.

— Une plume.

Comme il secouait la tête, elle fronça les sourcils.

— Allons, continua-t-elle. Ne dis pas à la vétérinaire que ce n'est pas une plume.

— Oui, c'est une plume, mais c'est *plus* qu'une plume.

Elle se concentrait si fort qu'il vit presque de la fumée sortir de ses oreilles.

— Tu peux trouver la solution.

— Tu peux me donner un indice ?

Elle glissa les bras dans son manteau et se frotta les mains tandis que le froid vif les gagnait peu à peu.

Il était tenté de lui proposer un échange. Il lui réchaufferait les mains en contre un indice. Bon sang, il lui réchaufferait plus que les mains...

Tiens-t'en au plan, le prévint sa conscience.

— Si tu avais un devoir à Poudlard, tu utiliserais... ?

Elle écarquilla les yeux, et elle reprit le porte-clés pour l'examiner de plus près.

— C'est une plume d'oie. Pour écrire. Ce qui veut dire qu'elle devrait ouvrir la partie secrétaire.

Yvette se retourna vers le bureau et inséra la clé dans la serrure. Elle cria presque lorsque la longue section roulante qui allait d'un bord à l'autre remonta sans heurt et révéla une grande boîte et huit autres petits tiroirs verrouillés.

— Oh mon Dieu ! D'accord, ça explique aussi pourquoi il y avait trop peu de tiroirs pour aller jusqu'au 24.

Le sourire qu'elle avait tourné vers lui était aussi éclatant que l'étoile en haut du sapin de Noël.

— C'est tellement amusant ! déclara-t-elle.

Il tendit la main derrière elle et prit la boîte.

— Bien. Maintenant c'est le moment pour la partie de notre rencard qui *requiert un assemblage*.

La regarder retirer le Scotch et repousser les rabats de la boîte était tout aussi agréable que d'ouvrir un cadeau lui-même. À cet instant, il était très clair qu'Yvette adorait les cadeaux.

Elle ouvrit la bouche en forme de O, et s'extasia de joie en sortant plusieurs boules de laine colorée. Les paquets de LED furent placés près d'eux avec une expression un peu plus confuse.

Mais ce fut le paquet de minuscules colliers de serrage qui la fit s'immobiliser et lui lancer un coup d'œil, soudain inquiète.

— Est-ce que je devrais avoir peur ?

L'amusement pétillait dans le regard d'Alex.

— Continue à chercher dans cette boîte, miss.

Tout au fond, il avait empilé deux cardigans. À leurs tailles respectives mais avec des motifs identiques. De grandes écuries rouges à l'arrière, une barrière qui faisait tout le tour de la taille. Des nuages blancs cotonneux dans un ciel bleu et de la neige sur le sol. La scène tricotée parfaite d'un ranch en Alberta en décembre.

Yvette posa les doigts contre ses lèvres. Quand elle laissa retomber ses mains, cc fut pour les taper l'une contre l'autre.

— Nous allons faire des pulls moches, non ?

— Je préfère le mot *criard*, dit Alex sérieusement.

— Ça va être tellement amusant !

Yvette retourna précipitamment vers les sacs en plastique qu'elle avait écartés dans sa hâte d'arriver au fond.

— Alex, dis-moi que ce ne sont pas des marionnettes à main.

— *C'était* des marionnettes à main, mais maintenant elles vont aller sur nos pulls.

Les marionnettes qu'Yvette sortait de leurs emballages tenaient sur un seul doigt. Toute sorte d'animaux de la ferme, y compris des poules et des chèvres.

Alex se joignit à elle pour fouiller dans la pile, levant ses trouvailles en l'air d'un air triomphant une fois qu'il eut mis la main sur ce qu'il cherchait.

— Tu as trouvé des personnages aussi ? demanda Yvette en tendant la main vers celui qu'Alex tenait, qui se trouvait être le petit fermier. Il est adorable.

Elle caressa le petit chapeau de cow-boy d'un doigt puis sourit à Alex.

— Tu es adorable, répondit Alex, incapable de retenir les mots.

Une soudaine pause, et les joues d'Yvette rosirent de nouveau. Seulement, cette fois, ce n'était pas d'embarras comme à la fin du repas.

Oh, elle était gênée, mais cela semblait... normal. Comme un lien qui grandissait entre eux au lieu d'un mur qui s'élevait.

Yvette détourna le regard et s'empara de la petite fermière.

— Alors, est-ce que nous les cousons sur les pulls ?

— Comme nous avons envie, dit Alex. Du moment que le résultat final est super spécial, pour qu'il soit douloureusement évident que *nos* pulls sont beaucoup mieux que tout ce que Mack et Brooke pourront trouver.

Quelque chose qui ressemblait suspicieusement à un rire moqueur échappa à Yvette.

— Non pas que tu aies l'esprit de compétition ni quoi que ce soit.

Il tendit la main vers les LED et les retira de leur emballage protecteur.

— Pas du tout l'esprit de compétition. Tu as parfaitement raison.

Yvette enfila le plus petit cardigan et boutonna l'avant avant de tendre les bras de chaque côté et de tourner lentement.

— Il me va très bien.

Seigneur, et comment ! Moulant ses hanches, le pull était cintré au niveau de sa taille, puis s'évasait sur ses seins. Alex força son regard à continuer à monter, mais nom d'un chien, il avait vraiment envie de s'asseoir et d'admirer ses atouts pendant un petit moment. Il avait su qu'Yvette avait de jolies formes, mais l'impact de cet instant... était époustouflant.

Provoquait le désir. Le corps d'Alex s'emballa comme une toupie de Noël remontée à bloc.

Inconsciente de son dilemme, Yvette attrapa deux paquets et les tendit vers lui.

— J'ai une idée. Et si nous illuminions tout, mais qu'au lieu de coudre les marionnettes sur les pulls, nous les attachions avec des scratchs ?

Il força ses pensées à changer de cours et se concentra sur sa suggestion.

— Ce serait très amusant. Seulement, je n'ai pas de scratch.

Yvette fit un geste vers le côté de la pièce.

— Fais-moi confiance. J'ai absolument un peu de tout ce dont tu pourrais avoir besoin.

Il était presque sûr qu'elle avait plus qu'un peu de tout ce dont il avait besoin.

Reste concentré.

— Génial. Commençons.

Sachant combien leur relation avait été tendue deux ans plus tôt, c'était bizarre de voir avec quelle aisance se passait leur après-midi, à travailler ensemble. Heureusement, le scratch qu'elle avait trouvé n'avait pas besoin de couture. La Superglue leur permit de fixer de petits carrés à l'arrière des marionnettes et à des endroits stratégiques partout sur les pulls.

Puis ils arrivèrent à la partie épineuse. Yvette enfila son pull et plaça les LED dans les mains d'Alex.

— Ce sera beaucoup plus facile pour toi de voir où les coudre si je le porte.

Tisser voulait dire toucher. Glisser les mains sur son buste en se tenant suffisamment près pour sentir l'odeur de sa peau, la senteur de pomme de ses cheveux, les sons tentants de... tout.

Seigneur. *Plus facile ?*

Elle n'avait pas idée !

Alex déglutit péniblement.

— Retourne-toi.

Sa voix était aussi rauque que s'il s'était gargarisé avec du gravier, mais elle lui avait déjà tourné le dos.

Il se concentra sur ce qu'il faisait, mais ses doigts tremblaient pendant qu'il posait doucement les longs fils sur son épaule puis se mettait au travail. Coudre l'extrémité du mince filament le long du bord de l'écurie ça allait, sinon pour la chaleur qui émanait du corps d'Yvette.

Ce fut quand il commença à travailler le long du haut de la barrière, celle qui glissait autour de sa taille et allait vers l'avant de son corps – ce fut là que sa bouche s'assécha et que son cœur se mit à battre suffisamment fort pour résonner à ses oreilles.

Le bavardage joyeux d'Yvette s'éteignit lentement. Sa respiration s'accéléra alors que les mains d'Alex frôlaient son ventre. Les courbes pleines de ses seins dansaient devant ses yeux.

Bon sang, il s'efforçait d'empêcher ce moment d'aller trop loin, trop vite. Son regard s'attarda sur le pouls palpitant à la base du cou d'Yvette. Elle passa la langue sur ses lèvres.

Sa main vint se poser sur l'avant-bras d'Alex. Ses doigts se plièrent, le retenant. Sa voix était à peine plus forte qu'un chuchotement.

— Alex ?

D'après sa chronologie, il cherchait déjà à aller trop vite par rapport à la plupart des hommes. Il serait idiot de trop tenter le diable.

Alex n'était pas idiot.

Il était sur le point de reculer d'un pas quand elle le stupéfia. Elle passa les bras autour de ses épaules et le serra fort. Leurs corps entrèrent en contact, la chaleur les enveloppa. Une femme douce et sexy était pressée contre chaque centimètre de son corps.

Nom d'un petit bonhomme en mousse.

5

———————

lors qu'Yvette l'étreignait, son esprit s'emballait. La tension sexuelle qui s'élevait entre eux avait été si grande qu'elle s'était sentie sur le point de chavirer. Briser le contact visuel en l'étreignant avait semblé être la solution la plus sûre.

Maintenant qu'elle était si proche de chaque centimètre brûlant de son torse musclé, elle se rendait compte qu'elle avait peut-être fait une minuscule erreur de calcul.

Malgré tout, il n'y avait qu'un moyen d'avancer. Elle se força à laisser l'air froid s'immiscer entre eux et recula, levant les yeux pour croiser son regard.

— Je sais que nous – c'est toujours bizarre de dire ça – *sortons ensemble*, mais peu importe combien j'en aie envie... Enfin, c'est trop rapide. Bon, ce n'est pas que je ne suis pas intér... oh, *bon sang*.

Il se mit à rire. Un son jovial et qui n'exprimait rien d'autre que de la joie.

— Tu sais, j'ai pratiquement compris chaque mot que tu viens de dire.

— Tant mieux, dit Yvette d'un ton traînant et misérable, parce que je suis sûre que c'était du vrai charabia.

— Non, c'est bon, insista Alex. Tu connais ça, quand parfois tu reçois un texto de quelqu'un, et que c'est en gros du charabia, mais que tu comprends exactement ce que l'expéditeur voulait dire ? Alors tu réponds et tu dis un truc du genre *c'est bon, je parle le « faute de frappe »* ?

L'amusement envahit Yvette, chassant la gêne.

— Ouais ?

Alex lui attrapa les doigts.

— Je parle aussi le *gêné*. Ce qui signifie que je crois que tu essayais de dire que tu sens l'attirance physique entre nous, mais que c'est trop tôt pour en faire quoi que ce soit. Mais que ça paraît inapproprié de ne *rien* y faire du tout.

Il était un peu trop perspicace.

Elle croisa les bras sur sa poitrine et lui lança un regard noir.

— Est-ce que tu m'as hypnotisée ? Parce que c'était troublant.

Le coin des lèvres d'Alex se releva.

— Parce que j'ai interprété ton *gêné* correctement ?

Elle hocha la tête.

— C'était presque exact à 100 %.

Cette fois ce fut lui qui s'éloigna, lui faisant signe d'aller vers la table.

— Réorientons un peu tout ça. J'aurais beau adorer continuer sur le chemin que nous venons de prendre, je veux que nous appréciions le trajet. Nous ne céderons à aucun désir physique aujourd'hui, quelle qu'en soit notre envie. D'accord ?

Yvette hocha la tête sans un mot.

— O.K. Alors pourquoi ne pas retirer le pull, et nous le terminerons sur la table ?

— Bonne idée.

Elle se contorsionna pour enlever le cardigan et pressa les mains contre ses joues pour tenter de les rafraîchir.

— Peut-être que je vais aller nous chercher des boissons fraîches, ajouta-t-elle.

Il émit un petit rire doux, mais encore une fois son sourire était celui d'un complice, il ne la jugeait pas.

— Ça m'a l'air d'un bon plan.

Même avec un peu plus de distance entre eux, Yvette était encore intimement consciente de chacun des mouvements d'Alex. Chaque fois que leurs bras se frôlaient, un frisson électrique lui courait sur la peau.

Maintenant cette sensation était quelque chose de délicieux. Tentant, sans projet caché ni inquiétude de faire quelque chose de travers.

Elle était à l'aise avec cet homme qu'elle connaissait à peine de bien des manières, et cela suffisait à occuper son esprit et à lui faire envisager toutes sortes de questions à lui poser, toutes sortes de choses à savoir.

En attendant, ils travaillaient sur les pulls.

Une fois qu'ils eurent terminé, les créations criardes furent mises de côté pour la semaine suivante et leur grand dévoilement lors de la soirée annuelle de la fête des pompiers. Yvette emmena Alex à la clinique vétérinaire et le guida dans l'examen des chatons et l'injection de leurs premiers vaccins.

Le ciel virait au crépuscule quand il la guida vers sa camionnette et posa le panier de chatons sur les cuisses d'Yvette.

— Passons au refuge avant d'aller au *Rough Cut*.

— C'est bien d'avoir le refuge, révéla Yvette alors qu'ils roulaient sur la nationale. C'est toujours mieux quand de douces petites créatures comme celles-ci peuvent finir dans un foyer heureux.

— Je m'éclate toujours avec les chats qui vivent à Silver Stone, admit Alex.

— Leur présence fait partie d'un ranch en bonne santé. Ce sont des animaux de travail, comme des chevaux et des chiens, répondit Yvette en regardant dans le panier, où pointait un petit museau noir. Si mignon.

— Tu n'as pas d'animaux de compagnie.

Alex lui lança un regard en coin.

— Toi non plus, répondit-elle d'un ton cassant avant de s'interrompre en levant la main.

Bon sang, pouvait-elle être moins crispée ? Elle baissa la voix pour reprendre un ton normal.

— Et... Laisse-moi réessayer. C'est vrai. Je n'ai pas d'animaux en ce moment, mais c'est surtout à cause de l'endroit où je vis et du travail que je fais.

Il tendit la main vers elle et attrapa la sienne. Ses doigts calleux frôlèrent ses phalanges, son pouce glissa sur le dessus de son poignet.

— Je ne vais pas m'effondrer si tu ne me parles pas toujours sur un ton mesuré. Mais merci de t'être reprise. Je ne te jugeais pas.

C'était ce dont Yvette s'était rendu compte seulement quelques secondes après avoir réagi. Elle lança un coup d'œil à leurs doigts joints et changea de position jusqu'à ce qu'elle soit à la fois confortable et pleine de danger.

— Je sais que non. *Tu* n'as rien fait de mal.

— Oh, ne t'inquiète pas. Laisse-moi le temps, et je suis sûr que je vais faire quelque chose d'imprudent.

Yvette resta silencieuse avant d'avouer la vérité.

— J'aimerais avoir un animal de compagnie, mais en attendant que je puisse en prendre soin et lui donner suffisamment d'attention, je reçois mon quota d'amour des animaux par mon travail. J'ai vu trop souvent des gens bien intentionnés prendre des animaux puis les maltraiter en partie en étant indisponibles.

Elle leva les yeux et croisa brièvement son regard.

— Je ne veux pas être ce genre de personnes, conclut-elle.

Il lui serra les doigts et ajouta doucement :

— C'est bien.

Ils se turent. Yvette était un peu gênée par son aveu, mais aussi fière de l'avoir dit. Être assis ensemble était de nouveau plus agréable que gênant.

Ils se tenaient encore la main quand ils entrèrent dans la cour du refuge. La maison de Sonora Fallen se trouvait au sud de l'ancienne écurie spacieuse, rénovée quelques années auparavant pour sa nouvelle fonction.

Alex émit un petit rire. Cette fois, son amusement avait un ton légèrement coquin.

— Eh bien, eh bien, eh bien.

Yvette suivit son regard mais ne réussit pas à voir ce qui était si divertissant. La seule chose qui sortait de l'ordinaire, c'était le bout d'une camionnette qui dépassait de l'autre côté de la maison.

— Qu'est-ce... ? Oh. Oh, *vraiment*.

C'était le véhicule d'Ashton Stewart, plus ou moins placé hors de vue.

Yvette se tourna vers Alex et lui lança un grand sourire.

Il remua les sourcils.

— Nous *devons* déposer ces chatons. J'espère que nous n'interrompons rien.

Elle attendit qu'il vienne lui ouvrir la portière, regardant autour d'elle pendant ce temps-là, guettant un signe d'activité. Rien, et quand ils essayèrent de l'ouvrir, la porte du refuge était bien fermée à clé.

Yvette se retourna et mena Alex vers les marches de la maison de Sonora.

— Je devrais vraiment me sentir mal à l'aise, avoua Yvette.

— Moi aussi. Mais c'est bizarre. Ce n'est pas le cas. Je suis simplement curieux et super amusé.

Alex frappa assez fort à la porte pour qu'il soit impossible à quiconque de faire semblant de ne pas avoir entendu.

— Une minute, lança Sonora.

Yvette s'appuya contre Alex.

— Tu penses qu'elle le cache dans un placard ?

Il riait encore doucement quand la porte s'ouvrit et que Sonora apparut. Ses longs cheveux gris blanc étaient remontés en un chignon désordonné, ses joues étaient roses et ses yeux brillaient.

— Yvette. Alex. Bonjour.

— Bonjour.

Il était tentant de la taquiner, mais en même temps, Yvette avait un peu pitié d'elle.

— Le refuge est fermé, et j'ai trouvé des chatons abandonnés.

— Oh. Bien sûr. Entrez.

Sonora s'écarta et leur fit signe d'entrer.

— Je prends mes affaires, j'en ai pour une minute, continua-t-elle.

— Nous pouvons attendre dehors, proposa Yvette.

— Certainement pas. Mettez-vous au chaud. J'insiste.

Sonora attaqua pratiquement Alex, l'attrapa par le bras et le tira brusquement dans la maison pour pouvoir fermer la porte fermement derrière lui.

— Restez là.

Elle se retourna et alla vers le mur latéral où les bottes d'hiver et les manteaux l'attendaient.

Les yeux d'Alex étincelaient si fort qu'Yvette avait envie de lui donner un coup de coude et lui dire de bien se tenir.

— Comment allez-vous ? demanda-t-il à Sonora très innocemment.

— Bien. Je suis juste paresseuse.

Yvette se mordit la lèvre pour s'empêcher de dire quoi que ce soit alors qu'elle remarquait une camionnette familière qui passait discrètement devant la fenêtre du salon.

Ashton, qui descendait la route sans bruit et renonçait à leur rendez-vous galant secret.

Une fois que Sonora les eut menés dehors puis dans le refuge, tout alla assez rapidement. Il s'était sans doute écoulé moins de dix minutes quand Alex et Yvette furent de retour sur la route et se dirigèrent en silence vers l'événement caritatif.

Un silence qui ne dura que quelques secondes avant qu'Alex ne ricane franchement. Ce qui fit qu'Yvette s'étouffa dans un rire moqueur qui lui échappa. Ils n'étaient même pas arrivés sur la route principale qu'Alex se gara sur le côté parce qu'il riait trop fort.

Yvette chercha son souffle.

— Tu as vu Ashton filer en douce ?

— Un aveugle l'aurait remarqué. Cet homme est à moitié autruche. Faire semblant d'être invisible ne te rend pas invisible.

— Tu vas le lui dire ? demanda Yvette.

— Pourquoi gâcher ses illusions ?

Alex essuya les larmes qui lui étaient montées aux yeux.

— Tu as vu le chemisier de Sonora ?

Il toussa puis croisa le regard d'Yvette.

— Hum. Est-ce que je veux savoir ?

Sonora était parfaitement convenable, mais Yvette avait remarqué que son chemisier avait été à l'évidence reboutonné bien trop précipitamment, le samedi avec le dimanche.

— Non. Je suppose que non.

Ils sourirent tout le long du trajet jusqu'au *Rough Cut*.

APRÈS AVOIR TENU la porte à Yvette, Alex avança dans le pub familier sur ses talons. Le *Rough Cut* avait une piste de danse et était un troquet décontracté durant presque toute la semaine mais Ryan, son propriétaire, essayait d'en faire aussi un lieu de rassemblement pour la communauté. Au cours de l'année passée, avec Madison à ses côtés, boire et sortir entre adultes n'avait pas été la seule activité qui s'y était tenue.

Cet événement annuel était un de ceux qui rendaient Alex heureux d'y venir et de donner un coup de main. Préparer des colis alimentaires pour des familles dans la communauté qui avait besoin d'une petite aide supplémentaire était toujours une bonne idée, particulièrement à cette période de l'année. Alex ne le savait que trop bien par ses jeunes années passées avec une mère qui avait toujours du mal à boucler leurs fins de mois.

Ryan lui fit signe d'approcher et repoussa ses cheveux noirs de ses yeux avant d'attraper une boîte de matériel.

— Le camion est arrivé en retard, alors nous sommes à la bourre. Peux-tu m'aider à empiler ça à côté des tables de tri ?

— Donne-moi ton manteau, dit Yvette en tirant sur la manche d'Alex. Je vous enverrai du muscle dès que je pourrai. D'accord, Ryan ?

Il hocha la tête.

— Madison cherchait des gens aussi. Mais peux-tu me rendre service et la ligoter ? Si elle essaie de soulever quelque chose de plus gros qu'une tasse de chocolat chaud, tiens-moi au courant.

— Je peux lui sonner les cloches toute seule, lui assura Yvette avant de lancer un coup d'œil à Alex et d'agiter les doigts. À plus tard.

— Sans faute.

L'installation prit plus longtemps que d'habitude, avec les cartons à transporter à travers la piste de danse. Mais une fois que les réserves furent rassemblées, la directrice adjointe de Ryan, Grace, mit en place la chaîne d'emballage. Les cartons remplis furent transférés dans des véhicules pour être livrés le soir même.

En fait, quand 18 heures sonnèrent, ils avaient accompli tout ce qu'ils devaient faire avant que les portes du pub n'ouvrent et que la clientèle ne commence à arriver.

Grace reprit sa place derrière le bar pendant qu'un petit groupe de volontaires restait installé autour de la table dont ils avaient pris possession. Brad et Hanna, Ryan et Madison, Brooke et Mack.

Yvette et Alex. C'était agréable de penser qu'ils étaient en couple.

Alex déplaça sa chaise pour se retrouver juste à côté d'Yvette. Il passa un bras autour de ses épaules d'un air décontracté mais qui marquait clairement son territoire alors que d'autres gens du coin entraient dans le bar.

Les regards s'attardaient sur eux, tout un tas de cow-boys s'arrêtaient pour prendre note de sa présence à côté d'Yvette.

Ouais. Plus d'un homme à Heart Falls aurait été prêt à inviter la douce vétérinaire à danser — et ils pouvaient interpréter ça de la manière dont ils le voulaient, mais Alex avait l'intention d'être le seul et dernier homme à la tenir dans ses bras.

— Est-ce que c'est moi, ou est-ce que c'était plus fatigant que l'année dernière ? demanda Madison en posant la tête sur l'épaule de Ryan, les yeux fermés.

Brooke se mit à rire.

— Peut-être que c'est la boule de bowling sous ton pull qui rend ça un peu plus épuisant.

— Une pastèque, corrigea Madison. Les boules de bowling sont loin de donner une idée exacte des dimensions.

Mack se pencha en avant, les paumes posées sur la table comme s'il était sur le point de révéler un secret.

— N'évoque rien de plus gros. Tu sais, comme une baleine ou le dirigeable de Goodyear. Je sais de source sûre que des accusations d'homicide ne sont pas retenues si la responsable est enceinte de onze mois.

Madison ne broncha pas, se contentant de rouler des yeux.

— Tu as de la chance d'être là-bas, et que je sois ici. Parce que ça mérite un coup de poing dans le bras.

Instantanément, un *ouille* bruyant s'échappa des lèvres de Mack, et il tourna la tête pour lancer un regard renfrogné à Yvette, assise à côté de lui.

— Hé !

Elle cilla innocemment.

— Quoi ? Je jure que je n'ai rien fait. Ce doit être ces esprits espiègles des fêtes qui exaucent secrètement les souhaits.

Alex la rapprocha de lui et leva vers Mack une main en guise d'avertissement.

— Ne pense même pas à riposter.

— Tu n'es pas marrant, se plaignit Mack avant de lancer un clin d'œil à Yvette. Fais-moi confiance. J'aurai ma revanche plus tard.

— Ouais, il prévoit de te marcher sur les pieds pendant que vous danserez, la prévint Brooke.

Mack se redressa brusquement, bondissant sur ses pieds.

— Quelle idée brillante ! Yvette, danse avec moi.

— Oh. Mais...

Elle marqua une pause puis hocha la tête, alors qu'elle regardait Brooke.

— Pourquoi pas, ajouta-t-elle.

Brooke agita une main.

— Vas-y. Fatigue-le un peu d'abord, ça sera gentil.

Un instant plus tard, Alex regardait son rencard danser avec un de ses meilleurs amis.

— C'est un rebondissement que je n'avais pas vu venir.

Il se retourna vers la table et rapprocha sa chaise de celle de Brooke.

— Qu'est-ce que tu manigances ? demanda-t-il doucement.

Parce que cela avait sans doute quelque chose à voir avec la menace des gars de fouiner et de se mêler de ce qui ne les regardait pas.

Brooke le prit en pitié. Elle l'attrapa par la main et le traîna lui aussi sur la piste de danse, les faisant tournoyer dans un two-step rapide tout en lui parlant.

— Yvette est une femme merveilleuse et fantastique.

— Je suis d'accord.

Alex déplaça la main, tenant un peu plus fermement Brooke pour prendre les rennes et commencer à conduire.

— Qu'est-ce que cela a à voir avec ton mari qui me la vole sous le nez ?

— Je lui ai dit que je voulais te parler. Il est très doué pour me comprendre. Surtout quand je lui donne des indices évidents.

Elle lança un grand sourire à Alex avant de devenir pensive.

— Je t'apprécie. J'ai entendu dire du bien de toi au cours des années, et j'ai apprécié *la plupart* du temps que j'ai passé avec toi, mais je vais quand même te prévenir. Tu dois prendre cette histoire avec Yvette au sérieux.

C'était exactement ce qu'il prévoyait. Malgré tout, Alex était plus curieux qu'en colère à ce moment-là.

— Plutôt que de te demander ce que tu penses que je fais, je vais te laisser continuer à t'expliquer.

Brooke fit la grimace. Ses mots sortirent un peu

précipitamment, comme si elle les prononçait avant de pouvoir repenser à la décision qu'elle avait prise.

— Je ne vais pas te dévoiler ses secrets, mais en même temps, elle a des déclencheurs. Elle a un grand cœur, encore plus que tous ceux que je connais, ce qui veut dire qu'elle prend les gens au mot. Si tu lui dis une chose puis que tu changes d'avis, ça va vraiment la blesser.

C'était une autre chose qu'il avait sur sa liste. *Cœur généreux, cœur tendre.*

— J'ai compris ça. Ça ne me gêne pas qu'on me le rappelle.

— Mais tu la taquines. Et ça ne va pas toujours être bien reçu. Pas parce que tu veux te comporter comme un connard mais...

Brooke fit une autre pause puis secoua la tête.

— Sois juste un peu patient, d'accord ? Si elle semble réagir de manière excessive ?

La compréhension se fit jour dans l'esprit d'Alex. Il se rappela ces petits instants, comme Yvette qui réagissait trop rapidement à son commentaire innocent sur le fait qu'elle n'avait pas d'animal de compagnie, ou qui craignait que ce qu'ils essayaient de faire ne soit pas une bonne idée.

Des déclencheurs. La cause de leur existence était un autre problème, mais savoir qu'ils étaient là était une bonne chose.

Alex hocha la tête pour Brooke, refusant de demander plus de détails. Le conseil avait suffi, et maintenant ce serait à Yvette de lui expliquer quand elle serait prête.

— Je peux faire ça.

— Bien. Parce que si tu la blesses, nous ferons de ta vie un enfer.

Curieusement, Brooke réussit à battre des cils et à tenir le rythme de la danse.

— J'en prends bonne note, dit Alex en souriant. Merci des

recommandations pour ses cadeaux, au fait. Ton conseil va être le plus grand succès de tout le calendrier.

Brooke afficha un air innocent.

— Je ne sais pas de quoi tu parles.

— Oh, allez ! J'ai peut-être demandé conseil à Mack, mais je savais très bien que tout ce que je lui demanderais, il irait t'en parler. Ce qui veut dire que l'info sur Yvette qui aimerait avoir un bracelet à breloques était ton idée.

Alex la fit tournoyer vivement, établissant une trajectoire pour intercepter Yvette et Mack.

— Alors, merci. Tu es brillante.

Elle ronchonna un peu.

— Bien. De rien.

La musique changea au moment où ils s'arrêtaient en tourbillonnant près de Mack et d'Yvette. Alex tendait la main vers la sienne quand un autre couple passa entre eux.

— Tu veux venir, Yvette ? Je dois te demander quelque chose, dit Brad Ford en poussant gentiment son épouse vers Alex. Essaie de le tenir éloigné des problèmes, Hanna. Ne percutez personne.

Dix secondes plus tard, Alex dansait... mais pas avec son rencard.

La brunette menue dans ses bras se mit à rire doucement.

— Tu devrais voir ton visage en ce moment.

Alex lança un coup d'œil par-dessus l'épaule de Hanna et repéra Brad qui faisait tournoyer Yvette de l'autre côté de la piste.

— On me manipule. C'est évident, dit-il en baissant les yeux vers elle. Hé, Hanna. Ça fait longtemps. Comment vas-tu, chérie ?

— Je vais bien. Mes enfants sont en forme et heureux, mon mari est une joie, et mon amie sort avec quelqu'un qui la rend pleine d'espoir.

Le sourire de Hanna devint encore plus éclatant.

— La manière dont tu as réagi à ce commentaire me rend encore plus optimiste.

— Je suis le genre de gars qui rend plutôt optimiste, assura Alex alors que son amusement s'accentuait encore.

Il pensait que ses amis seraient enquiquinants, mais leurs épouses qui s'en mêlaient aussi...

Une soudaine inspiration le frappa. Quelle occasion parfaite !

— Pourquoi est-ce que maintenant tu as l'air d'avoir des bêtises à l'esprit ? demanda Hanna en libérant une de ses mains pour lui enfoncer un doigt dans le torse. Crache le morceau.

— Qu'est-il arrivé à la femme discrète et innocente qui a épousé mon ami ? Tu es devenue affreusement insistante.

La fierté se lut dans les yeux de Hanna.

— C'est à ça que ressemble une femme quand elle sait qu'elle est aimée de manière inconditionnelle.

— Je suis si content pour vous deux ! déclara Alex en se rapprochant. J'ai besoin d'un service.

Il lui fallut quelques minutes pour s'expliquer, mais quand il eut terminé, Hanna roulait des yeux et riait en même temps. Alex prit ça comme un bon signe.

Quand ils rejoignirent les autres à la table où Madison et Ryan les attendaient, Hanna attrapa Alex par l'avant de sa chemise et l'attira vers elle.

— Tu as du potentiel. Ne foire pas, chuchota-t-elle avant de déposer un baiser sur sa joue.

Brad s'esclaffa alors qu'il attirait Hanna dans ses bras et lançait un faux regard noir à Alex.

— J'ai dit que tu pouvais *danser* avec elle.

— Hé, c'est *elle* qui m'a embrassé, protesta Alex en passant un bras autour d'Yvette et en l'attirant vers la piste de danse.

Maintenant, avant que qui que ce soit d'autre puisse nous interrompre, excusez-nous.

Yvette s'appuya contre lui, le corps un peu raide. Heureusement, la musique changea, et le rythme ralentit. La balade de charme en guise de fond sonore, parlant de nuits étoilées et de doux baisers, permit à Alex de lentement effacer la distance entre eux jusqu'à ce que les douces courbes d'Yvette soient étroitement pressées contre lui.

— C'est mieux, dit Alex en posant la joue contre la sienne. Hé, trésor. Ça nous a pris un moment pour en arriver là.

— J'ai l'impression d'avoir subi une attaque coordonnée, dit Yvette en regardant leurs amis autour de la table avant de croiser le regard d'Alex. Est-ce que mes amies t'ont toutes menacé de blessures ?

— Pas *toutes*, répondit Alex. Certaines ne sont pas là, et Madison n'en a pas encore eu l'occasion.

Un léger grognement échappa à Yvette.

— Désolée.

— S'il te plaît, dis-moi que les gars ne te déconseillent pas de passer du temps avec moi.

— Oh, non. Certainement pas.

Yvette pouffa.

Alex l'attira plus près et fit marche arrière, parce que la serrer dans ses bras était terriblement agréable.

— Ne t'arrête pas maintenant.

Elle lui sourit.

— Tous tes charmes m'ont été expliqués, en trois exemplaires. Ryan a glissé quelques commentaires à table avant que tu ne reviennes.

— Fantastique.

Alex se demanda où était le mur le plus proche, pour pouvoir se cogner la tête dessus plusieurs fois.

— Maintenant, tu vas t'enfuir aussi loin et aussi vite que possible.

— Ou peut-être pas, répondit-elle alors que son expression devenait un peu plus sérieuse. Tu m'as dit que tu faisais ça pour certaines raisons qui étaient un peu tirées par les cheveux, mais aussi adorables.

— J'aime bien *adorables*, dit-il vivement. Je peux m'en sortir si tu me qualifies d'*adorable*.

Elle le regarda dans les yeux.

— Alex ?

— Oui ?

Yvette hésita, puis leva le menton.

— Tu veux bien m'embrasser ?

6

———

lex resserra son étreinte pendant une brève seconde.

— T'embrasser ?

— Je pensais à des paroles *gênantes*. À les prononcer. Je suis très douée pour ça, d'ailleurs.

Yvette foirait ça en beauté, mais en même temps, au diable tout ça.

Toute la journée jusqu'à cet instant avait mené à ça. Le moment qu'ils avaient consacré sur une stupide création. Leur complicité en découvrant le secret entre Sonora et Ashton. Même préparer les paniers et le temps passé à danser avec ses amis. Ils se réunissaient tous pour dire qu'Alex Thorne faisait de son mieux pour être un homme qu'elle devrait prendre au sérieux.

Sa libido était distinctement d'accord avec ce message.

Alors il était temps d'avancer avec audace, même si cela semblait rapide.

Elle frôla la nuque d'Alex de ses doigts en une douce caresse. Elle baissa les yeux vers ses lèvres avant de pouvoir se retenir. Les mots lui échappèrent d'un ton doux et rauque :

— C'était une bonne chose de s'arrêter tout à l'heure, mais ce que je veux vraiment maintenant, c'est un baiser.

Une ballade tournait toujours, alors qu'il la fasse se balancer lentement contre son corps ne semblait pas incongru.

Mais le petit rire machiavélique qui lui taquina les oreilles ? C'était un plaisir purement immoral.

— C'est toi qui donnes le rythme, trésor. Mais, juste pour être sûr que tu le sais, je suis complètement partant pour ta requête.

Il posa sa grande paume contre sa joue, glissant le pouce sous son menton, puis il se pencha et leurs lèvres s'unirent.

Cela commença par un doux frôlement qui se transforma instantanément en quelque chose de plus expressif. Alex lui inclina davantage la tête sur le côté pour pouvoir s'emparer de sa bouche. Sa langue lui caressa les lèvres jusqu'à ce qu'elle les entrouvre, et puis – *Seigneur* – c'était tellement bon. Cet homme l'embrassait fougueusement et pourtant avec une ardeur maîtrisée qui ne lui donnait qu'un aperçu de l'étendue de ce qu'elle pouvait attendre de lui.

La main libre d'Alex se posa au creux de ses reins, l'attirant à lui si étroitement qu'on n'aurait pas fait passer une lame de couteau entre eux deux. Elle avait cru que leur proximité était intense avant, mais maintenant chaque muscle de son abdomen taquinait son corps et lui donnait désespérément envie de se retrouver peau contre peau avec lui. Elle sentait son sexe long et dur, évident. Dur comme...

Un pincement vif sur sa lèvre inférieure lui arracha un hoquet et interrompit ses divagations.

— Embrasse-moi, ordonna-t-il.

Seigneur, elle avait la tête qui tournait, mais quelle belle façon de la perdre ! Elle glissa la langue sur la sienne et un frisson parcourut sa peau alors qu'un grognement sexy montait du torse d'Alex.

Elle le ressentit jusque dans ses orteils.

Il s'écarta légèrement et releva un petit peu les lèvres, toujours unies aux siennes.

— Qu'est-ce qui est si drôle ? chuchota-t-elle.

Alex la fit pivoter, ses lèvres quittant le point sensible sur lequel il s'était appliqué pour la rendre folle. Dieu merci, parce qu'elle avait été à une seconde de se pâmer ou de faire quelque chose d'aussi ridicule.

Il lui chatouilla la joue des lèvres, qui glissèrent sous son oreille... et peut-être qu'elle n'avait pas fini d'être submergée.

Le chuchotement d'Alex était amusé.

— T'embrasser pour la première fois sur la piste de danse ? C'était plutôt génial, malgré la multitude de chaperons et de spectateurs, qui espéraient tous qu'on continuerait assez longtemps pour qu'ils puissent nous lancer leurs suggestions indécentes.

Oups. Elle recula pour voir qui...

Ou en tout cas, elle essaya de reculer. C'était comme essayer de déplacer une montagne.

Elle resta intimement collée à lui. Sa prise restait ferme, et il se remit à rire, d'un ton grave et érotique.

— Hé, hé. Inutile de fuir, puisque nous avons déjà le public.

Yvette inspira profondément et se reprit. Cette sensation qui remontait le long de sa colonne vertébrale était moins de la gêne que de...

La fierté ?

Eh bien, bon sang ! Elle se balança encore deux fois dans ses bras alors qu'elle songeait à cette révélation.

Un homme très sexy et attentif avait non seulement montré très clairement qu'il voulait passer du temps avec elle, mais il l'avait carrément embrassée en public. Cela avait été un super baiser, et elle avait hâte d'en recevoir un autre.

Elle méritait cette attention, et de plus, puisqu'il lui avait dit depuis le début qu'il cherchait à être intime avec elle pour partager des baisers et davantage, elle pouvait profiter de cette attention sans culpabilité ou peur.

— Peut-être que nous aurons une ribambelle de premiers baisers. Dans toutes sortes de lieux, ce genre de choses, dit-elle en croisant son regard avant de lui lancer un clin d'œil. Nous pourrons leur donner des notes.

Il la fit tournoyer brusquement, son rire s'échappant.

— J'ai hâte, mademoiselle Wright. Pour chacun d'eux.

La soirée continua avec bien des rires, des danses et de moments passés entre amis.

Il s'avéra qu'Yvette reçut son second *premier baiser* à la porte de son chalet quand il la déposa. Celui-là fut lent et torride, et lorsque Alex recula, ses yeux sombres étincelaient dans la lumière de la lune.

— C'était aussi un très bon baiser. Huit sur dix ?

— Oui.

Le mot était sorti dans un léger tremblement de voix, mais Yvette sourit, entrelaçant ses doigts aux siens alors qu'il se tenait suffisamment près pour la réchauffer.

— Merci pour cette super journée.

— J'adore passer du temps avec toi, dit-il doucement. Ouvre bien tes jours numéro cinq à sept, et on se verra mercredi.

— Attends.

Ils avaient tous deux mentionné qu'ils allaient être occupés et qu'elle pouvait ouvrir les prochains jours seule. Mais vu la manière dont cette journée s'était passée, Yvette ne voulait pas que la magie s'achève.

— Tu peux passer si tu souhaites être là. Je peux attendre jusqu'à ce que tu aies le temps de te joindre à moi.

Il se rapprocha et posa les mains sur ses hanches.

— Cette invitation me rend très heureux. Et vachement en colère, parce que je ne peux pas accepter. Pas encore.

Comme éclaboussé d'eau froide, le bonheur d'Yvette se recroquevilla. Elle se dépêcha de répondre d'une manière qui indiquerait clairement qu'elle n'avait aucune idée derrière la tête.

— C'est bon. Je pensais simplement que ça fonctionnerait peut-être. Ne t'inquiète pas...

Il resserra brièvement mais fermement les doigts autour des siens.

— Trésor, tu dois te taire une minute avant que je ne décide que tu mérites une fessée pour avoir tiré des conclusions hâtives.

Bon. Les émotions d'Yvette faisaient le yo-yo. Pleine d'espoir, puis agacée contre elle-même, et maintenant énervée contre lui. Elle croisa les bras sur sa poitrine.

— Est-ce que tu viens de me menacer de me donner la fessée ?

— Ce n'est pas une menace si tu en as envie, mais tais-toi.

Il l'attira vers lui et lui leva le menton. Leurs visages n'étaient séparés que de quelques centimètres.

— Je suis envoyé à Pincher Creek pour les trois prochains jours. Je *ne peux pas* venir, mais si tu veux m'appeler ou m'envoyer des textos, je serai aussi proche que la technologie nous le permet.

Une bouffée de chaleur monta aux joues d'Yvette. Si seulement un trou avait pu s'ouvrir sous ses pieds pour qu'elle y disparaisse... Mais non, elle était coincée là avec le regard attentif d'Alex rivé au sien. Elle parla doucement :

— J'ai encore tiré des conclusions hâtives, n'est-ce pas ?

Les doigts sur son menton se détendirent, un doigt frôla doucement sa joue.

— C'est bon, du moment que ça ne te dérange pas que je te remette sur le droit chemin.

Elle hocha lentement la tête.

— Ça me va.

Elle croisa son regard et essaya de sourire prudemment.

— Si je t'embrasse maintenant, est-ce que c'est considéré comme notre premier baiser de réconciliation ? demanda-t-elle.

— Je me fiche du nom que tu lui donnes si le résultat est de sentir tes lèvres contre les miennes.

Puis il la serra dans ses bras, et ils s'embrassèrent de nouveau. Yvette était de nouveau en train de se demander dans quel genre de conte de fées elle avait atterri.

Ensuite, elle resta près du bureau calendrier, le bout des doigts posés sur le bois massif alors qu'elle regardait la camionnette d'Alex disparaître au loin.

Le dimanche était le jour où Yvette rendait visite à ses grands-parents. Elle avait emménagé à Heart Falls deux ans auparavant principalement pour cette raison, apprendre à mieux connaître Floyd et Geraldine Wright. Après avoir passé du temps avec le couple âgé, elle était presque sûre que l'étrange éloignement de leur famille était la faute de ses parents plus que celle de ses gentils grands-parents.

Elle les rejoignit dans la salle commune, s'arrêta près de sa grand-mère et l'examina avec inquiétude.

— Mamie ? Qu'est-ce qui ne va pas ?

Celle-ci soupira.

— Vieillir c'est dur. C'est tout, ma puce.

Grand-père Floyd regardait fixement par la fenêtre, l'air heureux, suivant des yeux les oiseaux qui voletaient autour de la mangeoire, bien fournie en graines de tournesol.

Yvette se baissa près de son fauteuil roulant et déposa un baiser sur sa joue.

— Bonjour, papy. Je suis venue vous rendre visite.

Il lui sourit.

— Eh bien, n'est-ce pas gentil ?

Il lui attrapa la main et la tapota doucement. Ses mains marquées par l'âge étaient frêles et douces comme le baiser d'un papillon.

— *Vilket härligt leende*, ajouta-t-il.

Yvette lança un coup d'œil à sa grand-mère.

— Qu'est-ce que ça veut dire ?

Un sourire triste apparut sur ses lèvres.

— Il a dit que tu as un magnifique sourire. Viens. Assieds-toi et discutons un moment.

Papy Floyd était de nouveau concentré sur la vie derrière la fenêtre alors Yvette se rapprochait et s'installait à table. Elle se versa une tasse de thé et remplit celle de sa grand-mère quand celle-ci répondit à sa question par un hochement de tête.

Un silence agréable tomba pendant une minute alors qu'elles prenaient leurs premières gorgées.

Puis mamie posa sa tasse et plaça les mains sur la table.

— On va bientôt devoir déplacer ton grand-père dans l'autre section du foyer. Où ce sera un peu plus sûr pour lui. Il a une mauvaise mémoire, tu sais.

Yvette posa la main sur celle de sa grand-mère et la serra doucement.

— Je suis désolée.

— Oh, moi aussi. Mais je suis contente que nous soyons ici, où j'aurai seulement à suivre le couloir pour le voir tous les jours.

Les yeux de sa grand-mère brillaient de larmes, qu'elle tamponna avant de se redresser et d'afficher un visage joyeux.

— Nous sommes tous les deux en bonne santé, autant que nous puissions l'être. Nous avons largement de quoi être reconnaissants.

— As-tu besoin d'aide pour le déménager ? demanda Yvette.

Sa grand-mère hocha la tête.

— Ce serait bien. Ça ne se passera pas avant au moins une semaine. Ce n'est pas pour déplacer des meubles ou quoi que ce soit de ce genre, mais ce serait bien de t'avoir ici quand nous l'installerons. Même s'il oublie beaucoup de choses, il apprécie ta présence.

— Je suis contente de pouvoir vous aider, dit Yvette honnêtement. Tiens-moi au courant de la date, et je ferai en sorte d'être là.

Mamie Geraldine sourit.

— C'est une autre bénédiction. T'avoir dans nos vies. Après tant d'années qui nous ont échappées, je serai toujours reconnaissante du temps dont nous profitons.

Peut-être que c'était son émotion, bouillonnante après les instants où elle avait perdu la tête avec Alex. Yvette était assez intelligente pour savoir d'où venait la source de cette gêne.

Elle avait appris de dures leçons de sa famille.

Malgré tout, elle fut un peu surprise quand les mots lui échappèrent.

— Est-ce qu'il t'arrive de souhaiter encore être en contact avec maman et papa ?

— Oh, ma puce ! répondit sa grand-mère en secouant légèrement la tête. Une mère *veut* rarement être séparée de ses enfants. Mais je peux être à la fois triste et assez intelligente pour comprendre qu'il n'y a rien que j'aurais pu faire pour améliorer les choses. Pas sans compromettre ce que je sais être juste.

Cela avait du sens à bien des niveaux.

— Tu es plus courageuse que moi, avoua Yvette doucement.

Elle n'avait pas dit franchement qu'elle aurait souhaité pouvoir elle aussi briser tous les liens avec sa famille, mais c'était le mieux qu'elle pouvait faire pour le moment.

— Ma chérie.

Sa grand-mère tendit les bras et attendit qu'Yvette se rapproche assez pour pouvoir l'étreindre.

— Tu es encore en train de choisir celle que tu es et ce qui est important pour toi, continua-t-elle. Le cheminement prend du temps. Ne t'excuse jamais pour ça.

Dans son siège près de la fenêtre, Papy Floyd commença à chanter. Une chanson qu'Yvette se souvenait d'avoir entendue dans sa toute petite enfance, avant que sa famille ne change. Après avoir serré une dernière fois sa grand-mère, Yvette rapprocha sa chaise pour pouvoir chanter à l'unisson avec lui.

Le regard de Floyd fila vers son visage, et pendant que la douce chanson résonnait dans l'air, sa voix trembla légèrement et il sourit.

Yvette n'avait peut-être pas encore fini son cheminement, mais des instants comme celui-ci étaient étincelants et lui donnaient de l'espoir. Ils l'emplissaient de joie.

L'envie de tout dire à Alex grandissait, de partager avec lui les morceaux du passé qui la gênaient et de réfléchir à l'avenir. Pour voir ce que l'homme aux yeux rieurs suggérerait pendant qu'ils marchaient sur ce chemin sur lequel il les avait lancés.

Alex : Est-ce que la neige tombe aussi fort à Heart Falls qu'ici ?

Yvette : Non. Et tu peux la garder. J'ai déjà dû déterrer ma camionnette d'une congère deux fois cet hiver.

Alex : Il est temps de sortir la motoneige.

Yvette : J'ai lancé une paire de skis à l'arrière de ma camionnette pour plan de secours.

Alex : Pas de raquettes ?

Yvette : J'en ai aussi. Et puis des provisions d'urgence, des fusées éclairantes et tout le reste.

Alex : Tu es un vrai boy-scout. Je suis volontaire pour rester piégé dans la nature avec toi quand tu veux.

Yvette : Tu as été boy-scout ?

Alex : Pendant une semaine. Puis j'ai eu la brillante idée de piéger toutes les portes du gymnase avec des ballons d'eau. Notre grand chef n'était pas très content, et j'ai fini par être renvoyé à la maison.

Yvette : Ça semble sévère. Ton chef scout a réagi de manière excessive.

Alex : J'avais ajouté du colorant dans l'eau pour que ça ait l'air plus intimidant. Apparemment, le violet n'était pas une de ses couleurs préférées.

Yvette : Tu n'as pas fait ça ?!

Alex : C'est bon. Mon père a fini par organiser sa propre version des boy-scouts quand une nouvelle bande d'enfants placés est arrivée. J'ai quand même eu mon badge de camping. La version faite maison.

Yvette : Tu devras m'en dire plus quand nous nous verrons demain.

Alex : Marché conclu. Mais une fois qu'on aura gagné le concours de pulls criards, n'est-ce pas ?

Yvette : Absolument. Brooke et Mack vont être battus à plate couture.

Alex se retrouva à sourire alors qu'il remontait les autres divers messages qu'Yvette et lui avaient échangés au cours des derniers jours.

Ce mercredi matin, la neige tombait encore, mais il avait fait tout ce qui était nécessaire pour le ranch de Silver Stone. Il tuait simplement le temps, attendant que les derniers papiers soient signés et qu'Ashton ramène ses fesses dans la camionnette.

Celui-ci se tenait devant la porte du bureau, les mains dans les poches, hochant la tête alors qu'il discutait avec le contremaître du ranch local, à l'évidence peu pressé d'aller où que ce soit.

Le téléphone d'Alex sonna, et il répondit, impatient d'avoir une distraction.

— Hé, papa. Que se passe-t-il ?

— Bonjour. Ta mère et moi étions en train de prendre une tasse de café et nous avons décidé de tenter notre chance si tu étais libre pour discuter. Tu as une minute ? J'ai mis le haut-parleur.

Alex lança un coup d'œil, mais Ashton n'avait pas bougé d'un centimètre.

— Je suis disponible.

— Comment ça se passe ? Ça avance avec cette fille dont tu nous as parlé ?

Pour l'amour du ciel. C'était comme s'il avait douze ans.

— Une fille ? Allons, papa. Elle a presque trente ans. Et moi aussi.

— Vous n'êtes que des bébés, dit son père d'une voix de crécelle.

— En parlant de bébé, est-ce que tu fais attention ?

C'était sa mère. Bien sûr.

Même au téléphone, et à des kilomètres de là, Alex fut

instantanément prêt à battre en retraite. À virer immédiatement de cap.

— Comment allez-vous ? demanda Alex, changeant ostensiblement de sujet. Cait prend bien soin de vous ? Et Aaron ?

C'était sa sœur adoptive et son mari.

— Ta sœur et Aaron sont merveilleux. Et puis Davis est à la maison aussi.

— Davis ?

Merde. Le prénom de son frère adoptif résonnait comme une nouvelle inattendue.

— Qu'est-ce qu'il fait là ? demanda-t-il.

— Il nous aide, répondit son père d'un ton qui n'était plus amusé. Je sais qu'il a eu des mauvaises passes, mais il est revenu et s'est excusé. Il se fait pardonner ses erreurs.

— Il a quitté la ville avec un mandat d'arrêt pendu au-dessus de sa tête, papa. Ce n'est pas une *mauvaise passe*. C'est une grosse connerie.

— Ton langage, le prévint sa mère. Et je suis d'accord avec toi. Il a été injustifiable.

— Alors que fait-il là ?

Alex était prêt à sauter dans sa camionnette et foncer à travers les prairies pour flanquer son poing dans le visage de son frère si nécessaire.

Sa mère soupira.

— Parce qu'il s'est rendu compte qu'il avait été injustifiable, et il s'est excusé d'avoir été un con, et il travaille dur pour ne plus être un con.

— Ton langage, chérie, ronchonna le père d'Alex, d'une voix amusée avant de s'adresser de nouveau à lui. Fiston, nous en avons parlé. Quand un homme fait un écart, on ne le jette pas d'une falaise. On lui montre le chemin à suivre, puis on le pousse dans la bonne direction.

Une philosophie avec laquelle Alex était complètement d'accord, ayant été à l'autre bout de l'amour vache mais tendre de ses parents bien des fois au cours des années.

— Je sais, et tu as raison. Tu m'as seulement pris de court.

Il lui fallut un instant pour se ressaisir avant de continuer.

— Si vous dites que tout va bien, c'est super. Je compte sur vous pour me dire si ça change et si vous avez besoin que je revienne à la maison.

— Bien sûr. Mais ce ne sera pas nécessaire, insista sa mère. Chéri, tu as besoin de temps pour que ta vie se fasse. Nous allons bien, maintenant. Nous nous ménageons, nous faisons tout pour guérir.

— Je te promets que Davis fait plus que sa part. En fait, je vais lui dire de t'appeler, d'accord ? Il a mentionné qu'il allait le faire. Mais il devait sans doute craindre que tu le rembarres, dit son père en toussant ostensiblement. Nous n'avons plus à le craindre maintenant, n'est-ce pas ?

— Non. Je serai gentil. Dis au con de prendre contact.

Alex pouvait imaginer ses parents. Assis à la table de la cuisine, des mugs devant eux.

— Comment va la rééducation ? Toujours dure ?

— Très, répondit sa mère avec un petit rire. Heureusement que mon infirmier est agréable à regarder. Au moins il y a ça.

— Maman, fit Alex avec un petit rire. Tu es terrible.

— Elle est incorrigible, reprit son père. Mais le pire, c'est qu'elle a raison, et elle ne cesse de me taquiner là-dessus. Ta mère a ce beau brun superbe. Et moi, je suis coincé avec un vieux qui a presque mon âge. Même pas une jolie fille pour me faire faire mes exercices.

— Vraiment, la vie est injuste, ironisa Alex.

Il remarqua du mouvement près de l'écurie alors qu'Ashton serrait la main pour prendre congé puis faisait volte-face pour s'avancer vers la camionnette.

— Je vous aime tous les deux, mais je dois abréger. Serrez Cait et Aaron dans vos bras pour moi. Dites à Davis de m'appeler. Je vous parlerai dans une semaine si tout va bien.

— Nous t'aimons, dirent-ils, pratiquement en chœur.

Alex raccrocha. Un imperceptible malaise entachait la satisfaction de savoir que ses parents allaient bien.

Ashton ouvrit la portière et regarda Alex avec mécontentement.

— Je n'ai pas demandé la place du copilote.

— Considérez-moi comme votre chauffeur, l'encouragea Alex. Et puis je suis arrivé le premier. C'est moi qui conduis.

Un net reniflement moqueur échappa à Ashton alors qu'il attachait sa ceinture.

— Bien, ne nous envoie pas dans le décor.

— Oui, monsieur.

Alex agita la main vers le cow-boy qui attendait pour ouvrir le portail devant eux, puis dirigea la camionnette et le van vers la nationale.

— Nous sommes venus chercher de beaux animaux.

— Ouais. Je ne suis pas d'accord avec tout ce que Frank fait, mais il est clair que la famille Stone connaît jusqu'aux tripes des chevaux.

Les lignées récompensées de Silver Stone étaient le résultat d'un peu de chance et de beaucoup de dur labeur, surtout de la part de Luke Stone.

— La famille est parfois comme ça, dit Alex d'un ton pince-sans-rire en pensant à Davis. On prend le bon et on essaie de se concentrer là-dessus, en espérant que ça l'emporte sur le mauvais.

Il y eut un grognement d'acquiescement sourd.

— Comment vont tes parents ?

Alex sourit.

— Je viens de leur parler. Ils se rétablissent, ils ont presque terminé la physiothérapie. Ça semble bien se passer.

Ashton hocha la tête.

— C'est un sacré truc, qu'ils aient dû se faire opérer tous deux en même temps.

— Une fois qu'on est sur la liste, on n'a pas envie de repousser ce genre de choses quand on a une chance de s'en occuper, dit Alex en lançant un coup d'œil à son contremaître. Et vous et votre famille ? Ça semble bien d'avoir Tucker sous la main.

Pour la première fois, il reçut un grand sourire du vieil homme.

— Je suis content que mon neveu ait accepté de venir faire son apprentissage avec moi. Il venait en visite chaque été depuis qu'il était môme. Je ne m'étais pas rendu compte combien ce serait amusant d'avoir un membre adulte de la famille à mener à la baguette.

Alex se mit à rire. Tucker était à deux doigts de prendre le relais du boulot d'Ashton, et c'était bien de savoir qu'il n'y avait pas de rancune avec cette transition prochaine.

Ce qui amena une autre pensée.

— Vous prévoyez de prendre votre retraite une fois que Tucker aura pris la relève ?

Il pensait que la réponse serait *sûrement pas*.

— Je pourrais essayer de trouver quelque chose d'autre pour m'occuper, dit Ashton tranquillement.

Eh bien, bon sang. Peut-être qu'il était temps de tenter le diable.

— Peut-être que vous devriez essayer de trouver *quelqu'un* avec qui passer une partie de ce temps. Vous savez, quelqu'un de gentil qui aime les animaux.

— Occupe-toi de tes oignons, le prévint Ashton, mais l'amusement s'entendait dans sa voix.

— Je ne m'occupe jamais de mes oignons. Ça fait partie de mon charme, signala Alex avant de lancer un coup d'œil sur le côté. Au risque d'être trop direct, pourquoi est-ce que Sonora et vous vous cachez derrière des portes closes ?

Ashton croisa son regard pendant une brève seconde avant qu'Alex ne doive regarder la route. Mais cet instant et l'expression sur le visage du contremaître avaient été assez éloquents.

Les cachotteries n'étaient pas l'idée d'Ashton.

— J'y travaille, ronchonna-t-il.

Puis il se carra sur son siège et regarda droit devant lui.

— Si tu répètes ça à qui que ce soit, je nierai sans hésiter. Puis je te mettrai en service de nuit pour le reste du mois. Ce qui serait à un coup bas pour cette beauté que tu dragues.

— Bon sang, vous êtes méchant, râla Alex.

— Quand on est dans le jeu depuis aussi longtemps que moi, on sait quand il est temps d'arrêter de traîner, déclara Ashton en inclinant son chapeau sur ses yeux. Conduis bien. Réveille-moi quand nous serons arrivés.

Ce qui laissa Alex seul avec ses pensées pendant les deux heures qui suivirent. Beaucoup de pensées, qui prirent des chemins follement variés.

Ashton passait à l'action avec Sonora. Intéressant.

Ses parents récupéraient bien, et son frère adoptif – l'un d'eux – était là et les aidait.

À la maison, Yvette lui avait envoyé des messages doux et intéressants pendant les trois derniers jours. Malgré ça, elle lui manquait toujours terriblement.

Ce qui faisait tout un tas de pensées emmêlées, qui tournaient en boucle dans son cerveau.

Pourtant, cela n'arrivait pas à le contrarier. Ce n'étaient que de bonnes choses, en fait, et au final, elles faisaient toutes partie de l'aventure qu'il avait tant désirée.

Le voyage faisait partie de la destination. Il ne voulait pas en effacer une seule minute.

7

———————

*B*ien sûr. Mercredi s'avéra être une journée infernale. La neige avait commencé à tomber à 4 heures 27 du matin – Yvette connaissait l'heure précise parce qu'elle était déjà levée, en route pour répondre à un appel d'urgence.

Dans chacune des trois fermes où elle était passée avant midi, elle avait eu son instant rempli d'adrénaline. Elle avait été poursuivie par un taureau, écrasée contre une stalle en bois par un cheval trop empressé, et était passée à quelques centimètres d'être projetée d'un fenil quand un hibou était passé à côté d'elle de manière inattendue et avait fait peur au fermier, qui s'était précipité droit sur elle.

À l'heure où elle était censée rentrer se préparer pour le rassemblement annuel de Noël des pompiers, Yvette était coincée jusqu'aux chevilles dans de la boue glacée.

Elle s'en extirpa, agita la main vers le pauvre fermier qui devait encore effectuer toutes ses corvées, et sortit son téléphone pour prendre contact avec Alex.

Normalement, elle aurait été dans tous ses états, à s'inquiéter d'être en retard et de ce qu'il penserait de son manque de responsabilité. C'était terrible qu'elle puisse entendre la voix de sa mère lui faire encore la leçon sur les engagements personnels et lui intimer de penser d'abord aux autres.

Cela n'avait rien arrangé qu'elle ait répondu au cours des derniers jours à une série de textos de ses frères et de sa sœur. Elle avait dû être le sujet de conversation pendant le dîner familial du samedi, et qui sait ce que sa mère avait raconté, parce que ses trois frères aînés avaient tous envoyé *si tu as besoin d'aide, demande.* Ce qui aurait été gentil, sauf que leur aide incluait des conditions et une sommation de revenir à Regina.

Carrie, d'un autre côté, avait commencé par accuser Yvette de ne pas être venue au dîner parce qu'elle était jalouse, puis avait continué jusqu'à pardonner à sa petite sœur *que j'aime tellement et pour qui je veux juste le meilleur.* Tout ça sans qu'Yvette lui réponde une seule fois.

Yvette afficha le contact d'Alex et repoussa toutes les pensées négatives. Elle était *en retard* – ces choses arrivaient pendant une journée de travail, surtout pour quelqu'un qui s'occupait d'animaux.

Elle avait pris le temps de réfléchir sérieusement au cours des derniers jours, surtout à la lumière de ce que les déplaisants textos lui avaient fait ressentir.

Tirer des conclusions hâtives et s'attendre au pire de la part de gens *bien* étaient de mauvaises habitudes qui devaient cesser, ce qui voulait dire qu'en cet instant elle devait croire qu'Alex comprendrait.

Il répondit comme s'il attendait son appel.

— Hé, beauté.

— Si tu pouvais me voir en ce moment, tu utiliserais un autre mot.

Avec la chaleur à fond, ce qui s'était incrusté sous la

semelle de ses bottes se réchauffait et emplissait la cabine d'une odeur terrible.

— Oublie ça. Si tu pouvais me sentir en ce moment... nous aurions un problème.

Il saisit le message caché, et eut un petit rire.

— Tu es en retard après un boulot ?

— Tu ne veux pas que je rejoigne une fête dans cet état. Sauf si tu as besoin que la pièce se vide.

— Souviens-toi, la moitié d'entre nous a perdu son odorat, lui assura Alex. Mais ne t'inquiète pas. Rentre chez toi. Prends une douche. J'attendrai devant chez toi que tu sois prête.

— Laisse-moi te rejoindre à la caserne, proposa Yvette. C'est toujours un rencard, et tu pourras me ramener à la maison si tu veux me donner un baiser de bonne nuit devant la porte, mais je me sentirais mieux si tu profitais déjà de tes amis. Je te promets d'arriver aussi vite que possible.

Il hésita un instant avant d'accepter.

— Gare-toi à l'arrière, et fais le tour par le côté sud du bâtiment. Appelle-moi quand tu arriveras, et je viendrai à ta rencontre. Nous devons enfiler nos pulls, après tout.

— Nos pulls de la victoire, lui assura-t-elle.

— Voilà bien ma nana.

Elle raccrocha avec une sensation de chaleur qui se propageait de ses orteils dégoûtants jusqu'au bout de ses cheveux emmêlés.

Se nettoyer ne prit pas longtemps, surtout parce qu'elle pouvait à peine supporter son odeur. Elle envoya un rapide message à Alex quand elle arriva sur le parking à l'arrière de la caserne. Les lumières de Noël à chaque fenêtre rendaient le lieu festif, et le bâtiment avait l'air d'avoir des yeux brillants et un sourire étincelant.

Elle contourna le bâtiment et s'arrêta.

Un bonhomme de neige lui bloquait le chemin. Pas

seulement un, mais une véritable armée. Certains étaient debout, d'autres allongés. Elle se promena, et l'amusement monta lorsqu'elle se rendit compte que c'était une reconstitution d'apocalypse zombie, version neige.

Elle regardait autour d'elle avec émerveillement quand un bras fort passa autour de sa taille. Alex l'attirant près de lui.

— Hé.

— Hé.

Elle glissa les bras autour de son cou sans réfléchir.

— Oups. J'ai un peu l'impression que c'est ce que je suis censée faire.

— Ça ne pose aucun problème, chuchota-t-il en se penchant lentement, le regard rivé sur ses lèvres. Du moment que ce que tu es censée faire ensuite, c'est m'embrasser.

— Je peux...

Elle eut la parole coupée lorsqu'il unit leurs lèvres.

Brièvement, mais certainement pas doucement. Le cœur d'Yvette martelait quand il la lâcha enfin.

Le sourire d'Alex était éclatant lorsqu'il fit un geste vers la cour latérale.

— Ils te plaisent ?

— Les bonshommes de neige ? Ils sont mignons.

Yvette lança un coup d'œil sur le côté pour les examiner de plus près.

— Est-ce toi qui les as faits ?

— Moi et une partie des gars. Viens, je dois te montrer le meilleur.

Il la mena sur un chemin fréquenté jusqu'à l'endroit où la plus grosse masse des bonshommes de neige était rassemblée en un dense petit groupe.

Tous de différentes tailles, avec leur caractère propre, les bonshommes de neige étaient installés en un demi-cercle parfait autour d'un banc. Les bras tendus vers le ciel, certains d'entre eux comme s'ils écartaient les doigts. Tous avaient des yeux et une carotte qui représentait le nez, souriant vers le centre comme s'ils regardaient fixement quelque chose d'important.

Alex tendit les mains, effectuant sa plus belle imitation de Victoria Silvstedt.

— Ta-da. Notre poste à selfie.

Un bonhomme de neige penchait légèrement, appuyé contre son voisin. Leurs deux têtes étaient collées, leurs nez se croisant comme des épées. Elle aurait pu jurer qu'ils essayaient de s'embrasser.

Un rire naquit au fond de son ventre, déferlant avec sa joie.

— C'est parfait.

Alex entrelaça ses doigts à ceux d'Yvette.

— Viens. Nous devons mettre nos pulls et aller impressionner les gens.

— Et je meurs de faim, dit Yvette rapidement. Pouvons-nous impressionner les gens pendant que nous mangeons ?

Il eut une moue pensive.

— Je ne sais pas. Peux-tu manger sans tenir ton assiette devant la merveille qu'est notre œuvre criarde ?

— Je t'avertis que je requiers de la nourriture à intervalles réguliers.

— Je te comprends.

Il l'attira dans la chaleur de la caserne, où les rires et l'odeur de Noël les enveloppèrent.

Un instant plus tard, les bras d'Alex aussi l'enveloppaient. Il se pencha et l'embrassa de nouveau, profondément, lentement, l'empêchant de se concentrer. Elle aurait pu rester là longtemps, à goûter le plaisir de ses lèvres sur les siennes.

Sans le grondement qui s'échappa de son ventre et résonna contre les murs assez fort pour faire ricaner Alex.

Il recula, souriant vers son visage gêné.

— Ça a l'air dangereux de l'ignorer.

Elle tendit la main vers le sac qui pendait sur son épaule.

— Tiens. Si nous les enfilons maintenant, nous pourrons monter et rejoindre la queue pour manger. Un timing parfait.

Ils enfilèrent leurs cardigans, allumèrent les LED. À eux deux, ils brillaient presque de mille feux alors qu'ils montaient les marches main dans la main.

Des cris s'élevèrent lorsqu'ils arrivèrent sur le palier. La foule qui s'était rassemblée était plus grande que l'année précédente, avec tous les pompiers volontaires et leurs familles présentes.

Le capitaine des pompiers se leva. Brad les regarda, son sourire redoublant.

— Eh bien, vous égayez vraiment le lieu.

— Tu n'es pas trop mal non plus, chef, répondit Alex en glissant le bras autour de la taille d'Yvette et en la guidant vers le bout de la queue du buffet. Nous arrivons dans une minute.

Yvette clignait encore des yeux.

— Est-ce qu'il étincelle ?

Le pull de Brad semblait être fait entièrement de fils de guirlandes, les couches chatoyant sous les lumières au plafond comme une aurore boréale noire et blanche.

— Ne t'inquiète pas. Son pull est bien, mais les nôtres sont mieux, lui assura Alex.

Il lui attrapa une assiette et la lui tendit. Il se pencha et parla d'un ton de conspirateur alors qu'ils avançaient devant les tables qui ployaient sous les plats de dinde, les petits pains fraîchement cuits, et toutes sortes de salades.

— Dis-moi quel est ton dessert préféré, et je t'en prendrai en plus.

— Le dessert ?

Il pencha la tête vers le comptoir éloigné.

— *Chuuuuut.* N'informe pas la horde qu'ils sont là.

Yvette en eut l'eau à la bouche alors qu'elle empilait la purée, les boulettes de viande et la sauce sur son assiette, le tout accompagné d'une bonne dose de sauce cranberry.

— J'ai besoin de délices de base pour l'instant. En quantité.

Elle ignorait complètement comment il avait réussi ça, mais quand elle posa son assiette sur la table à la place vide à côté de Brooke, Alex posa une autre assiette chargée de tout ce qu'elle avait déjà choisi.

— Tiens. Tu dois garder des forces.

Elle était sur le point de protester. Son cerveau émit une objection malvenue face à la quantité de nourriture devant elle. Mais le regard d'Alex était rivé au sien.

— C'était une journée chargée. Merci.

Il se pencha et lui toucha le nez du sien pendant une seconde, l'amusement dansant dans ses yeux.

— Mange ce que tu veux. Je te promets que tu auras du dessert après.

— Alex, quelle est cette folie que tu as créée dehors ?

Ryan et Madison étaient assis en face d'eux, et alors que tous deux taquinaient Alex au sujet des bonshommes de neige, Yvette commença à manger.

Près d'elle, Brooke appuya son épaule contre la sienne et parla doucement :

— Continue à manger. J'ai entendu dire que tu es allée d'un bout du comté à l'autre aujourd'hui, et je parie que tu ne t'es même pas arrêtée pour déjeuner.

Son amie attrapa le petit pain sur l'assiette d'Yvette. Un instant plus tard, elle y avait étendu une épaisse couche de beurre et le lui rendait.

— De plus, continua-t-elle, si tu manges, ça veut dire que je peux te dire toutes sortes de choses et que tu ne peux pas répondre. Parce que tu es bien trop polie pour parler la bouche pleine.

Yvette lui lança un bref coup d'œil, s'arrangeant pour avaler et pouvoir prendre une rapide gorgée de son soda avant de lui tirer la langue.

— Je suis capable de manger rapidement et de te passer un savon. Si tu le mérites.

— Je ne mérite rien de ce genre, insista Brooke avant de baisser de nouveau la voix. Je vois qu'Alex est aux petits soins.

Yvette attrapa un autre morceau de dinde et le trempa dans sa sauce.

— *La la la la la.*

Un rire échappa à son amie.

— Tu es heureuse. Tu mérites de l'être, et même si je sais qu'il a fait des siennes, Alex fait attention à toi. Ça me plaît.

Elles étaient deux. Yvette rompit un morceau de pain et le passa dans la sauce sur son assiette. Elle marqua une pause avant de le mettre dans sa bouche en croisant le regard de Brooke.

— Je m'amuse, et j'apprends des trucs.

Elle pensait aux changements qui devaient se produire.

Seulement, l'esprit de son amie emprunta une voie complètement différente. Brooke poussa un son franchement moqueur.

— Eh bien, tant mieux, et sur quoi exactement es-tu éduquée ? Oh, je sais. Tu apprends de vilaines choses obscènes parce qu'Alex t'apprend...

— Arrête, dit Yvette d'une voix étouffée à cause du fichu morceau de pain dans sa bouche.

Elle mâcha et avala rapidement.

— Non.

— Eh bien, si tu apprends quelque chose de nouveau et de vilain, le code des amies stipule que tu dois me le dire. Puisque je suis ta meilleure pote et tout ça.

— Je mange, râla Yvette. Ne me demande pas ça maintenant.

— C'est bon. Je vais lui demander à lui, dit Brooke soudain en se penchant en avant et, avant qu'Yvette ne puisse protester, parla plus fort. Pas vrai, Alex ?

Il interrompit la conversation qu'il avait avec leurs amis de l'autre côté de la table pour leur lancer un coup d'œil. Son regard croisa celui d'Yvette. Il avait dû lire dans ses yeux un indice de ce dont elles parlaient, devinant que c'était un peu moins innocent que de voler un supplément de dessert, parce qu'il afficha un grand sourire.

— Absolument vrai. Vraiment, vraiment vrai, et dans la vraie vie. Je ne sais pas de quoi vous parlez, mais je suis partant.

Yvette avait les joues brûlantes. Oh là, là.

C'ÉTAIENT ces moments qui indiquaient clairement à Alex qu'Yvette et lui étaient faits pour être ensemble.

Ouais, elle était gênée comme pas possible, mais lorsqu'il passa la main sous la table et lui attrapa les doigts, les serrant fort avant de poser leurs mains jointes sur sa cuisse, c'était une gêne *positive*.

Il avait encore des nœuds à défaire quand il s'agissait de cette femme. Mais les morceaux qui s'alignaient parfaitement lui donnaient non seulement des picotements de désir, mais apaisaient et satisfaisaient quelque chose en lui. Il savait qu'ils devaient être amis d'abord.

De l'autre côté d'Yvette, Brooke affichait le genre de sourire synonyme de problème.

— J'aime les hommes agréables.

Son mari était assis en face d'elle. Mack la regarda avec d'un air plein d'impatience.

— Oh, en effet. Et tu en as un. Alors arrête de taquiner mon ami.

— Alex est mon ami aussi, râla Brooke. Ce qui veut dire que j'ai le droit de le taquiner, ainsi qu'Yvette.

Madison se joignit au débat. Elle s'était éloignée de la table, les mains posées sur le renflement de son ventre.

— La taquinerie, c'est ce que tu fais de mieux, mais il est temps que nous arrêtions de faire l'autruche et que nous nous occupions du très gros sujet.

Mack plaqua une main sur sa bouche et secoua la tête, les yeux plissés de rire.

— Tu es *si* agaçant, dit Madison en le tapant légèrement sur le bras.

— Je n'ai rien dit, râla Mack sur un ton indigné.

— Tu le pensais. Très fort, répondit Madison en s'appuyant contre Ryan. Fais en sorte que ton ami soit gentil avec moi.

— Arrête de penser des horreurs sur le ventre de Madison, ordonna Ryan en glissant la main sur le renflement et en lui déposant un baiser sur la joue. Il est magnifique.

— Merci, chéri.

Elle posa la main au-dessus de la sienne et parla doucement, d'un ton amusé :

— D'accord, il est magnifique *et* gros.

— Il l'est tout à fait... Magnifique, je veux dire. C'est ce que je prévoyais de dire avant que tu n'ajoutes quoi que ce soit, dit Mack avant de tendre la main au-dessus de la table vers Brooke. Peux-tu m'aider, bébé ? Avant qu'ils ne me jettent par la fenêtre ou Dieu sait quoi ?

Elle lui attrapa les doigts et hocha brièvement la tête.

— La parole est à toi.

Les doigts d'Yvette se serrèrent alors que les soupçons d'Alex s'envolaient. La situation était parfaite pour un certain type d'annonce.

Effectivement, Mack lança un coup d'œil le long de la table pour s'assurer que les principaux membres du groupe écoutaient.

— Brooke et moi sommes ravis d'annoncer qu'elle aussi va avoir un magnifique ventre. Le bébé Klassen est attendu pour l'été prochain.

Ce qui entraîna que les dix minutes qui suivirent furent accaparées par des étreintes, des poignées de main et des tapes fermes dans le dos alors que la nouvelle se répandait.

Yvette étreignit Brooke la première avant de secouer la tête, incrédule.

— Je ne soupçonnais rien. Je suis si heureuse pour toi !

Brooke lança un clin d'œil à Alex en se penchant par-dessus l'épaule d'Yvette.

— Nous devions attendre qu'il y ait une foule suffisamment importante pour que notre annonce en vaille le coup.

— C'est une nouvelle fantastique, dit Alex en se glissant après Yvette pour étreindre Brooke prudemment. Mack et toi allez déchirer comme parents.

— Ça aidera d'avoir tant de baby-sitters autour de nous, dit Brooke avec un clin d'œil avant de se tourner vers la personne suivante pour recevoir ses félicitations.

Alex remit son bras autour d'Yvette et lui fit faire le tour de la table pour qu'ils puissent rejoindre le groupe qui félicitait Mack.

Puis ils s'écartèrent, attendant avec Brad et Hanna que l'animation se calme. Yvette s'appuya contre le torse d'Alex, totalement à l'aise.

Il aimait ça. Il aimait beaucoup ça.

Elle se redressa brusquement et lui lança un coup d'œil avant de pencher la tête avec excitation vers l'autre côté de la pièce.

— Viens avec moi. Je vois quelqu'un avec qui je dois discuter.

Il l'accompagna volontiers, s'arrêtant avec elle devant une rousse menue qui semblait essayer de s'éloigner lentement de l'homme qui l'avait piégée.

Yvette se racla la gorge.

— Désolée de vous interrompre.

L'homme – le frère d'un de leurs volontaires ? – lui lança un regard noir parce qu'elle l'avait franchement coupé au milieu de sa phrase.

Mais la femme se tourna vers elle avec un sourire reconnaissant.

— Pas de problème. Qu'y a-t-il ?

— Brad m'a dit que tu avais des infos pour moi. Cela ne prendra qu'une minute. Merci beaucoup, ravie de vous avoir rencontré, dit Yvette à l'homme tandis qu'elle attrapait la femme par le bras et, toujours accrochée à Alex, les entraînait tous les deux sur le côté de la pièce.

L'homme les regarda, l'air confus et un peu frustré.

— Merci, dit la femme en posant une main sur le bras d'Yvette et en le serrant fort. C'est un nouveau volontaire, alors je ne voulais pas lui botter les fesses, mais on s'en approchait.

— Je mentais au sujet de Brad, dit Yvette. Mais j'ai bien besoin de te parler.

Elle se tourna vers Alex.

— Est-ce que tu as rencontré Sydney depuis que tu es revenu en ville ? Je ne crois pas qu'elle vivait dans le coin quand tu es parti.

Le nom lui semblait familier, mais il secoua la tête et lui tendit la main.

— Alex Thorne. Ouvrier au ranch de Silver Stone et un des coordinateurs à la caserne.

— Vous êtes Alex.

La femme lui adressa un large sourire. Elle lui serra fermement la main puis posa les poings sur ses hanches.

— Dr Sydney Jeremiah. J'étais établie à Black Diamond, mais j'ouvre un centre de soins ici à Heart Falls.

Maintenant, Alex avait un visage à associer au nom.

— J'ai entendu parler de vous. J'ai été suffisamment chanceux pour ne pas avoir besoin de vos services.

— Espérons que ça continue, dit-elle joyeusement avant de se tourner vers Yvette. Oui ?

— Est-ce que tu fais des visites à domicile ?

Sydney regarda Yvette de haut en bas, son regard s'attardant sur les lumières de leurs deux pulls.

Yvette secoua la tête.

— Pas pour moi. Creighton Reiner s'est blessé au pied. Il m'a laissée le recoudre, mais ce serait bien si tu jetais un œil à ma suture.

Sydney hocha lentement la tête.

— Je présume que c'est un des anciens du coin ?

Elle n'avait pas demandé son aide, mais Alex était plus que prêt à la proposer.

— C'est un enfoiré un peu grincheux, mais il a bon cœur. Si vous voulez, je pourrai vous accompagner avec Yvette quand vous aurez le temps. Voir si je peux faciliter un peu les choses.

Yvette toucha son épaule de la sienne.

— Bonne idée.

La docteure haussa les épaules.

— Je vais vérifier mon agenda. Même les vieux grincheux méritent des soins médicaux.

— Merci, répondit Yvette en penchant la tête vers Brad, qui venait de les appeler pour qu'ils se rassemblent. Viens avec nous si tu veux la sécurité par le nombre. Tu sais, pour éviter ton *stalker*.

— Ce gars était juste trop amical, dit Sydney avant de

plisser le nez. Un peu comme un chiot, mais je n'avais pas de journal roulé pour lui taper sur le nez.

Alex ricana et leur offrit ses bras. Elles passèrent toutes deux le bras au sien, et il les dirigea vers la foule en se sentant héroïque.

— Il est l'heure du tout premier concours du pull criard !

Quelqu'un avait fourni un micro à Madison, et elle se tenait sur une plateforme sur le côté de la pièce, une main inconsciemment posée sur son ventre.

— Puisque nous savons tous que l'événement non officiel de l'année dernière a été gagné par mon mari. Merci beaucoup.

— Il était le seul à être habillé ! s'écria Mack.

— Qui va à la chasse perd sa place, répondit Ryan.

Sydney se glissa dans le groupe. Yvette stupéfia Alex en passant le bras autour de sa taille pour qu'ils se tiennent côte à côte, assurément un couple enlacé.

Pendant que Madison passait en revue les règles pour voter, Yvette posa la joue contre celle d'Alex et lui chuchota à l'oreille :

— Que nous gagnions ou que nous perdions, j'ai vraiment apprécié de redécorer les pulls. Et de passer du temps avec toi. Je voulais que tu le saches.

Il lui embrassa rapidement le coin de la bouche, recula et posa son front contre le sien.

— Merci d'avoir été bonne joueuse. Je pense que nous nous en sortons bien dans cette affaire de sortir ensemble.

— Je pense que oui.

— De plus, nous allons sans aucun doute gagner.

Il lui lança un clin d'œil avant de se retourner vers la foule.

Un instant plus tard, tous ceux qui étaient habillés de manière appropriée se frayèrent un chemin à l'avant du groupe puis se tournèrent vers le public.

— J'ai besoin que les juges s'avancent, s'il vous plaît, annonça Madison.

Une douzaine d'enfants qui gloussaient se faufilèrent jusqu'à l'avant.

À partir de là, le concours fut essentiellement du tout-cuit. Brooke et Mack avaient décoré leurs pulls avec des rangées de paquets brillants enroulés dans des rubans. Ryan portait de nouveau le traditionnel cardigan que Madison et lui utilisaient durant leur bataille. Brad avait son habit de guirlande étincelante, et celui de Hanna était couvert de verdure. Du gui, peut-être ?

Alex devait taquiner Brad sur ce choix particulier quand ils se retrouveraient en privé.

Une autre douzaine de volontaires avait aussi tenté leur chance, mais quand Yvette et lui arrivèrent devant les enfants, leurs yeux s'illuminèrent. Surtout quand il sortit une marionnette à doigt en forme de vache de sa poche et la tendit à une fillette.

— Tu décides où elle va. Tu veux la mettre dans l'étable ?

Les yeux de la petite fille brillèrent. Elle secoua la tête et poussa très prudemment l'animal contre le morceau de scratch au-dessus d'un des piquets de clôture. Des gloussements s'ensuivirent chez les jurés.

Un instant plus tard, Yvette et lui étaient encerclés alors que des enfants enthousiastes prenaient les marionnettes à doigt et se déchaînaient. Tous les petits emplacements de scratch placés au hasard sur les cardigans furent remplis avec des animaux de ferme dans les endroits les plus absurdes. La plupart d'entre eux se tenaient la tête en bas car cela semblait apporter le plus de joie.

Mais ce fut la petite fille qui tenait à la fois le fermier et la fermière qui reçut le plus de rires. Elle avait décidé que tous deux devaient s'asseoir tout en haut de l'étable à l'arrière du pull d'Yvette.

La seule manière dont cela fonctionnerait était de les coincer dans les bras de l'autre. La petite tapota fermement de la main pour s'assurer qu'ils restaient comme ça.

— Voilà, dit-elle. Ils sont comme l'étoile en haut du sapin. C'est ce qui rend ça parfait, vous savez.

Tous deux entremêlés, assis et regardant un merveilleux foyer ? Alex était on ne peut plus d'accord.

Quand les enfants eurent terminé de voter, Yvette et lui avaient clairement gagné.

Brad essaya de prendre un air sévère, mais il y avait trop de bonne humeur festive dans la pièce pour que ça tienne. Il fit semblant de ronchonner en s'avançant près d'Alex.

— Tu as découvert que les enfants seraient les juges.

Alex haussa les épaules.

— Peut-être que oui. Peut-être que non.

Un petit rire échappa à Yvette. Alex ignora tout le monde autour d'eux pour pouvoir la mener en bas de l'escalier vers la place d'honneur, sous les yeux vigilants des bonshommes de neige zombies. Ils s'assirent là, se tenant par la taille, tandis qu'on prenait pour la postérité la photo officielle de la victoire du pull criard.

Avant d'abandonner leur place, ils prirent quelques selfies. Puis Alex ramena Yvette dans la caserne pour profiter des rires et d'amis chaleureux.

Un pas de plus couronné de succès vers le futur.

8

———

Quand Yvette ouvrit le tiroir du dixième jour, elle trouva – comme d'habitude – la clé du lendemain. Mais le cadeau en lui-même n'était pas brillant comme la minuscule breloque en forme de cheval qui s'était trouvée dans le tiroir du neuvième jour. Ce n'était pas sucré et délicieux comme le bon d'achat pour une boîte de beignets le septième jour.

C'était bien plus mystérieux et cela faisait battre son cœur. Un mince cylindre à peine plus large qu'un crayon se dévissait pour révéler ce qui semblait être une carte au trésor ancienne.

Elle poussa un cri de joie perçant et laissa le bonheur se répandre en elle avant de prendre son téléphone et d'envoyer un texto à Alex.

> Yvette : Il n'y a qu'un problème avec le cadeau du jour

> Alex : Oh ?

> Yvette : Je n'arrive pas à voir où je dois commencer cette aventure. Puis-je avoir un indice ? Je pensais vérifier si tu avais utilisé de l'encre invisible, mais je ne veux pas abîmer la carte si ce n'est pas nécessaire.

> Alex : Tu risques d'avoir besoin d'un partenaire pour régler ce problème. J'ai cru comprendre que tu venais à Silver Stone aujourd'hui. Peut-être que nous pourrions prendre une pause quand tu auras terminé ?

Oh, quel rusé ! Yvette regarda de nouveau la carte, superposant mentalement le chemin à suivre d'après les indications avec ce dont elle se souvenait de Silver Stone.

> Yvette : Marché conclu. J'essaierai de te prévenir environ une demi-heure avant d'avoir terminé.

En fin de compte, elle n'avait pas besoin de s'inquiéter. Alex la retrouva dans le parking, chapeau de cow-boy en place, bottes de travail aux pieds.

— Es-tu mon guide aujourd'hui ? demanda-t-elle.

Il s'approcha d'un pas nonchalant.

— Je n'ai même pas eu à me porter volontaire. Ashton m'a mis directement de corvée de vétérinaire.

Elle marqua une pause avant de lancer un coup d'œil autour d'elle et de décider *au diable tout ça.*

— Tu prévois de me donner un baiser ? demanda-t-elle.

Immédiatement, il retira son chapeau et, un instant plus tard, elle était serrée dans ses bras, sa grande main soutenant l'arrière de sa tête.

— Je ne voulais pas te faire peur, mais je ne peux pas dire que j'avais hâte de sauter ça.

Avant qu'elle ne puisse le taquiner en retour, il l'attira

encore plus près, enflammant ses sens d'un baiser bref mais enthousiaste.

Il recula et replaça son chapeau, le pencha en avant et lui donna une tape avant de sourire à Yvette. Il inclina la tête vers la deuxième écurie.

— Par ici.

Ce n'était pas un coin dans lequel ils avaient déjà eu des problèmes. Yvette appréciait de travailler avec Alex. Tandis qu'ils approchaient de chaque nouvel animal, elle apprécia sa manière de faire un topo clair sur les problèmes, mais tout en parlant, il ralentissait le pas. Il baissa la voix avant qu'elle examine l'animal pour que celui-ci soit aussi calme que possible.

Ils s'arrêtèrent après deux heures et se dirigèrent vers la cantine pour une pause-café. Yvette sortit la carte au trésor et la posa sur la table entre eux.

— C'est amusant. Dès que tu as mentionné que tu allais être mon guide, j'ai eu une assez bonne idée de l'endroit par où nous devions commencer.

— Ça me paraît bien. Nous n'avons que deux autres tâches sur la liste.

Ce fut ainsi que, à peine une heure après, ils finirent côte à côte près de la porte principale du plus vieux bâtiment de Silver Stone. Il faisait un lien entre les deux constructions plus récentes, le bois ancien doré comme le miel aux endroits où des mains l'avaient touché après des années et des années d'usure.

Yvette lança un coup d'œil à la carte.

— Vingt pas vers le sud.

Cet indice était facile. Il les mena dans un corridor où il y avait des stalles d'un côté, des selleries et d'autres espaces de stockage de l'autre.

La partie suivante n'était pas aussi claire. Comme elle hésitait, Alex se pencha au-dessus d'elle.

— Maintenant quoi, trésor ?

— Maintenant, ça ressemble à un ressort. Ou une spirale. Mais je n'ai aucune idée de ce que ça veut dire.

Elle regarda autour d'elle, pivotant lentement dans l'espoir qu'elle verrait quelque chose qui lui donnerait une idée.

— Dis-moi quand tu voudras un autre indice, proposa Alex.

— Maintenant, ce serait bien.

Il hocha lentement la tête.

— Je requiers un paiement pour mes indices.

Yvette laissa échapper un ricanement moqueur.

— Évidemment.

Il l'attira lentement contre lui.

— Ne t'inquiète pas. Je ne vais pas te mettre en faillite.

Les lèvres d'Yvette furent de nouveau capturées, et elle se demanda comment elle avait survécu si longtemps sans les baisers d'Alex. Ils étaient délicieux, captivants, addictifs et satisfaisaient son âme.

À couper le souffle aussi, apparemment, parce que lorsqu'il recula, elle s'accrocha à ses épaules pour rester debout.

— Si tu fais ça trop souvent, je vais former une flaque sur le sol.

— Ce sera dur de trouver ton trésor si tu te transformes en amibe.

Il lui tapota le nez puis fit tournoyer un doigt en l'air près de son épaule.

— Voilà un indice.

Yvette regarda de près, mais même si elle voyait le mouvement, cela ne déclenchait pas d'autre...

La main d'Alex s'éleva lentement en l'air.

— Il y a un premier étage, n'est-ce pas ? demanda Yvette en regardant autour d'elle pour voir comment y accéder.

Sur le mur à quelques pas de là, des cordes qui pendaient

du plafond, accrochées aux poulies fixées sur les chevrons, étaient enroulées sur un crochet.

Bien. Indice résolu, mais il était impossible qu'Yvette utilise un système de treuil démodé pour aller dans le fenil.

— Dis-moi qu'il y a un autre moyen de monter.

Alex avait déroulé les cordes et baissait quelque chose vers eux.

— C'est sans risque, promit-il. J'ai tout vérifié.

Le cœur d'Yvette battait fort, et cette fois ce n'était pas sous l'excitation de la recherche.

— *Alex.*

Toute sa peur résonna dans ce mot.

Il passa un bras autour d'elle et la serra encore une fois avant de faire un geste vers l'engin. Une plateforme de quatre-vingt-dix centimètres par quatre-vingt-dix pendait à hauteur de balançoire du sol.

— Je vais monter avec toi. Je serai avec toi à chaque étape.

Une longue expiration tremblante échappa à Yvette, et elle regarda fixement son visage. Ses lèvres montraient toujours la plus légère trace d'un sourire – il ne semblait jamais le perdre. Mais ses yeux étaient sérieux, et il se tenait solide comme le roc, une montagne inébranlable.

Un endroit stable où placer sa confiance.

— Ne me laisse pas tomber, chuchota-t-elle avant de poser les fesses sur la plateforme.

Il se pencha et la regarda droit dans les yeux.

— Ce sera amusant. Fais-moi confiance.

Toute la base sous les hanches d'Yvette s'enfonça de trois centimètres quand il la rejoignit, et un petit cri lui échappa involontairement.

L'instant d'après, il empoignait les cordes et les faisait monter d'une main après l'autre. Ils avaient laissé leurs manteaux pendus à un mur à l'intérieur de l'écurie, et maintenant elle regardait ses biceps et ses avant-bras se bander sous la force brute qu'il utilisait à chaque mouvement.

Seigneur, ses bras étaient la chose la plus sexy qu'elle ait vue de sa vie.

C'était aussi la plus grande distraction qu'elle ait jamais eue, apparemment, car l'instant d'après, il avait attrapé une troisième corde et balancé leur plateforme sur le solide sol en bois du fenil.

Yvette posa les pieds sur le plancher, et Alex la rejoignit, lançant les cordes sur un crochet près de la poutre la plus proche.

Puis il la serra de nouveau dans ses bras et déposa un baiser tendre sur son front.

— Je ne voulais pas te faire peur. Mais merci pour le cadeau que tu viens de m'offrir.

Elle s'immobilisa, songeant à ses paroles. Quand elle leva la tête, ce fut pour lire une sincérité absolue dans ses yeux. Elle s'y noya pendant un instant. Dans cette sensation incroyable et peu familière. Elle n'avait pas été parfaite, et pourtant il ne semblait pas du tout mécontent d'elle. Il ne l'avait pas taquinée et n'avait pas fait de commentaires impolis ou quoi que ce soit.

Il l'avait remerciée pour son cadeau... lui avoir fait confiance.

L'instant était important, et pourtant elle n'était pas tout à fait prête à le reconnaître à voix haute.

À la place, elle hocha brièvement la tête puis sortit la carte de sa poche.

— On n'est plus très loin. Tu veux m'aider à trouver le trésor ? demanda-t-elle.

Il lui lança un clin d'œil et fit un geste vers les ballots de foin.

— Bonne chasse.

Au bout de moins de cinq minutes à ramper dans cette direction puis dans une autre, Yvette éclata de rire.

— Impossible.

Dans le coin le plus éloigné à gauche du fenil, les ballots de foin avaient été déplacés pour créer un petit creux cosy avec une épaisse couverture de pique-nique de couleur vive en guise de nappe.

Alex se mit à l'aise et s'étira sur la solide surface en coton. Il tapota l'espace à côté de lui.

— Viens là. J'ai quelque chose pour toi.

Elle ne put pas résister, rampa près de lui et s'appuya sur un coude.

— Je m'en doute.

Il lui caressa la joue.

— Surprise ! La couverture pour pique-nique est à toi.

Elle baissa les yeux, plaisamment surprise.

— Elle est magnifique.

— Elle a une doublure solide en jean de l'autre côté, avec une triple couche de rembourrage, alors elle résiste à la paille et au foin, dit-il en souriant. Puisque nous savons tous les deux que se bécoter près de ce genre de chose, c'est courir droit à la catastrophe.

— Est-ce qu'on avait prévu de se bécoter ? demanda-t-elle innocemment.

— On prévoit de faire ce qui nous rend heureux.

Son chapeau de cow-boy tomba alors qu'Alex s'allongeait jusqu'à ce qu'Yvette se laisse glisser sur le dos. Il baissa les yeux, le regard plein de désir.

Faire quoi que ce soit de sexuel dans une écurie où elle travaillait ne faisait pas partie de son mode opératoire standard, mais se concentrer sur ce qui la rendrait heureuse en ce moment était très tentant.

— Tu veux m'embrasser ?

Il lança son chapeau de cow-boy encore plus loin et changea de position pour que tout son corps mince soit pressé le long de celui d'Yvette. Il se pencha, les lèvres à quelques centimètres des siennes.

— Oui, m'dame.

~

Elle était si douce. Il existait des contrastes en elle. Elle était absolument intrépide et totalement aux commandes puis, d'un coup, elle se montrait hésitante et craintive. La vétérinaire qui connaissait son affaire et la femme qui semblait encore parfois chercher son équilibre. Il aimait tout ça. La manière dont toutes ces facettes s'unissaient pour créer une femme qui lui en bouchait un coin.

Et aussi, la toucher, ne serait-ce qu'un peu, rendait son membre plus dur que de la pierre.

Il jura intérieurement, parce que c'est elle qui donnait le rythme. Il avait dit que la vitesse dépendait complètement d'elle – et il avait l'intention de tenir cette promesse, mais *Seigneur*, il avait envie d'elle.

Mais pour l'instant, il allait pousser cet avant-goût un peu plus loin. Il posa la main sur sa taille et unit leurs lèvres. Ils avaient pratiqué ça suffisamment de fois au cours de la semaine passée pour qu'Yvette lève automatiquement les bras et les passe autour de lui. Elle glissa les doigts dans ses cheveux et se cambra contre lui tandis qu'il glissait lentement une main sur son ventre.

Leurs langues se taquinèrent, le souffle d'Yvette s'échappait en minuscules halètements qui passaient sur sa joue. Elle hoqueta quand sa main atterrit sur un de ses seins.

Alex grogna avant de pouvoir se retenir. Même à travers

son pull épais et son soutien-gorge, la chaleur de son corps qui envahissait sa peau déclenchait un feu de joie en lui.

Le plancher craqua. Un bruit net et régulier suivi...

De bruits de pas.

Qui se rapprochaient.

— *Merde.*

Ils se séparèrent précipitamment. Yvette tira sur son pull pour le ramener sur ses appas pendant qu'Alex se rajustait pour éviter de couper toute sensation dans son membre. Ils restèrent tous deux assis, cachés parmi les ballots.

— Nous devrions sans doute utiliser le foin dans le fenil de la deuxième écurie d'abord.

C'était la voix de Tucker. Grave, avec un soupçon de rire sur les bords.

Alex était sûr qu'ils étaient hors de vue. Yvette avait les doigts pressés sur sa bouche, donc ils étaient silencieux tandis qu'ils échangeaient des regards amusés.

Mais Alex pensait aussi que Tucker avait parfaitement compris et savait qu'ils étaient là. Maintenant, ils allaient voir si on allait les pincer ou si Tucker allait attendre plus tard pour enguirlander Alex d'avoir fricoté dans le fenil.

— Je croyais que ce fenil en contenait encore assez pour tenir deux mois. Mais tu ne veux pas l'utiliser maintenant ?

Ginny Stone, la fiancée de Tucker, émit un murmure songeur.

— Ça n'a pas de sens, conclut-elle.

— Garder des espaces libres pour que... *les chats...* jouent, c'est important.

Tucker avait parlé d'un ton pince-sans-rire.

Pour une étrange raison, le commentaire de Tucker fit éclater de rire Ginny.

— O.K., c'est bon. Je ne sais pas pourquoi tu m'as amenée ici alors.

— Non ? Laisse-moi te rafraîchir la mémoire, déesse.

Ginny émit soudain un hoquet, suivi d'un autre rire, puis deux pieds se déplacèrent vers le coin le plus à *droite* du fenil.

Loin de l'endroit où Alex et Yvette étaient assis, immobiles.

Pas de temps à perdre, parce qu'il y avait des choses qu'Alex n'avait pas besoin d'entendre. Son futur boss qui fricotait en faisait partie.

Alex posa un doigt sur ses lèvres et pencha la tête vers la sortie. Yvette ramassa la couverture et le suivit de près, jusqu'à ce qu'ils soient au bord du fenil.

— Comment est-ce qu'on… ? chuchota-t-elle.

Il pointa le mur latéral du doigt, fit le tour de celui-ci en direction d'un escalier étroit mais très solide.

Ils restèrent muets tant qu'ils ne furent pas complètement sortis. Puis Yvette se mit à rire et donna un léger coup de poing dans le biceps d'Alex.

— Il y avait un autre moyen de monter dans le fenil.

— Il y a de nombreuses façons de trouver un trésor, la taquina-t-il. On ne peut pas refuser un tour sur un tapis magique au profit d'un escalier quelconque, n'est-ce pas ?

Yvette secoua la tête, lança un coup d'œil autour d'eux, puis l'embrassa.

— C'était amusant. Merci aussi pour la couverture.

Il sourit.

— Je dois retourner travailler. Mais on se voit demain ?

— Et comment !

Il l'accompagna à sa camionnette, lui vola un autre baiser et attendit que le véhicule d'Yvette disparaisse du ranch avant de se forcer à repasser en mode travail. Il avait hâte que la journée se termine et que la prochaine arrive.

Il se tenait dehors quand Yvette vint le chercher à 8 heures du matin.

Sydney Jeremiah était déjà assise sur le siège passager, et elle se glissa immédiatement au milieu, jonglant avec les cafés alors qu'Alex s'installait et attachait sa ceinture.

— Nous pourrions prendre ma double cabine, signala Alex.

— J'ai pensé que si Creighton voyait ma camionnette arriver, il ne courrait pas se cacher, dit Yvette en désignant les sacs sur le tableau de bord. C'était mon tour d'aller chercher des roulés à la cannelle. Tansy et Rose m'ont dit de te passer le bonjour, au fait.

Sydney fit passer une pâtisserie à Alex, puis elle tint le sac comme une assiette pour qu'Yvette attrape la sienne une fois qu'ils furent sur la nationale.

— Est-ce terrible si j'avoue que le *Buns and Roses* a été une de mes raisons principales pour emménager à Heart Falls ?

— Ce n'est pas terrible. Ça montre que tu as du bon sens, lui assura Alex.

Yvette lui adressa un grand sourire.

— Le café est cher au cœur de chacun, mais je dois avouer que Rose et toutes les babioles qu'elle vend me rendent tout aussi heureuse.

— Tu aimes les choses qui brillent ? demanda Sydney.

Alex croisa brièvement le regard d'Yvette avant qu'elle ne se concentre à nouveau sur la nationale.

— Un peu trop, parfois, avoua-t-elle.

— Eh bien, ce n'est pas possible ! déclara Sydney en prenant une longue gorgée de son café avant de soupirer de plaisir. À moins que tu n'aies une accumulation compulsive que je dois t'aider à corriger.

Alex fut prompt à prendre la défense Yvette.

— Ce n'est absolument pas de l'accumulation, mais tu dois passer un jour et voir tous les trucs cool qu'elle collectionne. Bon sang, je dois encore les examiner minutieusement. Il y a beaucoup d'objets de collection sympas chez elle.

— Quel est ton préféré ? demanda Sydney sérieusement.

Yvette hésita à peine avant de se fendre d'un sourire.

— Eh bien, avant ce mois-ci, j'aurais dit ma collection de sable, qui n'est pas tant scintillante que très personnelle. À chaque fois que je vais sur une plage, ou un lac avec une plage, j'en vole juste assez pour en mettre dans un petit tube. Ils sont tous dans une vitrine. C'est fascinant de voir toutes les textures et les couleurs différentes.

— En effet, ça semble incroyable. Je peux imaginer que ça rappelle beaucoup de souvenirs heureux. Je suis contente pour toi, dit Sydney en se léchant les doigts avant de demander : Et quel est ton nouvel objet préféré ?

Alex appréciait cette femme, intelligente, vive et désireuse d'encourager Yvette.

Une exclamation échappa à Yvette.

— Mon préféré actuel m'a été offert par ce gentleman sur le siège passager près de toi. Il m'offre de jolies breloques à mettre sur un bracelet.

Sydney donna un coup de coude amical dans les côtes d'Alex.

— Bien joué, séducteur. C'est bien de voir un couple s'entendre aussi bien que vous. Depuis combien de temps sortez-vous ensemble ?

— Quel jour est-on ? demanda Yvette, un sourire lui relevant les lèvres.

Sydney eut l'air perplexe pendant une minute avant qu'Alex ne la prenne en pitié.

— Ça m'a pris un moment avant de me sortir la tête du cul et d'être assez malin pour me rendre compte à quel point Yvette est une perle. Puis j'ai quitté la ville jusqu'au début du mois.

La surprise se lut brièvement dans les yeux de Sydney avant qu'elle ne redevienne impassible.

— Je suis contente pour toi.

La conversation s'orienta vers une discussion sur les autres lieux en ville et l'endroit où Sydney pourrait trouver quelqu'un pour l'aider avec des matériaux de construction. Alex chanta en chœur quand « Run Run Rudolph[1] » passa sur la playlist, et les filles se mirent à rire lorsqu'il cabotina avec Luke Bryan.

Mais Yvette secoua la tête.

— Il me semble me souvenir que tu as dit une fois que tu ne chantais que pendant les soirées karaoké.

— Ce serait dommage. Tu as une super voix, dit Sydney en hochant la tête d'un air approbateur.

— J'ai toujours aimé accompagner la radio.

Alex n'allait pas avouer qu'après avoir décidé de séduire Yvette, il s'était rendu compte que chanter était une autre activité qu'ils pouvaient partager. Il n'y avait pas pensé à temps pour ajouter quelque chose de musical à ses cadeaux de calendrier, mais il prévoyait déjà des facéties futures.

Des facéties qui les impliquaient elle et lui, ainsi que de grandes chansons d'amour. Juste pour orienter l'ambiance dans la bonne direction.

La route cahoteuse qui montait vers la ferme s'aplanit légèrement lorsqu'ils entrèrent dans la cour.

— On dirait qu'il est là, dit Alex en lançant un coup d'œil à la camionnette vétuste garée devant le chalet et à la meute de chiens qui couraient vers eux.

— De la fumée sort de la cheminée aussi, signala Sydney.

Yvette saluait déjà les chiens et leur glissait des friandises sorties de sa poche en leur grattant la tête.

— Hé, les gars. Oui, c'est encore moi. Où est le boss ?

Le boss se tenait sous son porche, les bras croisés sur son torse dans une posture des plus inhospitalières.

— Qu'est-ce que tu fiches ici ?

— Bonjour, monsieur Reiner. Contente de vous revoir aussi, lança Yvette gaiement.

Alex lutta pour s'empêcher de sourire.

Yvette fit un geste sur le côté.

— Voici Sydney, et je pense que vous connaissez Alex. Il travaille à Silver Stone.

Creighton croisa le regard d'Alex.

— Les chevaux prout-prout se vendent toujours comme des petits pains ?

— Oui, monsieur, dit Alex.

— Cet Ashton te fait toujours ta fête ?

— Oui, monsieur, et il a amené son neveu en renfort pour les jours où il veut lever le pied et faire la grasse matinée.

Creighton souffla avant de les observer tous les trois.

— Si vous prévoyez de me donner des tracts religieux, vous pouvez repartir tout de suite.

Yvette était arrivée en bas des marches.

— Je suis revenue pour jeter un coup d'œil à Hunter et j'ai pensé que, pendant que j'examinais votre chien, Sydney pourrait jeter un coup d'œil à votre pied.

— Pourquoi je laisserais une petite fille faire ça ? demanda Creighton en se redressant, les dominant de toute sa taille malgré son âge.

Alex était sur le point de lui rappeler les bonnes manières quand Sydney s'avança, les mains jointes devant elle comme si elle *était* une petite fille sur le point de réciter quelque chose devant la classe.

Elle ressemblait peut-être à une fée, pourtant l'instant d'après, Sydney prouva qu'elle avait des couilles en acier.

— J'ai obtenu mon diplôme en tête de ma classe, cinq ans plus jeune que la plupart des hommes du programme. Mais la vraie raison pour que vous acceptiez que je jette un coup d'œil, c'est que je suis aussi une très bonne tireuse. Si je dois utiliser une flèche tranquillisante pour vous assommer un beau matin, sans que vous vous y attendiez, quand vous serez dehors à travailler, je n'hésiterai pas. Et je serai vraiment énervée d'avoir dû faire ça au lieu d'avoir pu regarder maintenant et fait ce qui aurait dû être un examen de cinq minutes. Alors rangez votre mauvaise humeur et posez vos fesses sur une chaise pour que je puisse regarder ces points de suture. Ça vous paraît une assez bonne raison, monsieur ?

Alex garda un œil sur Creighton, mais dut lever une main pour se couvrir la bouche, faisant semblant de se gratter les joues, parce qu'il lui était impossible de cacher son large sourire.

Yvette se balança légèrement, presque comme si elle s'étouffait.

Sydney papillonna des cils, puis plaça les mains derrière le dos, de nouveau comme une petite fille.

— Et si on s'y mettait ?

Creighton fit volte-face et rentra dans le chalet, mais laissa la porte ouverte.

Tous trois le suivirent.

Yvette s'arrêta dans l'embrasure de la porte.

— Hunter n'est pas sous le porche. Vous savez où il est allé ?

Creighton haussa les épaules.

— Sûrement dans la grange. Les chiens ont tous un cocon là-bas pour les tenir au chaud l'hiver.

Il se pencha pour retirer sa botte.

Yvette inclina la tête vers Sydney, indiquant qu'Alex devrait rester avec elle, puis sortit, partant à la recherche de son patient.

Le vieil homme ronchonna quelques fois, mais il laissa Sydney examiner sa blessure, lui faire une injection et lui donner un petit flacon de médicaments.

— Yvette a fait du bon travail, et c'est en voie de guérison. Prenez les comprimés pour vous assurer qu'il n'y aura pas d'infection jusqu'à ce que ce soit complètement guéri.

Ils étaient en train de sortir quand le vieil homme parla d'un ton bourru :

— Merci.

— De rien. Si vous avez des problèmes, prévenez quelqu'un, et je viendrai vous examiner, promit Sydney.

— Ne tire pas sur la corde, ronchonna-t-il.

Alex émit un petit rire alors qu'ils descendaient les marches et se dirigeaient vers la grange à la recherche d'Yvette.

— En fait, c'était très amical pour Creighton.

— Il semble être un charmant gentleman, dit Sydney d'un ton très sérieux.

Yvette était dans la grange, perplexe et inquiète.

— J'ai regardé partout, et je n'arrive pas à trouver Hunter.

Même après une recherche conjointe à trois, il n'y avait aucun signe du chien.

Elle haussa finalement les épaules et pointa la camionnette du doigt.

— Je reviendrai dans quelques jours. Il est peut-être sorti de l'autre côté de la propriété, et je ne vais pas aller patauger dans la neige pour le retrouver.

Ils déposèrent d'abord Sydney. La docteure agita les doigts avant de disparaître dans sa petite maison cosy au bord de la ville.

— Elle déchire, dit Yvette joyeusement. Je suis contente qu'elle nous rejoigne lors de la prochaine soirée entre filles.

— Les hommes de cette ville ne vont pas comprendre ce qui leur arrive, râla Alex en secouant la tête. Les femmes qui se déchaînent une fois par mois. C'est un désastre annoncé. Peut-être que vous aurez besoin d'aide lors de la prochaine. Tu sais, des grands gars forts pour soulever et porter des choses pour vous.

— Tu aimerais bien, dit Yvette. Dommage que ce soit pour ça que nous l'appelons la soirée entre *filles*, alors tu ne peux pas être invité.

— Invite-moi pour autre chose, alors, la taquina Alex.

— Peut-être que je le ferai. Peut-être que tu pourrais venir demain, et lorsque j'aurai ouvert ma surprise du calendrier, tu pourras te joindre à moi quand j'irai rendre visite à mes grands-parents.

Alex se figea, l'aisance avec laquelle elle lui avait demandé de faire quelque chose d'aussi personnel envoyant un frisson à travers son corps.

Avant qu'il ne puisse dire quoi que ce soit, ses doigts s'étaient resserrés sur le volant, et elle regardait fixement devant elle.

— Peu importe. C'était une suggestion stupide. Je suis sûre que tu as mieux à faire.

— Yvette.

Son prénom sortit d'un ton plus sec qu'il n'en avait eu l'intention.

Elle lui lança un coup d'œil et fit la grimace.

— Désolée.

Il lui attrapa la main et lui embrassa doucement les phalanges. Il respira lentement, comme s'il essayait de s'assurer de dire ce qu'elle avait besoin d'entendre.

— Je suis vraiment ravi que tu m'aies invité. Je vais le redire. Quelles que soient tes attentes, nous trouvons encore des solutions, mais je *veux* être là pour toi. Ce qui veut dire que tu peux m'inviter à faire quelque chose, et si je ne peux pas, je te dirai pourquoi. Et si je ne veux pas le faire, je te le dirai aussi. Fais-moi *confiance*.

— J'essaie.

Les mots furent prononcés à peine plus fort que dans un chuchotement.

Il se mit à rire, laissant le son déjouer la tension qu'il y avait entre eux.

— Tu t'en sors très bien. Et j'ai hâte de voir tes grands-parents, même si je les connais déjà, puisque Mack, Ryan et moi alternons pour faire les exercices d'évacuation incendie à la résidence pour seniors une fois par mois.

Elle cligna des yeux.

— Ah oui. J'avais oublié.

Elle plissa le nez.

— En parlant d'oublier, continua-t-elle, il y a un autre truc. Nous déménageons mon grand-père demain.

9

———

Le lendemain matin à 10 heures 30, Alex se gara devant la résidence pour seniors de Heart Falls et se dépêcha de rejoindre Yvette. Il était un peu en retard, mais elle avait répondu à son texto avec des émojis de visages souriants et lui avait assuré qu'elle voulait toujours qu'il vienne quand il pourrait.

La résidence était un bâtiment confortable, avec une grande zone centrale et quatre ailes résidentielles. Deux d'entre elles abritaient des studios d'une ou deux chambres pour une vie autonome. La troisième était dédiée aux soins de longue durée, des professionnels de santé formés y assistaient la prise en charge quotidienne des résidents.

La quatrième section incluait un service pour la démence et Alzheimer. Ce fut là qu'Alex se dirigea alors qu'il aidait à transporter le dernier chargement des possessions de Floyd Wright.

— Est-ce l'heure du café ? demanda le grand-père d'Yvette, sa voix vacillant légèrement alors qu'il jetait un coup d'œil par-dessus son épaule vers son épouse, qui poussait son fauteuil roulant.

— Oui, dit Geraldine aimablement. Et après le café, nous t'installerons dans ta nouvelle chambre.

— J'espère qu'ils auront de vrais biscuits aujourd'hui.

Il lança un coup d'œil à Yvette, qui marchait près de lui, une couette de couleur vive sur le bras.

— Est-ce que tu aimes les biscuits ? lui demanda-t-il.

— Presque tous. Surtout avec le café, mais j'aime aussi les roulés à la cannelle, les donuts et beaucoup d'autres pâtisseries.

Il émit un son approbateur et hocha fermement la tête.

Mamie Geraldine lança un coup d'œil à Alex, qui tenait un carton dans ses bras.

— Merci d'avoir apporté ça. Nous n'avions pas assez de mains pour tout gérer.

— Je suis ravi de vous aider.

Ils marquèrent une pause devant la porte sécurisée et attendirent pendant qu'Yvette composait le code.

Quelques minutes plus tard, ils avaient installé Floyd à une des tables rondes de la salle commune. Geraldine s'assit près de lui tandis que les aidants apportaient des tasses de café et des assiettes d'en-cas.

— Bon. Je vais mettre ça dans la chambre de papy, dit Yvette en tendant la main vers le carton qu'Alex tenait dans ses bras.

Il leva le menton vers les espaces résidentiels.

— Tu mènes. Je te suis.

Yvette se pencha derrière lui pour sourire à sa grand-mère.

— Nous revenons dans une minute, mamie.

— C'est bien, trésor. Nous serons ici, répondit-elle en posant un autre biscuit sur l'assiette et en la rapprochant de son mari. Voilà. C'est un de tes préférés.

La nouvelle chambre de Floyd n'était qu'à quelques pas de là. Yvette ouvrit la porte et laissa entrer Alex d'abord.

C'était une installation simple avec un lit le long d'un mur et une armoire contre l'autre. Il y avait juste assez de place pour un seul fauteuil inclinable et une table poussée contre le mur. Une petite salle de bains privative était la seule autre porte dans la pièce. Mais il y avait une grande fenêtre avec un large rebord, et un certain nombre de jolis objets y étaient alignés pour que Floyd en profite.

Alex posa le carton sur la table et tendit la main vers la couette qu'Yvette tenait dans ses bras.

— Voilà. Je vais mettre ça sur le lit, si tu veux t'occuper de ce qu'il y a dans le carton.

— Je ne sais même pas ce qu'il y a dedans, avoua-t-elle, mais elle effectua l'échange. J'espère que ça se passera bien.

Il n'avait pas eu l'occasion de poser des questions précises, mais il en savait assez sur cet endroit pour comprendre sans qu'on le lui dise.

— Je suppose que ton grand-père a besoin de plus d'aide ? Il n'est plus en sécurité dans la section de vie autonome ?

— Non, répondit Yvette en posant une photo de plus sur le rebord de la fenêtre, puis elle ouvrit les tiroirs de l'armoire. Ma grand-mère va continuer à vivre dans leur ancien appartement. Elle dit qu'elle viendra ici pour passer du temps avec lui chaque jour. Il n'y a pas de raison qu'elle ne puisse pas aussi bien tricoter ici.

Alex hocha la tête en regardant autour de lui le petit espace et réfléchit à l'appartement cosy où il les avait retrouvés cinq minutes avant.

— Ça va marcher, et je suis content. Mais c'est une triste étape de la vie par certains aspects.

Il se redressa après avoir lissé la couette et trouva Yvette, les bras croisés sur la poitrine, l'air triste.

Elle pencha la tête.

— Je peux avoir un câlin ?

— Bien sûr, trésor.

Il l'étreignit et déposa un baiser sur son front avant de mettre la tête contre son cou.

— Ce sont des gens bien, et c'est un chouette endroit, continua-t-il. Tu n'as pas à t'inquiéter pour eux.

— Je ne m'inquiète pas, insista Yvette doucement. C'est juste...

Elle le serra fort en prenant une profonde inspiration avant de la laisser sortir lentement.

Alex ne bougea pas et l'étreignit, la laissant réfléchir et faire face à ses émotions.

— Nous pouvons en parler davantage plus tard si tu veux. Mais j'ai le sentiment que si nous ne sortons pas d'ici bientôt, ton grand-père aura mangé tous les biscuits sur la table.

Elle laissa échapper un petit rire.

— Tu as raison.

Elle recula juste assez pour l'embrasser doucement, puis l'attrapa par la main et le ramena dans la salle commune.

Mamie Geraldine discutait avec une femme à sa gauche. Papy Floyd semblait avoir terminé son café et ses biscuits et se détendait maintenant sur son fauteuil, dodelinant légèrement de la tête.

Alex s'installa sur sa droite, Yvette près de lui. Elle se joignit à la conversation des dames.

Alex écouta sans les interrompre, regardant les aidants et les résidents autour d'eux, présence silencieuse pendant que Geraldine démarrait cette nouvelle étape pour elle et celui qui avait partagé sa vie.

Il était sérieux quand il avait dit à Yvette que la résidence était un chouette endroit. Il ne s'inquiétait pas du tout pour Floyd – on prendrait bien soin de lui.

Seulement, c'était un changement. Plus que tout ce à quoi Alex avait dû faire face...

Ce qui ramenait des souvenirs de son passé. Bon sang, chaque période de sa vie, chaque saison comportait des challenges. Il y avait du bon et du mauvais, mais il valait mieux affronter les deux avec quelqu'un qui tenait vraiment à vous.

Pour Floyd, c'était Geraldine. Et puis Yvette, et si Alex devait vraiment faire partie de la vie de cette dernière, cela voulait dire que ce couple âgé assis à côté devrait aussi en faire partie.

C'était un moment exaltant qui le saisit en son for intérieur.

Les femmes parlaient encore. Cherchant une distraction, il découvrit un plateau roulant poussé contre le mur derrière eux, et il l'approcha pour examiner une partie de dames déjà entamée. Il examina le plateau, essayant de trouver le prochain coup.

Il leva les yeux et découvrit Floyd qui le regardait attentivement.

Un doigt tremblant se tendit lentement sur le bord du fauteuil roulant et déplaça une dame vers une nouvelle position. Puis Floyd se carra sur son siège et fit semblant de dormir.

Oh. Ça allait se passer comme ça, hein ? Alex lança un coup d'œil aux femmes, mais aucune d'elles ne prêtait attention. Il sourit à Floyd et déplaça sans un mot sa propre pièce.

Alex attendit. Il fallut un petit moment avant qu'un œil ne s'entrouvre. L'instant d'après, le visage de Floyd s'illuminait d'un immense sourire, qui disparut quand le vieil homme, concentré, se pencha en avant et tendit la main au-dessus du plateau...

Il prit un de ses pions et sauta trois fois au-dessus de ceux d'Alex, éliminant la moitié des dames qu'il lui restait.

Alex cilla. *C'est quoi ce bazar ?*

Il lança un coup d'œil à Floyd et retint un petit rire amusé. Parce que le vieil homme se renfonçait de nouveau contre les coussins de son fauteuil, les yeux fermés. Un léger ronflement résonna, comme s'il dormait. Qu'il soit faux ou réel, cet homme avait un timing mortel.

Alex riait toujours lorsque Yvette et lui prirent congé.

Elle marqua une pause près de sa camionnette, l'air pensif.

— Tu veux toujours venir ?

— Absolument. Tu dois ouvrir le douzième jour.

C'était une journée suffisamment chaude pour qu'Alex s'installe sur la chaise Adirondack et grogne en étirant les jambes.

— Ça fait du bien. Laisse-moi me détendre une minute ou deux.

Yvette émit un petit rire en lui lançant une couverture avant de s'installer sur la chaise près de lui.

— Dure nuit ?

— Peut-être que je vieillis, avoua Alex. Veiller tard ou me lever tôt n'est pas le problème. C'est de veiller tard *et* de me lever tôt que je trouve un peu moins amusant.

Elle croisa son regard, et un léger sourire apparut sur son visage.

— Merci beaucoup d'être venu avec moi aujourd'hui. Ça représente beaucoup pour moi.

— J'étais content de le faire.

Les mots venaient facilement. Maintenant Alex s'interrogeait sur l'autre révélation qui lui était venue.

Mais avant qu'il ne puisse dire quoi que ce soit, Yvette prit la parole.

— Comment vont tes parents ?

— Bien. Vraiment bien.

Surtout que Davis l'avait contacté pour l'informer de tout

ce dont il s'occupait. Apparemment, le naturel ne revenait pas toujours au galop.

— Je pense qu'il y a encore des moments où papa en fait trop, mais c'est un peu monnaie courante avec lui.

— C'est vraiment bien que tu sois allé là-bas pour t'occuper d'eux.

Elle fit la grimace et marqua une pause. Elle semblait lutter pour trouver les mots. Elle haussa doucement les épaules.

— Tu as une super relation avec eux.

— Ils n'ont pas toujours été parfaits, mais ils ont toujours essayé.

Elle ne semblait pas pressée d'ouvrir son calendrier de l'Avent, et Alex ne devait aller nulle part avant un moment. Une occasion de parler qui ne semblait avoir que trop tardé.

— Ils m'ont plus ou moins sauvé la vie.

Yvette eut un regard plein d'étonnement, de sérieux et d'inquiétude.

— Tu étais un enfant placé, n'est-ce pas ?

Il hocha la tête.

— Ma mère n'était pas la meilleure. Ma mère biologique, je veux dire. Elle n'aurait pas dû être mère à la base, alors je ne lui en veux pas. Quand elle m'a abandonné, être placé dans la famille Thorne m'a fait prendre un chemin tout différent que celui que j'aurais emprunté autrement.

Yvette hocha lentement la tête.

— Je suis contente. Ils ont l'air fantastiques.

— C'est ma famille. J'ai officiellement pris leur nom de famille quand j'ai eu dix-huit ans parce que je voulais faire cette mise au point.

Pour Alex, cela disait tout ce qui devait être dit. Seulement, Yvette semblait encore avoir quelque chose à l'esprit, ce qu'il pouvait parfaitement comprendre.

— Est-ce que tu t'inquiètes pour tes grands-parents ?

— Pour ma grand-mère, un peu, avoua-t-elle. Enfin, à ce stade, mon grand-père n'a plus assez bonne mémoire pour être contrarié longtemps sur quoi que ce soit. Et puis être sous la garde d'aidants qualifiés sera beaucoup plus utile pendant ces moments où il réagit mal. Ma grand-mère ne pouvait pas continuer à gérer le syndrome du crépuscule et à prendre soin physiquement de lui.

— Ta grand-mère sait que tu es là. Elle semble être du genre à demander de l'aide si elle en a besoin, la rassura Alex.

Elle hocha la tête brièvement, mais fermement.

— Je suis très contente d'être venue à Heart Falls quand je l'ai fait.

Elle croisa son regard sans détour.

— J'ai eu du temps avec mon grand-père avant qu'il n'oublie trop de choses. Mais je regrette toutes les années que nous n'avons pas passées ensemble.

— Pourquoi ne faisaient-ils pas partie de ta vie ?

Les mots lui échappèrent avant qu'il ne se rende compte que c'était peut-être un sujet un peu trop personnel, un peu trop sensible. Puis la pensée qu'il voulait *tout* savoir d'Yvette lui revint. Pas seulement ses joies, mais aussi ses peines.

Il voulait être là, pour elle, ce qui voulait dire qu'il devait savoir ce qui allait et ce qui n'allait pas, et quelles peines il devait partager pour alléger son fardeau.

Yvette regarda fixement ses mains.

— Mes parents ont coupé les liens avec mes grands-parents il y a plus de quinze ans. Presque vingt. Je ne sais pas exactement, parce que nous ne vivions pas très près d'ici, alors par certains aspects, c'était logique. Nous, les enfants, nous l'avons remarqué quand les cadeaux de Noël ne sont plus arrivés. Ni les cadeaux d'anniversaire, et plus d'appels téléphoniques.

Ces informations choquèrent Alex.

— Tes grands-parents n'ont pas essayé de rester en contact avec vous ?

Toutes sortes d'idées terribles lui traversèrent l'esprit.

— Que s'est-il passé ? demanda-t-il. Pourquoi est-ce que tes parents ont fait ça ?

Yvette inspira profondément et serra plus étroitement la couverture sur ses épaules avant de croiser fermement son regard.

— Ma mère assurait qu'ils faisaient ce qui était le mieux pour notre famille. Que nous devions n'être que nous, former une seule unité, rester soudés. Que passer du temps avec mamie et papy ne formerait pas une famille saine.

Bon sang. Alex avait des amis qui avaient coupé les liens avec leurs parents. Parfois, c'était à cause de choses ouvertement terribles, comme des abus sexuels ou de la négligence. Et récemment, il y avait eu beaucoup de situations où c'était simplement par nécessité personnelle que tel ou tel cessait d'écouter ceux qui avaient des priorités trop différentes de la nouvelle voie sur laquelle il essayait de s'engager.

Seulement, ça n'expliquait pas pourquoi Yvette était venue à Heart Falls pour renouer la relation avec les gens avec qui on avait coupé les liens...

Oh.

Il l'examina de près.

— Je suppose qu'à un certain moment tu as estimé que la décision que tes parents ont prise de couper les ponts n'était pas *vraiment* dans ton intérêt ?

— Je pense que l'éloignement était davantage dû au fait que mes grands-parents n'approuvaient pas la manière dont mes parents agissaient. Cela provoquait moins de culpabilité de ne pas entendre la voix de la raison planer au-dessus de leurs têtes.

Alex s'avança sur son siège.

— Est-ce que ça va ?

Elle plissa le nez, réfléchissant intensément.

— Oui. Vraiment. Il y a juste certains moments où, en tant qu'adulte, ça nous blesse terriblement de voir que certaines personnes *devraient* tenir à nous, et que ce *n'est pas le cas*. Pourtant, beaucoup de personnes sont là pour nous, alors qu'il n'y a aucune raison pour. Je travaille là-dessus.

Ils étaient trop éloignés pour ce genre de conversation. Alex tapota ses genoux et ouvrit les bras.

— C'est ce qui est à la fois nul et merveilleux dans le fait d'être un adulte. Mais tu n'as pas à travailler là-dessus au loin, toute seule.

Elle secoua la tête alors qu'elle laissait tomber la couverture et s'approchait. Puis elle se pelotonna contre lui, la tête posée contre son épaule.

— Encore merci d'être venu avec moi aujourd'hui. Je sais que ça comptait beaucoup pour ma grand-mère. C'est sur elle que je veux me concentrer maintenant.

Avec Yvette dans ses bras, sa chaleur caressant son torse, Alex inspira profondément et goûta le plaisir de sa confiance. Parce que c'était ça, le tenir contre lui après ce qu'elle venait de lui avouer.

— C'était un plaisir.

Une pensée lui traversa l'esprit. Une pensée vilaine et merveilleuse.

— Faisons un câlin pendant un moment, continua-t-il, puis il sera l'heure pour toi d'ouvrir le prochain jour de ton calendrier.

ELLE AVAIT MAL, mais étrangement, une sorte de plaisir grandissait aussi. L'ancienne douleur n'était plus enroulée dans un nœud de fils barbelés, dont les bords tranchants la coupaient chaque fois qu'elle bougeait.

Sa famille l'avait blessée. Elle la blessait encore, si elle était honnête.

C'était une blessure, et elle était encore là, mais comme si la plaie avait été nettoyée et commençait à guérir.

Inutile de prétendre qu'elle n'avait jamais existé – être capable de dire honnêtement qu'elle pouvait avancer était un rêve qu'Yvette n'avait encore jamais osé faire.

Elle se surprit à caresser le col du manteau d'Alex, sa peau chaude sous ses doigts. Le temps qu'ils avaient passé ensemble au cours des deux dernières semaines, parfois à se peloter, parfois simplement à se toucher tranquillement, rendait bien trop aisé d'envisager de céder à l'excitation montante.

Mais d'abord, quelque chose de précieux devait être dit. Elle remonta la main vers la joue d'Alex, leva le menton jusqu'à ce que leurs regards se croisent.

— J'apprécie mon cadeau, admit-elle. Tu es très créatif.

Il l'embrassa. Une fois. Une petite pression douce de leurs lèvres. Juste assez pour envoyer des papillons dans son cœur.

— J'ai été bien inspiré, la taquina-t-il. Tu veux aller chercher ta clé ?

Elle avait les jambes tremblantes. Quand Alex posa une main sur ses fesses pour l'aider à garder l'équilibre, la caressant en même temps, l'éclair qui remonta le long de sa colonne vertébrale l'aida à s'éloigner, et elle lui lança un regard par-dessus son épaule.

— Les mains baladeuses.

— N'importe quand. N'importe où, promit-il.

Elle se mit à rire en allant jusqu'à la clé qui pendait et l'attendait.

Alex resta près du bureau alors qu'elle glissait la clé à

l'intérieur et ouvrait le petit tiroir à l'arrière de l'écritoire pour révéler...

— Un jeu de cartes ? demanda-t-elle en haussant les sourcils. Euh, merci ?

— Ah, mais ce n'est pas n'importe quel jeu de cartes.

Elle le regarda de haut en bas, prenant son temps et appréciant la vue.

— Un jeu spécial fait pour du strip-poker ?

Il lui lança un grand sourire.

— Pas vraiment. Nous sommes loin d'en être à cette étape.

La déception n'aurait pas dû être le sentiment dominant.

— D'accord, alors. Quel est le jeu ? Et les enjeux ?

Il l'attrapa par la main et la mena dans le chalet, retira son manteau et ses bottes puis alla vers la table pour mélanger le jeu.

— Questions et baisers.

Eh bien, elle était partante pour une partie de sa suggestion.

— Tu embrasses plutôt bien. Je suppose que je peux accepter ça. Mais qu'est-ce que les questions impliquent ?

Son sourire ne fit que redoubler.

— Je propose que nous jouions à la bataille en seulement trois coups. Le gagnant a le droit de poser une question, le perdant doit embrasser le gagnant.

Il était bête.

— On dirait qu'il n'y a pas de perdant.

— Non. Mais c'est un moyen rapide d'en apprendre plus l'un sur l'autre, et j'ai aussi très envie de t'embrasser.

La passion dans les yeux d'Alex suffisait à l'enflammer sur place.

— Mais seul le perdant peut embrasser, lui rappela-t-elle.

— Je suis un joueur de cartes merdique.

Elle se mit à rire et leur prit deux verres d'eau avant de

s'installer au coin de la table. Elle prit la moitié du jeu qu'il lui tendit et le posa devant elle.

— Prépare-toi.

Les yeux d'Alex étincelèrent.

Premier dévoilement de cartes : elle avait un dix, lui un cinq. Elle posa les cartes à côté d'elle et découvrit la carte suivante. Un quatre, qu'il battit facilement.

— Manche décisive pour le premier tour des récompenses. Vas-y, dit Alex.

Ils révélèrent tous deux leurs cartes, et il la battit d'un point, un huit contre un sept.

Seulement, étant donné la manière dont il avait présenté ce jeu, elle ne pensait pas que c'était une grosse perte.

— Quelle est ta question ?

Alex se carra sur sa chaise et croisa les bras sur son torse. Il la dévisagea, lentement, une caresse taquine. Ses mamelons se durcirent, et son rythme cardiaque augmenta, juste parce qu'il était un fumier prétentieux.

Ce n'était pas juste.

Il était probable qu'il allait lui demander quelque chose de très embarrassant, et que la chaleur dans ses joues continuerait de monter.

— Si tu devais prendre des vacances, est-ce que tu choisirais une plage, un lac ou un chalet à la montagne ? Ou quelque chose de complètement différent ?

Eh bien, dites donc. Voilà qui était inattendu.

Yvette prit le temps de réfléchir.

— Si ce sont des vacances où je veux me détendre, je choisirais le chalet à la montagne. Si c'est pour l'aventure, je choisirais soit la plage ou un endroit chargé d'histoire. Des musées, de grandes églises. Ce genre de choses. Même si je n'ai jamais beaucoup voyagé.

L'expression d'Alex changea.

— Hum. C'est un bon point. La partie détente contre l'aventure.

Il tendit les mains vers les cartes, mais Yvette claqua la langue en avertissement.

— Du calme, mon gars. À mon tour.

Ce fut là qu'elle découvrit son erreur logistique. L'embrasser avec le coin de la table entre eux était loin d'offrir l'expérience recherchée. Pas aujourd'hui

— Viens.

Elle attrapa ses cartes, indiqua qu'il devait faire de même, puis l'attrapa par la main et le guida dans sa chambre.

Il ne dit rien. Il s'assit docilement à l'endroit qu'elle tapota, son grand sourire immuable.

— Tu as absolument raison. Je gagnerai même quand je perdrai.

— Tu étais bien trop loin de moi, expliqua-t-elle délicatement.

Yvette se pencha en avant. Alex la rejoignit au milieu du lit. Elle posa la paume contre sa joue et regarda son visage avant de l'embrasser. D'une manière lente, torride, mais elle était clairement aux commandes car lorsqu'elle recula, il ne bougea pas. Les yeux fermés, un sourire s'étirant comme du miel sur du pain grillé.

— J'aime vraiment ce jeu.

Il l'avait pratiquement ronronné et ses yeux sombres étaient brûlants.

Elle lui donna un petit coup de coude et dissimula un sourire.

— Prépare tes cartes.

Il attrapa sa pile mais recula aussi sur le lit, s'étalant confortablement. Elle s'assit en tailleur et posa sa première carte.

Un roi. Alex posa un deux.

— Mince, une bonne carte gaspillée, râla Yvette.

Sa deuxième et sa troisième carte furent battues par celles d'Alex.

Encore une fois, il la regarda sans détour. Une lueur chaleureuse jouait dans son regard alors qu'il réfléchissait à sa question.

— Quelle est la chose que tu veux que je sache sur ton corps ?

Elle gagna du temps.

— Comme quoi ?

Il était appuyé sur un coude, les cartes posées sur le côté. Il laissa ses doigts remonter sur le bras d'Yvette jusqu'à ce que son pouce échauffé taquine son cou.

— Qu'est-ce que tu aimes au lit, Yvette ? Une lente montée en puissance, quelque chose de bref et intense ? Un peu des deux ?

Le sexe. Maintenant qu'ils s'étaient beaucoup bécotés, le sexe venait sur le tapis.

Est-ce qu'elle en avait envie ? Absolument.

Alex avait posé le pouce à la base de sa gorge, la caressant d'avant en arrière. Yvette rassembla ses pensées éparpillées.

— Je ne pense pas pouvoir te dire une seule chose. Je ne...

Elle marqua une nouvelle pause, délibérément cette fois. Il lui avait demandé de lui faire confiance de tant de manières, c'était un immense domaine où elle exigerait *aussi* de la confiance. Elle le méritait. Elle méritait de pouvoir dire ce qu'elle voulait.

— Je veux de l'exclusivité. Je veux du temps pour apprendre à connaître ce que nous aimons. Je ne veux pas une check-list ou une dynamique où on passe par toutes les étapes. Je veux ce qui est agréable pour nous deux.

Avant qu'il ne puisse bouger, elle prit les devants. Les mains posées sur son torse, elle le poussa pour qu'il se retrouve sur le dos. Encore un effort, et elle l'enfourchait, les hanches posées sur ses cuisses solides.

L'éclat des yeux d'Alex devint plus vif.

Yvette passa les doigts le long des boutons de sa chemise.

— Tu n'as pas spécifié où j'avais le droit de t'embrasser. Tu veux le faire ?

— N'importe où. Partout.

Un rien séparait son ton d'un grognement.

Elle défit le premier bouton. Le deuxième. Elle se pencha sur lui alors qu'elle continuait à déboutonner sa chemise. Elle écarta les pans de tissu pour exposer son torse ferme, légèrement recouvert de poils sombres.

Son torse se soulevait et s'abaissait sous sa respiration rapide.

Yvette posa les mains sur Alex et la chaleur lui brûla les mains. Elle s'appuya sur lui, se redressa suffisamment pour croiser son regard directement pendant une fraction de seconde avant de baisser les yeux vers ses lèvres fermes et de les embrasser. Elle se déplaça vers son menton puis sur son cou. Son goût s'insinuait en elle alors qu'elle passait brièvement la langue contre sa peau. L'odeur du savon et du musc masculin emplissait ses sens.

Elle déposa des baisers en descendant le long de son corps et s'arrêta à quelques centimètres au-dessus de son nombril. Les reliefs de son abdomen étaient comme des rochers, et elle en traça les contours du doigt avant de les suivre de ses lèvres.

Les sons qui échappaient à Alex raidissaient tout le corps d'Yvette. Son long sexe en érection était clairement visible sous son jean alors qu'elle se glissait entre ses jambes.

Une seconde plus tard, elle cligna des yeux de surprise lorsque le jeu de cartes apparut devant elle, juste au-dessus de son ventre. Alex se redressa assez pour qu'elle se dépêche de les attraper avant qu'elles ne s'éparpillent.

— Joue ta carte, gronda-t-il en plaquant la sienne sur le lit près d'eux.

Un cinq. Qu'elle battit aisément avec le dix qu'elle retourna.

Sa deuxième carte était un trois, et elle pensa qu'ils allaient avoir besoin d'un troisième tirage décisif quand il plaqua un deux au-dessus.

— Tu gagnes, déclara-t-il.

Un instant plus tard, elle se retrouvait allongée sur le dos, avec lui penché au-dessus d'elle. Les cuisses nichées entre les siennes, le poids lourd de son corps soudant le bas de leurs torses.

Il posa les coudes de chaque côté de sa tête.

— Quelle est ta question ?

Elle devait réfléchir à ce qu'elle voulait lui demander ? Nom d'un chien, comment s'attendait-il à ce qu'elle réfléchisse en cet instant ?

— Plus tard. Embrasse-moi, exigea-t-elle.

Il lui lança un grand sourire en lui renvoyant ses paroles.

— Tu n'as pas spécifié où j'étais autorisé à t'embrasser.

— N'importe où. Partout, supplia-t-elle.

— Bonne réponse.

Il prit ses lèvres. Rien de contrôlé ni de contenu, surtout pas avec son poids posé si parfaitement sur elle. Quand il caressa ses lèvres de la langue, elle les ouvrit avec un gémissement et glissa les doigts dans ses cheveux pour le garder contre elle. Il fit entrer et sortir sa langue langoureusement tout en roulant des hanches, taquinant son intimité sensible avec son érection.

Il recula, attrapa le bas du T-shirt d'Yvette et le lui retira. Puis les baisers reprirent : une série le long de sa clavicule, un mordillement taquin le long du bord de son soutien-gorge. Il prit un de ses seins dans sa paume puis glissa la joue contre son autre mamelon. L'extrémité tendue la picotait à chaque frôlement de son début de barbe.

Yvette ferma les yeux et laissa la chaleur de la bouche d'Alex enflammer chacun de ses nerfs pendant qu'elle descendait sur son corps. Chaque partie de son être savait qu'il n'y avait rien de mal en cet instant. Elle ne voulait rien, sauf recevoir davantage de ce qu'il offrait.

Quand il défit enfin le bouton du jean d'Yvette en baissant lentement la braguette, chaque dent libérée crissait dans ses oreilles comme un coup de feu, et elle prit une inspiration irrégulière.

Il attrapa son jean et sa petite culotte en même temps et les lui retira.

Il lui fallut tout son courage pour rester silencieuse, pour ne pas dire quelque chose comme *oh, tu n'as pas à faire ça*, ou que c'était à son tour de lui donner quelque chose.

Un grognement de désir échappa à Alex, et elle se redressa sur les coudes pour regarder la scène, pour vraiment apprécier la vue de ce bel homme entre ses cuisses, qui regardait fixement son sexe, le désir se lisant dans le moindre de ses traits.

Il secoua la tête.

— J'en ai envie depuis si longtemps.

Observant toujours, Yvette ne savait pas si cela rendait l'excitation meilleure ou pire, elle sentit un frisson se répandre sur sa peau. Alex se déplaçait si lentement, avançant peu à peu vers l'endroit où elle avait le désirait le plus.

Il laissa traîner ses doigts de son nombril jusqu'à son pubis, qu'il prit fermement dans sa paume avant de glisser les doigts à travers les poils d'Yvette et de la pénétrer.

Il inspira profondément, se pencha et l'embrassa. Un baiser parfait et doux.

Puis Alex devint insatiable, sa langue l'envahit, ses doigts prenaient. Son bras libre la plaqua sur le lit alors qu'il la léchait et la suçait, faisant aller et venir ses doigts dans son intimité et la rendant folle de plaisir.

C'était déchaîné et rapide, et c'était parfait.

Si elle avait dû décrire ce qu'elle voulait, cela n'aurait pas été ça, mais maintenant qu'Alex se trouvait là, à faire ce qu'il voulait, à lui offrir ça, rien d'autre n'aurait pu être mieux.

— Seigneur, tu as bon goût.

Ses doigts la caressèrent de nouveau à l'intérieur, puis il renouvela son assaut sur son clitoris.

Yvette écarta les genoux, et elle enfonça les doigts dans ses cheveux tout en ondulant des hanches contre lui alors que la température grimpait, alors qu'elle cherchait en elle l'orgasme.

Il le lui offrit. Juste le bon agacement, juste la bonne insistance. Quand il referma les lèvres sur son clitoris et l'aspira tandis que le mouvement de ses doigts continuait, elle décolla presque du lit.

— *Alex.*

Sans immobiliser sa main, il se releva et s'allongea sur le côté. Ses hanches se balançaient violemment, et son membre marquait au fer rouge la cuisse d'Yvette alors qu'il lui coupait le souffle dans un baiser coquin. Son contact exigeait qu'elle accepte chacun des spasmes de l'orgasme qui s'emparait de son intimité.

Il lui fallut un moment pour redescendre, surtout avec les lèvres d'Alex sur les siennes. Il retira lentement ses doigts, marquant une pause pour la taquiner, pour mordiller sa lèvre inférieure, pour caresser son clitoris du pouce.

Chaque geste fit tressaillir son corps d'un plaisir qui s'attardait.

Elle glissa les doigts dans les cheveux d'Alex. Son grand sourire ravi fut visible une seconde avant qu'il ne s'essuie la bouche du dos de la main.

— Je t'avais dit que je gagnerais.

Yvette papillonna des cils vers lui.

— Nous n'avons pas encore fini.

Les lèvres d'Alex tressaillirent, puis il toussa.

— Nous avons tout à fait fini.

Attendez. *Quoi ?*

Elle tendit la main, mais avant qu'elle ne touche l'abdomen d'Alex, il lui attrapa les poignets et les cloua sur le lit près de son corps. Un changement subtil de son expression attira l'attention d'Yvette et...

— Est-ce que tu *rougis* ? demanda-t-elle.

Le grand sourire d'Alex redoubla, mais ses joues étaient certainement plus roses qu'avant.

— Tu émets les sons les plus délicieux quand tu jouis, Yvette Wright. Jolie façon de me déstabiliser.

La surprise et quelque chose qui ressemblait un peu à de la fierté s'insinuèrent en elle. Apprendre qu'il avait été si excité quand ils s'étaient bécotés et qu'il avait joui rien qu'en se frottant sur elle la réchauffa de nouveau partout.

Malgré tout, elle ne savait pas si c'était approprié dans un moment pareil.

— Si tu dis ce que je pense que tu dis, est-ce que je dois m'excuser ou te féliciter ?

— C'est la vie. Mais ne ris pas.

Il roula sur le matelas avec une expression penaude.

— Mais nous devrions peut-être rire ensemble. Nom d'un *chien*, femme. Je n'ai pas perdu le contrôle comme ça depuis... Eh bien, je ne m'en souviens pas.

— Je suis sûre qu'oublier ce genre de souvenir est un choix sain que tous les mecs font régulièrement.

Cette fois, Alex ricana.

— Tu as sûrement raison. Même si ce n'est pas vraiment un sujet de conversation entre potes. En tout cas, pas depuis que nous avons quitté l'école primaire.

— Continue, le taquina Yvette. Je suis presque sûre que des discussions salaces sur tout en partant du sexe pour aller jusqu'à la masturbation se déroulent durant tes heures de service à la caserne.

— En effet. Mais tu penses que l'un de nous avouerait avoir aussi peu d'endurance qu'un ado ?

Il l'embrassa de nouveau d'une manière lente, profonde, excitante et délicieuse. Il détacha les lèvres des siennes à peine assez pour que, lorsqu'il parla, l'air chaud taquine sa joue.

— Je suis heureux. Ça me suffit pour l'instant. Laisse-moi te serrer un moment dans mes bras.

Elle passa les bras autour de lui. Elle n'essaya pas de les pousser plus loin, mais elle appréciait le lien profond entre eux, ici même, à cet instant.

Alex déposa un dernier baiser sur le bout de son nez puis plaça la tête sous son menton. Yvette poussa un soupir de plaisir. Elle était au chaud, repue.

L'amusement la chatouillait toujours sur l'état gênant d'Alex, mais même ça, c'était normal. Le niveau de confiance qui rendait possible de s'imprégner tout simplement de cet instant et de gérer *c'est la vie* plus tard – c'était puissant.

Elle s'appuya plus fort contre lui et profita des sensations étourdissantes qui se déversaient dans son âme.

10

─────────

*R*êvassant, Yvette était pratiquement sur un petit nuage quand elle sortit sous le porche avec sa clé du quatorzième jour, prête à découvrir quelle douceur Alex avait mise dans le tiroir pour la faire sourire.

Aujourd'hui, cela faisait deux semaines, et Yvette s'étonnait de voir combien les choses avaient changé.

Oh, elle comprenait encore pourquoi l'Alex du passé l'avait agacée. Mais il avait beaucoup changé, depuis ce moment-là. Même s'il réussissait toujours à dire des choses qui la mettaient en boule, c'était habituellement parce qu'elle s'attendait à être agacée. Elle avait ses propres points sensibles, c'était évident.

Mais maintenant, c'était *elle* qui essayait aussi de changer.

Elle lança de nouveau un coup d'œil au porte-clés, une minuscule bougie cette fois-ci. Le porte-clés et la clé étaient délicats, et elle pensait savoir quelle case du meuble elle ouvrirait. Une de celles cachées derrière le tiroir à cylindre de l'écritoire.

Bien qu'elle soit sûre, elle n'avait même pas regardé le tiroir jusqu'à maintenant. Elle n'était même pas tentée, pour être honnête. L'attente s'avérait être une sorte d'excitation délicieuse. Elle n'avait jamais su qu'elle aimerait autant ça.

Un peu comme la manière dont faire avancer les choses sexuellement avait été reporté, et même s'ils n'y étaient pas encore complètement, ça fonctionnait parfaitement d'avancer une étape à la fois. Au final, ils coucheraient ensemble. Ce serait érotique, déchaîné, salace, brûlant...

Peut-être parce qu'elle était distraite par ses fantasmes, elle repoussa le cylindre un peu trop vite. Le porte-clés glissa de sa main et dérapa sur la surface lisse en bois du bureau.

Yvette regarda, horrifiée, la clé et le porte-clés disparaître, glissant dans une fente étroite entre le bureau et le panneau latéral.

Le chapelet de jurons qui s'échappa de ses lèvres fut à la fois bruyant et inventif, mais bien trop expressif pour être admiré.

— Qu'est-ce que j'ai fait ?

Elle frappa sur le côté du bureau, regarda par la fente puis s'étendit par terre pour voir si par miracle le panneau était déformé de haut en bas et si la clé était tombée. Pas de bol.

Elle se dépêcha d'aller dans la maison et attrapa un marteau et un tournevis, sans même savoir à ce stade ce qu'elle allait en faire. Si elle ne pouvait pas trouver la clé, tout serait fichu. Tout le dur travail d'Alex, gâché.

Même avec la lampe torche, et en glissant prudemment un cintre courbé dans la fente, elle fit chou blanc.

Yvette examina le côté de plus près, puis tira le bureau vers elle. Le soulagement l'envahit. L'arrière était retenu par une série de vis. Si elle les enlevait, elle pourrait peut-être écarter suffisamment le panneau latéral pour libérer sa clé. Elle se mit au travail, mettant prudemment chaque vis dans un bol.

Elle était à mi-chemin du bas du bureau quand elle

entendit le bois craquer. Excitée, elle posa une main à l'arrière et sur le côté et tira prudemment...

Quelque chose de métallique cliqueta au sol, atterrissant avec un *cling* distinctif.

Elle quitta sa position inconfortable, se mit à genoux, passa une main dessous et en sortit...

Oh mon Dieu.

Elle cligna des yeux, mais cela ne changea rien. Sur le sol devant elle se trouvait le porte-clés qu'elle cherchait. Mais quelque chose d'autre étincelait. Son cœur s'emballa, et sa bouche s'assécha alors qu'elle le ramassait.

C'était une bague. En argent, ou peut-être en or blanc, avec deux petits diamants de chaque côté d'une pierre rose. Elle était jolie, elle était parfaite. Elle était tentante pour chaque aspect de son âme qui aimait les babioles comme une pie.

Mais *oh mon Dieu*. C'était une *bague*.

Qu'est-ce que c'était que ce bazar ?

Oui, elle s'était engagée dans cette folle relation, et pour l'instant, ça se passait bien.

Menteuse. Ça se passait spectaculairement bien.

Mais une *bague* ? C'était présomptueux. Absurde. Impossible. À quoi pensait Alex ?

Je pourrais facilement tomber amoureux de toi.

Il l'avait admis dès le début. Et quand des gens étaient amoureux, ils faisaient des choses comme se marier.

Non. Son esprit ne pouvait pas gérer ça. C'était au-delà de toute compréhension. Elle s'écroula sur une des chaises près du bureau et resta assise, complètement perdue.

Qu'allait-elle faire maintenant ?

— Je pense vraiment que c'est le meilleur plan, dit Tucker Stewart en marchant à son habituelle allure effrénée.

Celle qui faisait qu'Alex allait au pas de course pour le suivre.

— Je suis d'accord. Inutile de garder un troupeau supplémentaire si nous n'en avons pas besoin. Mais il y a plein de place pour que les enfants s'en occupent. Les corvées sont bénéfiques.

Alex ricana.

— Seigneur, je devrais te demander de m'enregistrer quand je dis ça pour que je puisse l'envoyer à mon père. Ça le fera bien rire.

Tucker sourit.

— C'est toujours un choc quand j'entends les paroles de mon oncle sortir de ma bouche. Du moment que ce sont les bons conseils, ce n'est pas si mal. Je déteste quand ce sont les choses qui me rendaient dingue parce qu'il avait *tort*.

— Ce serait trop bien. Nous savons tous les deux que ça ne fonctionne pas comme ça, répondit Alex d'une voix traînante. Nom d'un chien.

Ils s'arrêtèrent tous deux brusquement. Ils venaient d'arriver au coin de l'écurie et étaient tombés sur un troupeau de chèvres. Pas un trio de chèvres, alias les trublions qui appartenaient au ranch de Silver Stone. Non, c'étaient assurément de tout nouveaux animaux, qui semblaient plutôt agacés d'être entravés. Le vieux bouc secoua la tête d'un air menaçant, tandis que la mère bêlait, bruyamment et longuement. Les deux petits sur leurs talons reprirent en chœur, et ils furent à deux doigts du vacarme, surtout quand les chèvres de l'autre côté de la cour se joignirent à elles.

— Seigneur, est-ce que c'est comme les chaussettes qui se multiplient dans le sèche-linge ? demanda Tucker en regardant autour de lui. Comment sont-elles arrivées là ?

Il n'y avait personne dans la cour pour répondre à cette question. Nulle camionnette aux alentours qui n'aurait pas été censée être là non plus.

Alex enchaîna. Il claqua la langue et se rapprocha des animaux.

— Eh bien, elles ne peuvent pas rester là. Tu veux que je les mette avec les nôtres ou que je les colle dans un enclos séparé pendant qu'on se renseigne ?

Tucker le rejoignit, apaisant les animaux. Il examina rapidement leurs yeux et l'intérieur de leurs gueules.

— Elles ont l'air assez en forme, mais tant qu'elles n'auront pas eu un bon bilan de santé, nous ne les mettrons pas avec nos animaux. Utilise l'enclos en face d'Eeny, Meany et Miney. Une fois que ces nouvelles venues auront été examinées par le véto, nous déciderons quoi faire d'elles.

Alex détacha les cordes et guida le mini troupeau vers son nouvel enclos, activant ses méninges. Il aurait juré qu'il avait vu ces animaux récemment. Bien sûr, ce ne fut que lorsqu'il les eut parqués qu'il retrouva où.

Chez Creighton Reiner.

Alex ne voulait rien dire avant d'en être certain, donc ce ne fut qu'à la fin de sa journée de travail qu'il se retrouva à prendre l'étrange route qui montait jusqu'au ranch du vieil homme.

Pendant tout le trajet, tout un tas de nouvelles questions bourdonnaient dans son cerveau. Comme : pourquoi diable cet homme avait-il construit sa route de ce côté-ci ? Droite comme un i, c'était vrai. Mais elle n'était certainement pas la route d'accès la plus courte depuis Heart Falls.

Dans la cour de Reiner, Alex s'arrêta et écouta attentivement. De la fumée s'élevait de la cheminée, mais la camionnette déglinguée n'était nulle part en vue.

Dans l'éventualité improbable où il y aurait une autre

raison à l'absence de la camionnette, Alex décida d'explorer quand même. Les chiens vinrent à sa rencontre comme d'habitude, la meute bondissant et aboyant, surexcitée à la manière habituelle des chiens de ferme.

Alex leur lança des friandises puis s'approcha du chalet avec cette escorte. Frappant bruyamment, il cria :

— Creighton ! Vous avez un visiteur.

Personne ne répondit. Un rapide coup d'œil à l'intérieur prouva que le chalet était vide. Il ne lui fallut que dix minutes pour traverser les petites dépendances, sans aucune trace du propriétaire.

Et aucun signe non plus des chèvres qu'Alex avait vues lors de sa précédente visite.

En fait, beaucoup d'animaux manquaient. La grange ne contenait que le cheval de Creighton et une seule vache laitière, tous deux assez âgés pour être mis à la retraite depuis années.

— Qu'est-ce que tu manigances, vieil homme ? marmonna Alex.

Il fit un dernier tour par le côté le plus éloigné des dépendances. La ferme était un peu désorganisée, mais elle avait de bonnes bases. Creighton avait aussi le plus large stock de bois de chauffage qu'Alex ait jamais vu, et cette partie-là était méticuleusement alignée et empilée pour sécher. Il avait sans doute de l'approvisionnement pour les deux prochaines années.

Un tas de bûches bloquait le chemin principal, alors Alex passa par les buissons à proximité pour le contourner.

Il s'arrêta net, distrait par un tas de terre fraîchement retournée. Un examen un peu plus approfondi lui révéla que c'était une tombe qui avait été fraîchement creusée. Une simple planche était enfoncée dans la terre meuble avec *Hunter* inscrit d'une écriture tremblante sur le morceau de bois qui formait la croix.

Eh bien, bon sang. Il semblait que l'animal de l'ancien ne s'en était pas sorti. Yvette allait être déçue, même si elle savait que c'était dans l'ordre des choses.

Alex dit un dernier au revoir au trio enthousiaste qui gardait encore la ferme, puis retourna à sa camionnette et reprit la longue route. Il retourna chez lui au dortoir. Il retrouverait Creighton un autre jour.

Il n'allait pas partager les mauvaises nouvelles avec Yvette ce soir-là. Pas alors qu'elle passait du temps avec ses amies.

Alors il fit ce qu'il faisait toujours dans ces circonstances. Il alla à la caserne des pompiers. Une occasion de discuter avec des gens bien, de tailler une bavette, et de sortir de ses pensées.

Un moyen de résister à l'envie de se glisser dans la soirée entre filles, ne serait-ce que pour voler un baiser à Yvette.

— Il y a des choses étranges qui se trament à Heart Falls.

Cette déclaration venait de Tansy, qui déposait deux carafes sur la table devant Yvette.

— La violette contient de la sangria – merci à Alex pour les ingrédients – et la rose de la citronnade, pour celles d'entre vous qui ne boivent pas d'alcool, ajouta-t-elle.

— Alex a acheté nos boissons ? demanda Hanna, l'air perplexe.

— C'était dans mon bureau-cadeau-de-rencard-calendrier-de-l'avent, dit Yvette avant de se tourner vers Brooke. Pouvons-nous trouver un nom de code plus court pour ce que je fais avec Alex ?

— Ça soulève la question : qu'est-ce que tu *fais* avec lui ? demanda Rose en remuant les sourcils.

Un ricanement monta du groupe.

Yvette se mit à rougir.

— Sans commentaire.

Tansy prit un verre et le remplit de sangria puis s'installa sur le canapé.

— Ignore le fait que Rose et Alex sont sortis ensemble un moment. Parce que c'est parfaitement négligeable.

— Nous sommes seulement allés danser quelques fois. Vraiment. Il n'y avait rien d'autre, insista Rose. C'est un mec bien, mais il n'y a pas eu d'étincelle.

— As-tu seulement un détecteur d'étincelles ? la taquina Tansy.

— Tais-toi, dit Rose en se retournant vers Yvette. Juste au cas où je n'aurais pas été claire, je pense que c'est un mec super, et je suis vraiment heureuse que vous soyez en couple. Il mérite quelqu'un de gentil.

Brooke s'était versé un verre de citronnade et s'était installée sur le canapé près de Tansy.

— Il n'y a que dans les petites villes que nous devons avoir ce genre de conversations.

— Les possibilités de rencards. Elles sont si minces, râla Tansy.

La nouvelle venue à table pour la soirée entre filles jeta un coup d'œil dans la pièce comme si elle plaçait les noms sur les visages. Sydney Jeremiah attrapa son verre à vin et le tendit vers la citronnade.

— Je vais prendre l'option sans alcool, pas parce que je me reproduis, mais parce que je suis en service de bonne heure demain. Gérer des malades d'humeur grincheuse passe bien mieux sans gueule de bois.

— Je suis contente que tu aies pu te joindre à nous, dit Brooke sincèrement. Quand Yvette l'a suggéré, ça a paru évident.

— Oui, parce que nous devons continuer de remplacer toutes les femmes qui ne peuvent pas se joindre à nous parce qu'elles ont des gamins jusqu'au cou.

— Hé. Je suis encore là, dit Hanna.

— Moi aussi, ajouta Madison, même si elle ne bougea pas du fauteuil où elle s'était installée, la main posée sur son ventre rond.

Yvette regarda Brooke puis les autres personnes présentes.

— Oh, nous savons que les soirées entre filles de Heart Falls sont toujours ouvertes aux anciennes membres. Et nous sommes ravies qu'il y ait de nouvelles distractions qui occupent leur temps. Ces nouvelles arrivées signifient que nous avons largement le temps de venir quand ça nous convient.

— Sauf que je suis une participante à vie, insista Tansy. Je serai la dernière femme debout. En solo, je veux dire.

Hanna rit, un son semblant presque déplacé par rapport aux réactions habituelles de cette femme discrète. Elle lança un coup d'œil à Sydney.

— Tansy ne connaît pas encore la règle selon laquelle il est dangereux d'asticoter le destin.

— Hé, j'ai mon propre foyer, mon propre commerce, et j'aime cuisiner plus que je n'aime manger dehors. Une de mes meilleures amies est mécano. Je n'ai aucun besoin d'un homme, dit Tansy en plissant le nez. D'accord, sauf pour une chose. Mais je peux emprunter des gars pendant de courtes périodes pour ça quand c'est nécessaire.

Sa sœur Rose hoqueta avant de lui donner une petite tape.

— *Tansy.*

— Quoi ? demanda celle-ci en affichant une expression d'innocent étonnement avant de rouler des yeux. Pas pour le sexe. *Bon sang.* Je voulais dire pour danser. Tu as l'esprit vraiment mal tourné.

Les rires continuèrent tandis que les femmes s'installaient

dans la salle de séjour de Tansy et Rose. Le petit appartement au-dessus du *Buns and Roses* était douillet et confortable, et Yvette se força à abandonner au moins temporairement la gêne qu'elle portait en elle depuis sa découverte de la bague ce matin-là.

Elle ne savait toujours pas quoi faire, mais puisqu'il restait encore dix jours avant Noël, ce n'était pas un problème qu'elle devait régler immédiatement.

Lorsqu'elle surprit Rose à l'examiner, Yvette lui lança un clin d'œil. Elle savait que la beauté brune était sortie avec Alex, et elle s'était toujours demandé ce qui s'était passé. C'était bien d'entendre qu'il ne restait pas de sentiments. Yvette passait du temps avec ces femmes, y compris Rose. Elle ne voulait pas perdre une de ses amies.

Sur sa droite, Sydney étira les jambes.

— C'est cosy, dit-elle doucement à Yvette.

— C'est un bon groupe. C'est toujours agréable de prendre des pauses avec des gens qui veulent ce qu'il y a de mieux pour toi.

Sydney hocha la tête.

— J'ai besoin de plus de moments de ce genre dans ma vie. J'ai hâte d'avoir un peu moins de travail et de profiter davantage du temps passé avec des amies.

— Tu peux te le permettre, même en démarrant ton propre cabinet ?

— Cela me demandera de jongler avec mon emploi du temps et d'être ferme avec moi-même pour ne pas trop en faire. Mais oui, je pense qu'il est temps, dit Sydney en examinant Yvette. Et puis les possibilités de rencards sont minces, alors il me sera impossible de tenter ma chance si je passe tout mon temps à travailler.

— C'est vrai.

Il semblait à Yvette que ce devait être la seule raison pour laquelle Sydney n'était pas déjà liée à quelqu'un de spécial. Cette femme était belle, intelligente et très effrontée. Elle dégageait l'assurance.

— Alors tu cherches l'amour ? lui demanda-t-elle.

Sydney ricana.

— Ce n'est pas que je le cherche mais plutôt que je ne le fuis plus. Ce dont j'ai besoin, c'est que quelqu'un me tombe tout cuit dans le bec, un peu comme Alex et toi. Je n'arrive pas à croire que vous ne sortez officiellement ensemble que depuis moins d'un mois.

Quatorze jours. Yvette jouait au ping-pong entre l'impression très positive sur le temps passé avec Alex et la découverte de cette fichue bague.

— Nous nous sommes asticotés pendant au moins deux ans avant ça.

Cela semblait être le sujet le plus sûr à aborder.

Il n'y avait pas de bague... repousse ça. N'y pense pas maintenant.

Heureusement, Sydney regardait son verre plutôt qu'Yvette qui se trémoussait.

— Je suis sérieuse. Vous vous accordez comme si vous sortiez ensemble depuis des lustres. Et ce n'est pas comme ces gens qui s'épanchent sur le fait que tout est toujours merveilleux entre eux et leur partenaire. Vous êtes réels. Genre, il y a des tensions momentanées, mais il y a aussi ce lien super. Comme si vous pouviez vous engueuler et quand même être forts à la fin.

Yvette la regarda une minute, abasourdie, avant de retrouver sa voix.

— Eh bien, c'était un très gentil compliment.

— Je ne raconte pas de salades, dit Sydney d'un ton pince-sans-rire. C'est comme ça que je vois les choses, à prendre ou à laisser.

Leur conversation fut interrompue par Tansy qui fit tinter une fourchette sur le bord d'une pile d'assiettes. Elle les posa sur la table, puis se dépêcha de revenir avec un gâteau au chocolat qui sentait incroyablement bon.

— À manger. Maintenant, je dois te dire ce que je voulais te dire dès le début, dit-elle en lançant un feint regard noir à Rose. Je suis presque sûre que c'est toi qui m'as distraite.

— Je suis sûre que même si ce n'était pas moi, tu trouverais un moyen de m'en rendre responsable, dit Rose avec la calme patience d'une sœur.

— *En tout cas...* dit Tansy en servant un énorme morceau de gâteau à Yvette. Je suis passée en voiture devant le refuge pour animaux, et il y avait cette camionnette garée sur le côté. Deux secondes après, j'ai entendu dire que Sonora avait découvert trois vaches dans le manège.

— Ce n'est pas le genre d'animal qu'on abandonne habituellement, avança Brooke avec sagesse.

— Vrai à cent pour cent, répondit Tansy en levant son verre.

Yvette était perplexe.

— Alors qui les a déposées ?

Tansy plissa le nez.

— Je ne sais pas.

— Mais tu as vu quelqu'un garé là.

— Oui. Une camionnette blanche.

Brooke et Yvette échangèrent un regard exaspéré avant de se retourner vers Tansy.

— Vraiment ? Tu n'as pas reconnu le véhicule ?

— Mon Dieu, les filles, vous vous trompez de femme. Yvette sait qui conduit rien qu'en reconnaissant la teinte du véhicule et la forme des phares. Brooke connaît le ronronnement du moteur de tout le monde. Alors que Tansy ne reconnaît sa propre voiture qu'en appuyant sur le bouton de son porte-clés et en suivant le son, dit Rose en esquivant sa sœur avant qu'elle ne puisse la frapper. La vérité fait mal, sœurette.

— Tu ne vaux pas mieux, répliqua Tansy.

Rose se redressa.

— Je conduis une Hyundai bleue de 2016.

Tansy s'esclaffa.

— Tu as mémorisé ça juste avant d'entrer. C'est quoi ton numéro d'immatriculation ?

— Les filles, dit Yvette en se calant sur son siège et en se moquant d'elles. Revenons au sujet... une camionnette blanche, ça ne précise pas grand-chose. Pas dans l'Alberta rurale.

Madison claqua la langue, et toute la pièce se tourna instantanément vers elle.

Elle leur lança un regard noir à toutes.

— Arrêtez ça.

— Arrêter quoi ? demanda Brooke gaiement. Tu as besoin de quelque chose, chérie ?

— Je vous déteste, marmonna Madison avant de tendre une main. Hissez-moi. Il faut que j'aille aux toilettes, et le fauteuil maléfique de Tansy essaie de m'avaler tout entière.

— Il est plutôt doux mais a bel et bien tendance à avaler les gens, admit Tansy.

Brooke et elle aidèrent Madison à se relever.

— Je vais installer un autre fauteuil pour toi.

Madison sourit.

— Bien. Fais en sorte qu'il soit près d'une autre assiette de gâteau au chocolat, et je donnerai ton prénom au bébé.

— Ne fais pas de promesse que tu ne peux pas tenir, l'avertit Tansy.

— C'est un très bon gâteau, dit Madison joyeusement. Je suis sûre que Ryan comprendra.

Le reste de la soirée fut agréable et détendu, et le temps

passé avec ses amies emplit Yvette d'un sentiment dont elle avait désespérément besoin.

De la musique de fête tournait à l'arrière, et de temps à autre, l'une d'entre elles commençait à l'accompagner, puis le groupe se joignait à elle, chantant à tue-tête ensemble. Des chansons joyeuses, d'autres tristes.

Rose tira Yvette par la main pour qu'elle se lève quand « Please Come Home for Christmas » arriva. Une version bluesy et émouvante qui fit rire le groupe lorsque Rose chercha les notes graves au lieu de passer à une tonalité plus haute.

Mais ce fut la version de Carrie Underwood et John Legend de « Hallelujah » qui fit tournoyer le cœur d'Yvette. Tant de sens, tant de joie féroce et de désir ardent dans les paroles. Surtout quand le groupe de femmes qui l'entourait chantait en chœur avec eux.

« *Let the lonely know their worth.*[1] »La solitude d'Yvette disparaissait. Elle avait des amies dans cette pièce et de bons collègues.

La compagnie d'Alex.

Elle ne savait peut-être toujours pas quoi faire au sujet de la bague qu'elle avait trouvée, mais il y avait d'autres aspects dans l'idée de connaître sa valeur dont elle devait s'emparer. Elle devait trouver de la joie dans les changements.

Elle s'endormit ce soir-là en rêvant qu'elle chantait avec un chœur d'anges, une voix masculine familière près d'elle, et ni chagrin ni tristesse ne pouvait la toucher.

Le lendemain, Yvette était assise dans sa camionnette, à prendre son déjeuner, lorsqu'un texto arriva.

Alex : Je te souhaite une belle matinée,
trésor.

Yvette : On est presque l'après-midi. Tu as eu
une journée chargée ?

Alex : Je n'avais pas de réseau et j'y retourne.
Je voulais savoir comment se passait ta
journée.

Elle réfléchit, se concentrant sur les belles choses dont elle avait rêvé et pas sur le fait qu'elle avait trouvé une bague la veille.

Ignorer *ça* semblait le plus intelligent pour l'instant.

Yvette : Trois urgences à la clinique et un
cheval à Greenfields. Mais tout s'est bien fini.

Alex : Évidemment. C'était toi qui t'occupais
d'eux.

Il était trop chou. Yvette l'appela.

— Hé, répondit-il, un sourire dans la voix. J'ai peut-être cinq minutes avant de perdre le réseau. C'est Tucker qui conduit.

— Pas de problème. Je voulais juste te dire merci pour la sangria. Les filles ont apprécié.

— Content de savoir qu'elle était bonne.

Il baissa la voix :

— Tu me manques.

Cela ne faisait que deux jours qu'ils ne s'étaient pas vus, mais elle devait admettre la vérité.

— Tu me manques aussi.

— Raconte-moi quelque chose d'amusant, ordonna-t-il.

— Il y avait des vaches abandonnées chez Sonora. Quelqu'un d'autre dit avoir trouvé trois lapins de plus dans son clapier ce matin. Et Meyer s'est aperçu qu'il avait des poules en plus.

— Hein ?! fit-il avant de marquer une pause. On nous a déposé des chèvres à Silver Stone. Je suis allé voir. Je pense que ce sont les animaux de Creighton.

— C'est ce que je pense aussi.

— Yvette ? Mauvaise nouvelle. Je suis allé chez lui après que nous avons trouvé les chèvres. Je n'ai pas vu Creighton, mais Hunter est mort.

— Oh.

La tristesse la frappa, mais elle inspira profondément et passa outre.

— Il n'a pas souffert. Je pensais que ça finirait par arriver. J'espère que Creighton va bien.

— Moi aussi, dit Alex. Hé, je dois filer, mais si tu veux, je pourrai t'emmener chez Creighton demain ou après-demain. Juste pour voir comment il va. Tiens-moi au courant.

— D'accord. Je vais y penser.

— À plus tard, trésor.

Il avait disparu avant qu'elle ne réponde.

Elle se carra sur son siège et réfléchit. L'appel avec Alex ? Absolument tendre.

La situation avec Creighton et les animaux ? Très curieux. Que se passait-il ?

S'occuper de ses affaires ne semblait pas approprié. Pas du tout. Cela voulait dire qu'elle saisirait la prochaine occasion qu'elle aurait d'aller rendre visite à un certain fermier âgé.

Occasion qui vint quelques heures seulement plus tard, une fois qu'elle eut terminé sa journée de travail en avance.

Elle espérait qu'un certain fermier grincheux était prêt à cracher ses secrets.

11

Il n'était pas tombé de neige au cours de la semaine, mais les températures étaient restées suffisamment basses pour que les ornières boueuses de la route qui montait chez Creighton soient complètement gelées. La camionnette d'Yvette vibrait alors qu'elle roulait sur la pire piste cahoteuse qu'elle ait connue depuis longtemps.

Malgré tout, sa curiosité était suffisamment vive pour qu'elle doive faire quelque chose. Bien qu'Alex ait proposé d'y aller avec elle, elle ne voulait pas attendre. Elle estimait qu'elle avait une excuse pour venir sans y avoir été invitée, en tant que vétérinaire de Creighton.

Le fait que Hunter était mort l'attristait, mais le chien était vieux. Peut-être qu'avec un peu plus de soins attentionnés, il aurait pu vivre jusqu'au printemps, voire passer l'été. Mais il n'y avait aucune garantie là-dessus, et elle ne voulait certainement pas que Creighton pense qu'il l'avait contrariée.

Quand on était éleveur, il y avait beaucoup de choix à faire, et parfois ce qui semblait inapproprié à quelqu'un était plus logique après une petite conversation. Ce moment de discussion était ce qu'elle voulait lui offrir.

Elle se gara près de sa vieille bagnole, la curiosité lui faisant jeter un coup d'œil sur la plate-forme. La paille éparse n'était pas vraiment un indice, mais plutôt un simple aspect de la vie à la campagne.

Les chiens de la ferme apparurent brièvement avant de retourner d'où ils venaient pour rester au chaud alors qu'elle avançait vers le petit chalet. Elle frappa, puis fourra ses mains gantées sous ses aisselles pour les garder au chaud.

Creighton ouvrit la porte de quelques centimètres avant de lui lancer un regard noir avec un seul œil.

— Quoi ?

— Je peux entrer ?

— Pourquoi ?

Yvette haussa un sourcil.

— Si vous voulez me demander *où, quand* et *qui,* juste pour être sûr d'avoir couvert tout le QQOQCCP[1], laissez-moi entrer pour ne pas chauffer l'extérieur.

Il grommela mais recula. Yvette marqua une pause à l'intérieur et referma la porte fermement derrière elle. Elle resta sur le paillasson pendant qu'il allait vers le plan de travail latéral de la petite cuisine ordonnée.

— On dirait que votre pied va mieux.

— Ouais.

Il prit une profonde inspiration et expira lentement, ses épaules s'affaissant comme un ballon qui se dégonflait. Il se retourna et pencha la tête vers la table.

— Tu ferais aussi bien de t'asseoir un moment.

Yvette utilisa le tire-botte et aligna ses bottes soigneusement près de la porte avant de le rejoindre à table.

Creighton lui servit du café noir comme du goudron dans un mug en céramique. Heureusement, l'offrande fuit suivie d'un bol de sucre et d'une crème fermière riche... du genre suffisamment épais pour qu'une cuillère y tienne debout. Yvette resta assise en silence et se servit généreusement des deux.

Elle prit une gorgée prudente. La saveur explosa sur sa langue, et elle eut hoquet.

Un petit rire très inattendu monta de l'autre côté de la table. Elle leva brusquement les yeux, juste à temps pour surprendre le bref sourire du vieil homme.

— J'aime les choses simples.

Il prit son propre mug et regarda la surface en le tournant.

— Je n'ai jamais eu besoin de trucs chics, et j'élève ce que je mange. Mais bon sang, j'ai ruiné mes papilles gustatives une fois que j'ai eu du café assez bon pour en faire chanter les anges. La seule chose qui soit pire que l'absence de café, c'est le mauvais café.

Yvette ne put s'empêcher d'émettre un murmure approbateur... même s'il était impossible qu'elle dise à Tansy que le *Buns and Roses* n'était plus *le* café privilégié en ville.

— Vous voulez bien m'apprendre comment vous le faites ?

— Tu n'as pas de famille par ici.

La déclaration avait été rapide et mordante, son regard se durcit comme si elle n'avait pas posé de question, comme si le paisible moment avait été effacé.

Yvette aurait été dans son droit de lui dire de s'occuper de ses affaires, mais quand il étira les jambes et savoura une autre gorgée, elle marqua une pause.

Elle n'avait pas de raison de ne pas répondre. Ce n'était pas un secret.

— Mes parents vivent à Regina. Mes frères et ma sœur, leurs partenaires et enfants aussi. Mes grands-parents sont ici, à Heart Falls.

Il grogna.

— Tu te déchaînes pendant un moment avant de rentrer pour être avec eux ?

Elle poussa un son moqueur.

— Peu probable. Ce n'est pas parce qu'ils vivent là-bas que c'est une raison pour moi de le faire. J'aime bien Heart Falls. J'aime la région et les gens. Mon travail.

Yvette arqua délibérément un sourcil en lui rendant son regard.

— Parfois, j'apprécie même les gens à qui je rends visite, ajouta-t-elle.

Il but encore, la regarda par-dessus le bord de son mug, mais ne dit rien.

Elle n'essaya pas de meubler le silence. À la place, elle regarda la maison autour d'elle et admira la qualité du travail, contemplant les morceaux de nature éparpillés partout.

La pièce était silencieuse, mais le silence ne semblait pas oppressant. C'était comme s'il y avait quelqu'un d'autre assis là, qui parlait dans le calme. Yvette termina son café et posa le mug sur la table.

Toutes les bonnes choses avaient une fin, et la paix ne faisait selon elle pas exception. Elle ouvrit la bouche pour l'interroger sur Hunter et sur les autres animaux.

Avant qu'elle ne puisse dire quoi que ce soit, Creighton se leva et lui indiqua la porte.

— Tu dois y aller, gronda-t-il.

Bien sûr, il choisissait maintenant d'être de nouveau grincheux.

— Je voudrais vous parler d'abord.

— Pas maintenant.

Il éleva la voix, et il secoua la tête.

— Je suis occupé. Ne fais pas d'histoires.

Il quitta la pièce.

Il alla droit dans sa chambre et ferma la porte, la laissant seule dans son salon avec le feu qui crépitait dans le poêle et le tic-tac de l'horloge sur le mur dans le silence.

Eh bien, cela avait été singulièrement inutile.

Elle était de retour à Heart Falls quand son téléphone sonna.

— Hé, toi.

La voix profonde et grave d'Alex coula dans son oreille et caressa sa libido.

— Hé. Je sais que je m'y prends à la dernière minute, mais tu veux de la compagnie ce soir ?

Après son étrange après-midi, ce serait bien de se voir.

— Oui. Si tu veux dîner, tu dois me laisser le temps de sortir quelque chose du congélateur.

— Je te retrouverai chez toi, et nous pourrons cuisiner ensemble. Marché conclu ?

— Parfait.

Elle se gara devant le chalet en même temps que lui. Alex la suivit dans le salon et se frotta vivement les mains, soufflant dessus.

— Laisse-moi me réchauffer avant de t'embrasser, ou tu vas bondir au plafond.

Yvette n'essaya pas de dissimuler son grand sourire alors qu'elle se rapprochait de lui.

— Des baisers froids. Serait-ce une autre première ?

Les yeux d'Alex étincelèrent.

— Nous en avons déjà eu quelques-uns brûlants, la taquina-t-il.

Il posa les mains sur les hanches d'Yvette alors qu'elle se rapprochait de lui. Leurs bouches s'unirent, le contact maintenant familier de leurs lèvres l'émoustilla en une fraction de seconde avant qu'Yvette ne glisse une main sous son T-shirt et ne pose sa main glacée sur le dos nu d'Alex.

Elle poussa une exclamation de joie lorsqu'il cria, et se tourna pour essayer de lui échapper.

— Seigneur, femme.

— J'ai froid, râla-t-elle en riant, et en se déplaçant avec lui pour rester contre lui. Les petits amis sont censés réchauffer les mains froides. Je suis sûre que c'est dans le règlement.

Il l'attira contre lui et, tirant vivement sur son pull, il le retira de son jean.

— Un prêté pour un rendu.

Des glaçons se pressèrent contre sa peau. Seulement, ceux-là avaient des paumes lisses et des doigts agiles, et l'instant d'après, Yvette se retrouva sans pull et les mains nettement plus chaudes d'Alex se promenaient partout sur elle.

— Putain, la sensation est géniale.

La bouche d'Alex était revenue sur la sienne, et Yvette était partagée entre lui arracher sa chemise ou rester là et profiter des sensations qu'il déclenchait dans son corps. Ses doigts la taquinaient, dessinaient des cercles autour de ses mamelons sur son soutien-gorge, électrisant sa peau.

Le dîner... oublié. Des histoires de vieux messieurs et de comportement mystérieux... plus tard.

Yvette avait envie d'Alex, et elle avait envie de lui maintenant.

Elle se força à décoller sa bouche de la sienne pour pouvoir parler.

— À quel point as-tu faim ?

Un hoquet lui échappa juste après ces mots, parce qu'il venait de la soulever dans ses bras et la portait dans la chambre.

— Je meurs de faim.

Yvette était sur le dos, le corps recouvert du sien...

Leurs pieds bottés dépassaient encore du lit.

Yvette lui lança un grand sourire.

— Problèmes de logistique ?

— Putain de vêtements. Putain d'hiver, putain de bottes, et *putain* en général.

Il l'embrassa de nouveau, les laissant tous deux le souffle coupé.

Yvette devait admettre qu'elle s'était un peu attendue à ce qu'un préservatif apparaisse dans un des tiroirs. Ils étaient à la moitié du mois et s'approchaient du 25, et Alex avait dû espérer qu'ils finiraient tôt ou tard ici.

Ici mais sans bottes, à coup sûr.

Pourtant les préservatifs étaient restés invisibles.

Mais il avait dit qu'elle pouvait donner le rythme, alors lorsqu'il lui embrassa le nez et ajouta : « Une seconde. Je vais arranger ça », Yvette avait son propre aménagement à effectuer.

À l'instant où il lui retira ses bottes, elle remonta sur le lit. Alors qu'il s'efforçait de retirer les siennes, elle attrapa rapidement un préservatif dans la table de nuit où elle l'avait placé plus tôt dans la journée, le cachant dans sa paume.

Innocemment, elle replia les jambes sous ses fesses puis se retourna pour le regarder pendant qu'il retirait sa chemise et révélait une avalanche de muscles minces et puissants.

Alex la fixa d'un regard assez brûlant pour faire fondre sa petite culotte.

— J'aurais bien besoin de goûter ce que j'ai eu l'autre jour, déclara-t-il.

Oui, s'il te plaît. Et puis davantage.

— Aucun problème. J'ai aussi une autre requête.

Elle leva le préservatif en l'air.

L'ADRÉNALINE le traversa alors que la réponse franchissait ses lèvres.

— Oui. Absolument, oui.

Elle se mit à rire et ouvrit les bras, et ils roulèrent ensemble sur le matelas.

— Tu es un mec facile.

— Je fais des rêves érotiques sur toi depuis plus d'un an, avoua Alex.

Il lui caressa la joue du doigt de la main, adorant le rougissement qui naissait à son contact. Il la caressa plus bas, suivant le bord de son soutien-gorge. Puis sa paume caressa lentement l'extrémité tendue de son mamelon.

— Et quand je dis faire des rêves, je veux dire le genre délibéré, quand mes yeux sont grand ouverts et que j'utilise ma main sur ma queue et que j'imagine que c'est toi qui me tiens. Et puis, le genre au milieu de la nuit, où c'est mon subconscient qui se lâche avec toutes les possibilités succulentes qui font trembler le corps et chatouillent la colonne vertébrale.

Il croisa son regard... ses yeux écarquillés alors qu'elle déglutissait péniblement.

— C'était un peu obscène, remarqua-t-elle dans un chuchotement essoufflé.

— Tu n'as pas idée, murmura-t-il.

Il tendit la main derrière elle et défit son soutien-gorge, fit glisser les bretelles et retira les bonnets de ses seins. *Bordel.* Il avait l'eau à la bouche, et alors qu'il glissait les paumes sur son buste pour saisir les plantureuses rondeurs, il apprécia sa chance.

Les yeux d'Yvette se fermèrent alors qu'il remuait les pouces en rythme régulier, dessinant un cercle puis grattant doucement les tétons de ses ongles.

La voix d'Yvette était voilée lorsqu'elle exigea :

— Utilise ta bouche.

Alléluia. Une femme qui demandait ce qu'elle voulait au lit.

Une femme qui voulait ce qu'il voulait, encore mieux.

Alex embrassa le dessous d'un sein. Sa langue lapa l'extérieur et se rapprocha lentement de sa cible.

Yvette prit une inspiration tremblante, posa les mains sur les siennes et les serra fort.

— Tu me taquines.

— J'apprécie, corrigea-t-il.

Elle gronda presque.

— Nous réussissions bien à ne pas nous disputer. Ne me dis pas que tu vas gâcher ce record parce que tu es prêt à... *oh mon Dieu.*

Son timing était parfait. Les lèvres fixées sur une extrémité rougie, Alex aspira. Ses mains se serraient et se détendaient, il appréciait complètement les lourds globes qu'il tenait. Il passa à plusieurs reprises la langue dessus avant que ses dents ne jouent avec les mamelons, ravi de l'entendre haleter.

— Apprécier prend du temps, murmura-t-il en traçant de la langue un chemin qui allait d'un sein à l'autre. Fais-moi confiance.

La tension dans le corps d'Yvette se dissipa et elle passa les doigts dans les cheveux d'Alex.

— Je veux te toucher.

— Moi aussi.

Il le pensait vraiment, mais pour l'instant il était bien trop intéressé par la merveille devant lui, par la douce couleur que prenait la poitrine d'Yvette alors que la passion montait.

— Bon sang, tu es magnifique. Je pourrais rester ici des heures, à te taquiner et à te caresser.

Il la titilla de nouveau avec les dents, et elle tressaillit contre sa bouche.

— Ouais. Comme ça. Seulement, j'ai besoin d'encore plus.

Il éloigna les lèvres de ses seins, laissant une traînée humide jusqu'à son ventre. Il caressa son sexe de ses doigts, l'humidité les enduisant instantanément alors qu'elle écartait les jambes pour lui souhaiter la bienvenue.

Les yeux d'Yvette étaient encore clos. En tout cas, ils l'étaient jusqu'à ce qu'il glisse le bout de ses doigts dans son intimité, frôlant de son pouce son clitoris sensible selon un rythme lent.

Elle leva les paupières sur un regard langoureux.

— C'est bon ? demanda-t-il.

— Oh ouais.

Elle étira une longue jambe alors qu'elle prenait ses seins dans ses paumes. Elle les souleva avant de s'emparer de ses mamelons entre le pouce et l'index.

Alex jura.

— Je ne vais pas tenir longtemps, la prévint-il.

— Rapide de la gâchette, n'est-ce pas ? plaisanta-t-elle.

Friponne. Le rappel taquin de sa dernière éjaculation bien trop rapide le fit sourire.

— Laisse-moi te rappeler que *j'ai envie de toi depuis très longtemps.*

Il devait s'améliorer, mais vu comme elle était embrasée, ne pas ralentir le mouvement était la priorité absolue. Il fit des caresses plus appuyées sur son clitoris et glissa les doigts la toucher assez haut, cherchant le bon emplacement.

Il la doigta plusieurs fois jusqu'à ce que la respiration d'Yvette devienne tremblante.

Bingo.

Remuant les doigts, il recula un peu pour croiser son regard.

— Caresse tes seins.

Elle s'exécuta, les tétons dressées vers le plafond. Alex en attrapa un entre ses lèvres et l'aspira alors qu'il plongeait profondément les doigts dans son intimité.

Un rythme tranquille s'installa, avec une bande-son

sensuelle ponctuée de ses hoquets et de ses gémissements tandis que ses hanches allaient et venaient contre lui, cherchant ce dernier petit élément.

— *Alex.*

Les hanches d'Yvette quittèrent le lit, faisant aller et venir les doigts d'Alex en elle, et n'était-ce pas la chose la plus excitante et fantastique qu'il ait jamais vue ? Son orgasme explosa d'une manière qui indiquait clairement que le plaisir avait démarré comme un raz-de-marée.

Il avait enfilé le préservatif plus vite que permis, passant rapidement une des jambes d'Yvette sur sa hanche tout en appuyant son membre contre son sexe.

— Regarde-moi, ordonna-t-il. Oui ?

Le plaisir se lisait sur le visage d'Yvette, ses lèvres souriantes.

— Vas-y.

Alex joua des hanches, savourant le lent mouvement de son membre dans son corps. Il marqua une pause, inspira profondément, se contentant de ressentir.

Les lèvres d'Yvette tremblaient, un petit gémissement lui échappa.

— Oh, c'est *bon.*

Il recula légèrement, puis avança lentement.

— Et ça ?

Elle hocha rapidement la tête.

— Waouh.

Un grand sourire échappa à Alex.

— *Waouh.* Ça me plaît. Je me demande si je peux obtenir un *spectaculaire* de ta part ?

Elle l'attira par les épaules pour que son torse repose contre ses seins.

— Tu as le corps le plus incroyable.

— C'est ma réplique, répondit Alex avec un va-et-vient plus fort.

Il remonta la jambe droite d'Yvette sur sa hanche pour pouvoir la pénétrer encore plus profondément. Il perdait lentement mais sûrement l'esprit, et c'était tellement bon !

Elle lui embrassa le cou et le mordilla malicieusement.

— Plus fort.

Oh que oui. Il s'appuya sur un bras, tout proche d'Yvette, et changea d'angle. Il recula lentement, puis s'enfonça vivement et profondément. Encore. Une autre fois, à guetter les gémissements de plaisir s'écoulant des lèvres d'Yvette jusqu'à ce que son contrôle ne tienne qu'à un fil.

Elle leva les deux jambes et enfonça les talons dans ses fesses. Elle utilisa son coup de reins suivant pour s'empaler sur son membre.

Tous les coups étaient permis. Alex allait et venait plus fort alors qu'Yvette hoquetait son prénom. Sa colonne vertébrale fondait, et ses testicules étaient prêts à exploser.

Quand elle enfonça les ongles dans ses épaules, il perdit la boule. La pression du sexe d'Yvette qui l'enserrait déclencha son orgasme et le plaisir se répandit dans son corps assez puissamment pour que ses bras tremblent et que ses hanches convulsent presque.

Elle se serra de nouveau autour de lui, et il jura, leurs rires s'entremêlant alors qu'il laissait les dernières palpitations le vider.

Sans savoir comment, il réussit à atterrir sur le dos près d'elle. Alex regarda fixement le plafond, des étoiles tourbillonnant devant ses yeux.

Près de lui, Yvette haletait. Il lui lança un coup d'œil pour apprécier la vue de ses seins qui tremblaient à chaque expiration rapide. Le sang était encore rassemblé dans des endroits bien plus importants de son corps que son cerveau, ce qui était sans doute la raison pour laquelle il était si difficile de réfléchir.

Pourtant, il était sûr qu'il avait oublié quelque chose.

— Quel jour sommes-nous ? demanda-t-il.

Elle se mit à rire, se recroquevilla et glissa une main sur son torse. Elle le caressait comme s'il était un chat.

— Le sexe était si bon que tu as perdu la notion du temps ?

— Quelque chose comme ça.

Alex fut encore plus amusé lorsque la pièce manquante lui revint. Faire l'amour aujourd'hui était entièrement l'idée d'Yvette et ça n'avait pas été déclenché par quoi que ce soit qu'il ait orchestré.

Ce qui voulait dire que le cadeau qu'il avait mis dans son calendrier de l'avent manquait encore. Ce serait drôle quand elle ouvrirait enfin ce tiroir en particulier et découvrirait qu'il lui avait aussi offert un tas de préservatifs.

Elle se pencha au-dessus de lui et lui lança un feint regard noir.

— Qu'est-ce qui te fait sourire ?

— Rien, insista-t-il innocemment. Tu veux recommencer ?

— D'abord on mange, répondit-elle en haussant les sourcils. J'ai des restes dans le congélateur que nous pouvons mettre au micro-ondes. Nous pourrons revenir ici dans moins d'un quart d'heure.

Alex appuya les paumes contre les joues d'Yvette, s'approcha et l'embrassa lentement, minutieusement.

Il était inutile de se précipiter. La nourriture, le sexe. Les conversations. Il voulait qu'ils prennent tout leur temps pour apprécier chaque minute pendant que les choses entre eux évoluaient encore mieux qu'il ne l'avait jamais imaginé.

Il devait s'assurer qu'ils franchissent la ligne d'arrivée et atteignent un futur qui durerait éternellement.

12

Il semblait qu'ouvrir la porte vers une relation plus physique avait aussi débloqué une nouvelle étape en dehors de la chambre. C'était tout aussi étrange que merveilleux, pourtant Yvette se sentait suffisamment courageuse pour laisser simplement les choses continuer à avancer.

Alex venait la rejoindre au chalet à chaque fois que leurs emplois du temps concordaient. Bon sang, elle était presque sûre qu'il jonglait avec ses heures de boulot, mais on en revenait à ce truc de confiance. Il était adulte, et c'était son travail qui était en jeu. S'il disait qu'il avait le temps d'être avec elle, elle devait le croire et profiter du chouchoutage pur et simple qui suivait.

Même si ce n'était pas seulement pour passer plus de temps ensemble pour se peloter. Ils parlaient de choses qu'ils aimaient faire, ils parlaient de Creighton et du mystère de sa situation. Ils passaient du temps à se raconter des histoires de boulot, et à partager leurs séries et leurs films préférés. Et ils avaient chanté ensemble, ce qui réchauffait quelque chose en Yvette à chaque fois.

Le samedi soir, Alex arriva au chalet avec Brooke et Mack. Les gars sortirent un brasero alimenté au propane de l'arrière de sa camionnette et l'installèrent dans la cour. Brooke avait apporté d'énormes couvertures en laine prises à son garage, et tous quatre s'assirent autour du feu et profitèrent simplement de la compagnie des autres.

Ils chantèrent aussi, ce qui fit rire et pleurer Yvette, parce que même s'il s'était avéré qu'Alex avait une voix magnifique, et que celle de Mack n'était pas mal, celle de Brooke était nulle.

Ils avaient essayé « Put a Little Holiday in Your Heart », mais Brooke s'était arrêtée en plein milieu, riant trop fort pour continuer.

— Je vais me contenter de vous écouter, d'accord ?

— C'est sans doute plus sûr, dit Mack en faisant la grimace avant de lui sourire d'un air penaud. Je t'aime.

— Je sais. Mais tu aimes aussi tes tympans, alors je ne vais même pas te frapper pour m'avoir dit que je chante comme une casserole, dit-elle en faisant un geste vers Yvette. Et toi, sois heureuse d'avoir trouvé un gars qui chante presque aussi bien que toi.

Un doux moment, qui devint parfaitement charmant quand Alex et Mack leur chantèrent la sérénade avec un peu de Keith Urban et « I'll Be Your Santa Tonight ».

La chaleur joyeuse qui l'entourait ne provenait pas que du feu. Même si cela contribuait aussi à la douce atmosphère.

— C'est un feu de tricheur, plaisanta Alex. Je ne peux pas le monter trop haut.

— Les flammes n'ont pas besoin de faire un mètre de haut pour que ce soit cosy, dit Mack d'une voix traînante. De plus, je ne sais pas si je t'ai donné mon aval officiel pour un feu en plein air. Tu m'as l'air un peu irresponsable quand il s'agit de flammes et de ce genre de choses.

Alex sortit une main de sous les couvertures le temps de prendre de la neige près de sa chaise, d'en faire une boule et de la lancer sur Mack.

— Hé ! râla Brooke.

— Désolé, dit Alex.

— Pas toi. Mack, expliqua-t-elle en fronçant les sourcils vers son mari. Cette boule de neige s'est brisée sur ta tête dure et m'a vraiment mouillée.

Elle éclata de rire, et Mack avait dû la chatouiller, parce qu'elle se tortilla, incapable de s'échapper.

— Vous avez de grands projets pour les fêtes ? demanda Brooke quand elle put de nouveau parler.

— Passer voir mes grands-parents.

Yvette s'interrompit.

Eh bien, *mince*. Elle n'avait pas demandé à Alex s'ils avaient des projets pour célébrer officiellement Noël. Seulement, elle n'allait pas évoquer ça maintenant.

Il trouva ses doigts sous les couvertures et les serra fort.

— Je travaillerai à Silver Stone le matin. Ashton s'est porté volontaire pour être de garde à la caserne.

— C'est gentil de sa part, dit Yvette, avant de froncer les sourcils. Je pensais qu'il passait la journée avec la famille Stone.

— On aurait pu croire qu'il voudrait passer la journée avec Sonora, marmonna Mack doucement avant de tousser dans son poing comme s'il n'avait rien dit.

Tous quatre se sourirent avant qu'Alex ne reprenne la parole, un peu plus lentement, comme s'il réfléchissait à ses mots.

— Peut-être qu'il a demandé et qu'elle a refusé. Elle aura ses petits-enfants et ses enfants avec qui passer du temps. Qui sait ce qui se passe entre eux ?

— Du moment qu'ils ne font pas semblant qu'il ne se passe *rien*, dit Mack.

Yvette se demandait encore ce qu'elle allait faire concernant la journée de Noël et Alex. Comment cela lui était-il si complètement sorti de la tête qu'elle... non, qu'*ils* n'en avaient pas déjà parlé ?

Une alerte de message vibra, et elle sortit son téléphone pour regarder l'écran, s'assurant que ce n'était pas une urgence vétérinaire.

Beurk. C'était sa sœur. Certainement pas un appel pour lequel se déranger maintenant, surtout que le message commençait par : *Je n'en reviens pas que tu aies fait ça.*

Elle rangea son téléphone.

Quand Brooke et Mack remballèrent pour s'en aller et qu'Alex suivit Yvette dans la maison, sa sœur avait envoyé une demi-douzaine de messages.

Voyant Yvette placer délibérément son téléphone face cachée sur la table, Alex haussa un sourcil.

— Est-ce que tu veux que je continue à ignorer le fait que tu ignores quelqu'un ? Ou veux-tu en parler ?

— Je préférerais t'emmener dans ma chambre et te mettre dans mon lit, avoua Yvette.

Alex l'attrapa par les doigts et la mena vers le canapé. Il s'assit et l'attira sur ses genoux.

— J'aime bien le sexe, mais j'aime aussi le reste de ce que nous faisons. Le temps passé avec nos amis et le temps passé tous les deux.

Elle soupira.

— C'est le moment où je t'avoue que ma sœur est une connasse et que je dépense beaucoup d'énergie à l'éviter ?

La confusion sur le visage d'Alex disparut rapidement.

— Oh. C'était elle au téléphone ? Je suis désolé.

— Moi aussi, répondit-elle en posant la tête sur son épaule

et en caressant la barbe de trois jours sur son menton. Elle n'est pas vraiment maléfique ou quoi que ce soit. Mais elle n'est pas très gentille non plus.

— J'ai eu des gens comme ça dans ma vie.

Il posa les lèvres contre sa tempe, et une bulle chaleureuse d'affection enveloppa Yvette.

— Certains des enfants placés avec qui tu as passé du temps ?

— Oui.

Il émit un vague murmure pendant un instant puis hocha la tête, comme s'il prenait une décision.

— Je t'ai dit que Hans et Glenda étaient des parents incroyables. Je peux honnêtement dire que je n'ai pas eu une seule fois l'impression qu'ils avaient des préférés. Ils voulaient simplement être là pour autant d'enfants que possible. Certains de ces enfants avaient besoin d'un peu plus d'attention, mais je n'étais pas négligé, même si je n'étais pas au centre de l'attention.

Les mots allaient droit au cœur du problème, tiraillant à la fois le sentiment de culpabilité d'Yvette et ses nerfs frustrés.

— Tu recommences à lire dans mes pensées, l'informa Yvette.

Elle remua pour changer de position et s'installer à côté de lui sur le canapé, les coussins placés derrière son dos et les pieds posés sur les cuisses d'Alex.

— Mes parents avaient bien des préférés. Je pense que ça fait partie de ce que mes grands-parents n'approuvaient pas.

— Ah. Ta sœur ?

— Oui, elle, et puis mes frères à différents moments. Tout tournait autour des apparences, dans notre famille.

Repenser à certaines de ces années d'enfance était désagréable. Elle croisa le regard d'Alex.

— Par certains aspects, j'admire mes frères et ma sœur. Ils

sont tous fantastiques dans les affaires, ils sont avenants en public et font le boulot.

— Tu viens de te décrire aussi, dit-il doucement.

— Je sais. Mais *faire le boulot* pour moi ne passe pas par une carrière sur la liste approuvée. Devenir vétérinaire n'apportait rien aux intérêts financiers de la famille – *eux* sont tous impliqués dans la construction, la vente ou l'aménagement. *Construisez votre foyer « the Wright way*[1] ». Mon boulot à mi-temps en tant que promeneuse de chiens quand j'étais ado ne faisait pas mentionner le nom de Wright dans le journal ou à la radio. Pas comme lorsque mes trois frères, encore adolescents, ont construit une maison Habitat pour l'humanité[2] eux-mêmes, ou quand ma sœur a gagné Miss *Tapis persan.*

Alex cilla.

— Dis-moi que ça n'existe pas.

Elle eut un petit rire.

— Désolée, j'ai été vulgaire. Mais elle a bien gagné un concours de beauté qui s'est tenu durant une foire au bricolage. Et tu n'as pas besoin de me rassurer sur ma beauté, parce que j'aime bien mon apparence. Je ne *suffisais* simplement pas. Et ça peut sembler horrible, mais après m'être entendu dire que j'étais trop hardie ou trop discrète, ou que j'étais feignante, puis tout de suite après trop maniaque... j'ai eu besoin de sortir de là.

Un juron bas monta des lèvres d'Alex. Il lui frottait maintenant les jambes, la colère au fond des yeux.

— Ils te manipulaient.

— Je le sais maintenant. C'est Carrie qui le fait le plus. C'est pour ça que je l'ignore, parce que d'une manière ou d'une autre, ce dont elle veut me parler... Ce sera ma faute si quelque chose ne va pas, et pourquoi est-ce que je suis tellement difficile alors qu'elle n'a jamais voulu que le meilleur pour moi ?

— Oh, trésor. Ça craint.

Alex la regardait attentivement, avec une expression

dénuée du moindre jugement. C'est pourquoi les mots suivants lui échappèrent.

— Je me sens coupable.

Instantanément, il secoua la tête.

— Oh que non. Se sentir mal à cause des choses que l'on nous fait faire, personne ne mérite ça. Surtout pas quand ça vient de la famille.

— Mais *je fais* tout ce que je peux pour éviter ma famille. Puis je te vois, toi qui as abandonné ton travail et réemménagé chez tes parents et tout faire pour eux. Je ne peux même pas décrocher le téléphone pour appeler les miens. Je suis une fille affreuse.

— Ce sont des conneries.

Non seulement il avait haussé le ton, mais ses yeux étincelaient de ce qui se rapprochait de la pire fureur qu'elle ait vue depuis longtemps.

— Ce sont des conneries complètes, et tu n'as pas le droit de te mettre ce genre de merde sur le dos.

— C'est ce que je ressens, protesta Yvette.

— Parce que trop de fois, ce satané monde nous apprend que c'est ce que nous sommes censés ressentir. Mais tu sais, ces parents pour lesquels j'ai abandonné tant de choses pour aller les aider ? Une des premières choses qu'ils m'aient apprises, c'était que les sentiments sont une chose que nous devons écouter quand ils sont *vrais*. Parce que quand je suis arrivé sur le seuil, à huit ans et avec l'impression de devoir être le pire gamin de la terre parce que même ma mère ne voulait pas de moi, ils m'ont dit que les sentiments peuvent mentir.

Quelque chose se serra dans le cœur d'Yvette et lui noua gorge.

— Je suis vraiment désolée.

Pour le petit garçon qu'il avait été. Pour la douleur que cela avait dû provoquer.

Pour son air ridicule, à s'inquiéter de ses plaintes mineures alors que son monde à lui avait été déchiré quand il était si jeune et innocent.

— Tu es désolée ? répéta-t-il avant que son regard ne se durcisse. Oublie ça. Je veux dire, oui, c'était affreux d'avoir dû traverser ça, mais j'ai fini avec Hans et Glenda, et ma vie a changé. Il n'y a pas à être désolé, il faut célébrer ça.

— Je suis contente.

Même si elle allait serrer les dents et arrêter de s'apitoyer sur son sort.

— Bien. Alors maintenant, tu peux simplement te sortir de la tête des idées tordues qui disent *je n'ai pas le droit de me plaindre parce que c'était tellement pire pour Alex...*

Il était carrément flippant parfois.

— Comment as-tu... ?

— Comment est-ce que je sais ? C'est dans tes yeux, trésor, répondit-il en touchant sa tempe du doigt. Tu as l'air de vouloir t'enfuir et te cacher, mais ça n'arrivera pas. Sauf s'il y a assez de place dans ta cabane de couvertures pour nous deux.

Yvette s'arrêta et essaya de remettre son mental à zéro.

Il avait raison... encore une fois.

Les choses dans la vie d'Yvette qui l'affectaient *étaient* importantes. Il s'en souciait tellement qu'il voulait qu'elle soit sincère avec lui.

— Je sais que les sentiments peuvent mentir. Enfin, je le sais dans ma tête, mais ça n'a pas encore pénétré complètement, parce que les sentiments sont encore là.

Il se redressa, les mains d'Yvette serrées dans les siennes.

— Alors il est temps de faire quelque chose à ce sujet. Parle-moi, parle à un thérapeute. Parle à tes amies, mais *parle*. Bon sang, tu devrais crier, pleurer, *hurler*, jusqu'à ce que les choses changent.

Elle ne pouvait rien dire, alors elle hocha simplement la tête parce qu'il avait raison. Elle était complètement d'accord.

Elle ne savait simplement pas comment aller de l'endroit où elle se trouvait à celui où elle devait aller.

Ils restèrent silencieux. Puis Alex parla doucement.

— Voilà une chose que je ne comprends pas. Je travaille avec toi quand tu es au boulot. Tu es carrément effrontée. Tu es audacieuse, et tu es fière et solide, même quand tu gères les plus grands connards qui existent. Et les fermiers, soyons francs, sont des connards.

Cela arracha un petit rire à Yvette, aussi tremblant soit-il.

Il l'aida à se redresser pour qu'elle soit de nouveau assise sur ses genoux. Il lui écarta une mèche de cheveux derrière l'oreille.

— Je compare cette assurance à certaines de tes réactions quand je te pose une question innocente. Ou maintenant, quand tu parles de gérer ton affreuse famille. Pourquoi est-ce que ça te déstabilise autant ? Tu as une idée ?

Elle marqua une pause, mais la première chose qui lui traversa l'esprit fut une vérité qu'elle soupçonnait depuis longtemps.

— Je l'ai fait toute seule. Quand je suis allée à l'école vétérinaire, je l'ai fait *malgré* ce qu'ils voulaient. Tout le temps où j'étais là-bas, il n'y avait que moi. Pas de frère ni de sœur plus âgés avec leurs réputations étincelantes et face à qui il fallait être à la hauteur. Pas de bêtises de leur passé face auxquelles je devais prouver que j'étais meilleure qu'eux. Pour la première fois, je pouvais être *Yvette* au lieu de la petite sœur de quelqu'un ou de la fille de Kent et Kim. Je suis solide en tant que professionnelle. C'est juste que... avec les relations, pas vraiment.

Il hocha la tête.

— C'est logique.

Elle détestait que leur merveilleuse soirée ait tourné ainsi. Elle, sur le point de fondre en larmes. Mais d'un autre côté...

Elle attrapa les doigts d'Alex et les pressa contre ses lèvres.

— C'est nul.

Un rire échappa à Alex.

— Oui, c'est vrai.

Non, il ne comprenait pas ce qu'elle voulait dire. Elle devait être suffisamment courageuse pour s'assurer que si.

Elle réessaya parce que c'était trop important pour laisser couler.

— C'est nul, mais je suis contente que tu sois là. Je suis contente d'être au bord des larmes et que tu sois là. Être ensemble change les choses. Ça *représente* quelque chose. Ça représente *tout* pour moi.

Les larmes lui montaient aux yeux maintenant, mais elle les retint assez longtemps pour terminer, le regard soudé au sien alors qu'elle faisait le dernier aveu.

— Ça représente tout pour moi que nous soyons ensemble.

Alex avait vu plus de bébés animaux arriver dans ce monde qu'il ne pouvait les compter. Il y avait toujours un instant d'émerveillement quand le poulain ou le veau, ou même un poussin s'échappant de sa coquille, se relevait en titubant sur des pattes tremblantes. Il connaissait cet instant. Observer leurs pas instables dans un tout nouveau monde.

Cela voulait dire qu'il était abasourdi d'être là en cet instant, à voir Yvette faire quelques pas tremblants vers son avenir.

Il passa les bras autour d'elle et la serra fort. Il ne dit rien. Il pensait que ce dont elle avait besoin d'abord, c'était de laisser sortir ces larmes. Celles qui tombaient vite et fort, comme si elle les avait retenues pendant des années.

Merde, les yeux d'Alex étaient un peu humides aussi.

Ensemble... bon sang, rien que de penser à ce mot faisait s'illuminer quelque chose en lui avec toutes sortes d'espoirs.

Il lui caressa l'épaule pendant un moment, jusqu'à ce que les sanglots deviennent des reniflements, puis des respirations de plus en plus régulières.

— Je dois me lever une minute, dit Yvette en remuant pour quitter ses genoux.

Il la lâcha afin qu'elle puisse aller se moucher le nez et s'essuyer les yeux, mais ce fut immensément satisfaisant qu'elle revienne et retourne immédiatement dans ses bras.

Il se cala dans le canapé et posa les pieds sur la table basse. La femme douce et chaude entre ses bras se moulait parfaitement contre lui. Les bûches craquaient dans la cheminée, la lumière se reflétait sur toutes les jolies babioles dont elle avait décoré sa maison. Le chalet était cosy... mais pas exactement un endroit où Alex pouvait se voir vivre avec elle.

Mais emménager ensemble était un problème pour une autre fois, parce qu'il devait terminer leur conversation.

— Que se passe-t-il maintenant ? demanda Alex. Parce que je veux te soutenir, surtout si tu dois faire des choix difficiles. Seulement, je ne veux pas te précipiter sur un chemin que tu ne veux pas emprunter.

Elle passa une main sur son torse, un sourire désabusé aux lèvres.

— Il y a une partie de moi qui reste optimiste, qui pense que, si je réponds à Carrie, cela finira par devenir une conversation normale par magie, qu'elle sera douce et aimante comme Lisa et ses sœurs. Mais on m'a prouvé que j'avais tort bien trop souvent.

— Tu veux m'en parler pour te soulager d'un poids, ou est-ce que tu préfères qu'on résolve le problème ? Parce que je peux faire les deux. Une écoute compatissante ou une séance de réflexion.

— Réfléchir est une bonne idée, répondit-elle en plissant le nez. Mais nous devrions nous armer d'une table remplie des douceurs de Tansy avant de nous lancer.

Il se mit à rire doucement.

— Nous pouvons remettre ça à plus tard, quand nous serons chargés de glucides, mais arriveras-tu à ignorer ta sœur ?

Comme pour ponctuer sa phrase, un autre texto arriva, faisant vibrer le téléphone sur la table.

Yvette gronda pratiquement.

— C'est là que je me retrouve piégée dans cette boucle sans fin. Je commence à penser à ce que je devrais faire, et ça se retourne contre moi. Et si je bloque le numéro de Carrie, mais qu'elle essaie en fait de me joindre parce qu'il est arrivé quelque chose à mes parents ou à mes frères ?

— Combien de fois au cours des quinze dernières années est-ce que c'est arrivé ? demanda Alex.

Yvette ouvrit la bouche puis la referma, un pli se formant entre ses sourcils.

— *Hum.*

Il se pencha et frôla ses lèvres des siennes.

— Mon conseil rapide. Bloque son numéro de téléphone, parce que d'après ce que tu as dit, elle a perdu le privilège de te contacter il y a longtemps. Crée une adresse e-mail que tu ne donneras qu'à ta famille, et ils pourront l'utiliser. Demande à quelqu'un en qui tu as confiance, comme Brooke, de regarder les e-mails. Elle pourra les effacer s'il y a quoi que ce soit de toxique, et tu pourras répondre uniquement aux messages nécessaires. Ou les ignorer si ce sont des bêtises auxquelles tu n'as pas besoin de faire attention. Faire partie de ta famille ne leur donne pas de droit sur ton temps ou ton énergie.

L'expression d'Yvette devint pensive.

— Si j'ai du temps et de l'énergie à dépenser pour changer les choses dans la vie des gens, je veux que ce soit ici à Heart Falls. Tu sais, peut-être comment encourager Ashton et Sonora à se ressaisir. Ou aider à prendre soin de quelqu'un de grincheux mais inoffensif comme Creighton, qui n'a personne d'autre dans sa vie.

Elle grimaça.

— Je me sens quand même affreuse de dire ça. Parce que c'est comme dire que ma famille ne vaut pas la peine de faire l'effort.

— Il faut que tu comprennes que ça n'a pas commencé à cause des choix que tu as faits, dit Alex doucement. Honnêtement ? Ce n'est pas grave de se sentir affreux.

— Vraiment ?

— Juste un peu, confirma-t-il en hochant la tête. Seulement un petit moment. Parce que ressentir ça, ce serait un rappel que tu fais ce qui est bien pour toi pour changer. Si tu te sens mal de prendre soin de ton propre cœur, alors, d'accord. Je préfère ça plutôt que tu te sentes mal parce qu'ils t'ont rouée de coups et t'ont laissée couverte de bleus.

— C'est cohérent.

Elle n'avait toujours pas l'air très contente.

Alex passa les doigts sous son menton.

— Juste pour info, je ne suis pas génial, je ne sors pas cette idée de nulle part. C'est une solution que j'ai dû utiliser avec un de mes anciens frères adoptifs. Une tactique dont je me suis servi sur recommandation de mes parents.

Les lèvres d'Yvette formèrent un O.

— Oh.

— Oui, oh.

Il l'embrassa parce qu'il ne pouvait tout simplement pas résister.

Elle se redressa soudain.

— Brooke m'a rappelé quelque chose tout à l'heure. Je n'arrive pas à croire que j'aie oublié de te le demander, mais quels sont tes projets pour Noël ? Tu as dit que tu devais travailler le matin. Est-ce que tu veux passer le reste de la journée avec moi ?

Oh là, là. Et comment.

— Oui. Tu vas aller voir tes grands-parents ? Je peux me joindre à toi ?

Elle hocha la tête, un sourire ravi effaçant les dernières traces de tristesse.

— Après le déjeuner, c'est le moment de l'ouverture traditionnelle des cadeaux. Puis, si tu veux, tu pourras revenir ici, et nous pourrons préparer quelque chose de festif pour le dîner.

Il était sur le point de demander si elle voulait parler avec ses parents par FaceTime, mais décida de repousser à plus tard. Avec tout ce qui se passait, ce n'était pas grave de laisser cette partie-là – rencontrer les parents – arriver un peu plus lentement.

— Ça m'a l'air d'être un projet de fête parfait.

Puis Yvette glissa les doigts dans les cheveux d'Alex, et ce fut elle qui l'embrassa. Les textos oubliés, la tension et la tristesse de l'heure écoulée s'éloignèrent alors qu'elle l'attirait dans sa chambre puis les faisait bouger ensemble.

Encore ce mot. *Ensemble.*

Cela représentait tellement plus que jamais auparavant ! Ce n'était pas seulement leurs membres enlacés et leurs corps en sueur, les draps sur son lit repoussés alors qu'ils s'excitaient, se caressaient et se donnaient mutuellement du plaisir.

C'étaient les rires qui s'élevaient entre eux. Comme lorsqu'il la fit rouler sur lui puis cria pratiquement de surprise alors qu'il se redressait pour découvrir qu'un porte-clés s'était glissé sous son dos.

— Qu'est-ce que ça fait là ?

Elle rougit en avouant :

— C'est pour demain. Je dors avec la clé du lendemain sous mon oreiller.

C'était les petits sons qu'elle émettait alors qu'il l'étreignait, enfilait un préservatif et s'enfonçait en elle. C'était lui qui tendait la main pour presser le pouce sur son clitoris alors que la tempête entre eux les envoyait plus haut jusqu'à ce qu'ils jouissent tous les deux.

Ensemble.

Au-delà de cette nuit-là, *ensemble* voulait dire s'efforcer de trouver du temps où ils pouvaient parler, rire et simplement exister. Alex faisait tout ce qu'il pouvait pour être là tous les jours quand elle ouvrait le tiroir du calendrier quotidien.

Lundi, quatre jours avant Noël, il se tenait près d'elle sous le porche, tous deux enveloppés de la tête aux pieds contre le froid mordant.

— Ils devraient vraiment organiser Noël en été, râla Yvette.

— C'est le cas. En Nouvelle-Zélande, répondit Alex d'une voix traînante alors qu'elle ouvrait le tiroir et regardait à l'intérieur.

Elle éclata de rire, et il se pencha plus près pour voir ce qui se passait.

— Quoi ?

Elle glissa les doigts dans l'étroit espace et souleva un paquet de cinq préservatifs entourés d'un ruban.

— Tu m'as *bien* offert des préservatifs. Maintenant, je sais pourquoi tu étais tellement perplexe quand je t'en ai tendu un plus tôt que prévu.

Il ne savait pas pourquoi elle riait si fort, mais cela semblait approprié de la taquiner.

— Oh, ce n'est pas pour le sexe. Je pensais que nous pourrions faire des ballons en forme d'animaux ou autre chose, pour s'amuser.

Elle sourit, puis regarda de nouveau dans le tiroir et sortit la clé du lendemain, ainsi que le mot qu'il avait inclus et la barre de délicieux chocolat noir. Elle ouvrit l'enveloppe.

« C'est pour le moment où tu seras prête. En attendant, je veux que tu te sentes bien, et on dit que le chocolat est ce qui se rapproche le plus d'un orgasme. »

L'amusement dansa dans les yeux d'Yvette.

— Pas pour le sexe ?

— J'ai pensé que les ballons en forme d'animaux te feraient prendre ton pied.

Ce qui déclencha de nouveaux rires, et ceux-là ne menèrent pas à la chambre mais dans la maison, près du feu, où ils prirent place sur le canapé qu'il avait installé pour rester au chaud, blottis l'un contre l'autre, à lire tous les deux silencieusement pendant un moment, reliés. Quelque chose devenait de plus en plus profond et riche.

Comme si quelque chose de magique arrivait avec chaque jour qui les rapprochait de Noël.

13

Alex se demanda s'il devait emballer le dernier cadeau d'Yvette ou le laisser sorti, au cas où il aurait besoin d'y ajouter quelque chose avant vendredi. Ce cadeau était le seul sur lequel il n'avait pas eu l'occasion de travailler avant d'arriver à Heart Falls, mais ce serait un succès. Il le savait déjà.

De plus, il y avait le dernier tiroir dans le calendrier de Noël, et une surprise qu'elle ignorait. Il voulait que la journée de Noël offre l'occasion parfaite de mener leur relation à l'étape suivante.

Il restait deux jours. Il ne voulait pas être trop présomptueux, mais jusqu'ici tout allait bien.

Son téléphone sonna.

— Hé, papa. Hé, maman.

— Ce n'est que moi cette fois, dit Hans avec un rire cordial. Ta mère est partie en randonnée avec les nouveaux enfants placés que Caitlin et Aaron ont accueillis le week-end dernier. Trois. Dix, huit et sept ans. Ils sont tous plus remontés que des toupies à ressort. Je pense que ta sœur prévoit de chasser toute trace de tristesse.

— Ils sont arrivés ? Je croyais qu'ils ne seraient pas là avant une semaine. C'est ce qu'Aaron a dit quand il m'a envoyé un message hier.

Ils savaient tous deux qu'avec les familles d'accueil, les enfants arrivaient quand ils devaient arriver. Ou un peu plus tard qu'ils n'auraient dû.

Le ton de la voix de son père indiquait qu'il comprenait ce qui passait par la tête d'Alex.

— Changement de plans. Alors nous serons plus nombreux pour les fêtes. Je ne peux pas dire que je suis déçu.

— Non, je suppose que non.

Alex pouvait l'imaginer maintenant. Ses parents dans leur élément, offrant des cadeaux et des étreintes, accordant autant d'attention que les nouveaux enfants en auraient besoin.

— C'est bon d'entendre que tu n'as essayé de monter à cheval pour l'instant.

— C'est pénible de ne pas pouvoir, mais je profite trop de la nouvelle hanche et de l'absence de douleur pour me plaindre de devoir lever le pied.

— Tu n'as jamais été du genre à te plaindre.

Alex laissa les souvenirs de tout ce que cet homme avait fait pour lui le submerger d'une vague de joie. La vérité le heurta si fort qu'elle faillit le renverser.

— Ce que vous avez est spécial. Maman et toi. Je suis vraiment reconnaissant d'être votre fils.

Il y eut une légère pause, puis son père eut une exclamation enthousiaste.

— Je ne sais pas ce qui a provoqué ça mais je ne peux pas dire que je suis déçu. Nous t'aimons. Je suis content de savoir que les journées difficiles en valaient la peine.

— Chacune d'elles, reconnut Alex.

À chaque fois que la bonne fortune de son passé le frappait, il se rendait de nouveau compte qu'il avait été idiot en ce qui concernait Yvette et ses taquineries lors de ces années passées. Elle n'avait pas comme lui une base solide comme le roc. Être reconnaissant de ce qu'il avait eu en grandissant ne suffisait pas. D'une manière ou d'une autre, il devait pouvoir transmettre cette bénédiction à Yvette, et à d'autres.

— Est-ce que je t'ai perdu, ou est-ce que tu es perdu dans de profondes réflexions ? demanda son père doucement.

— Je suis toujours là, dit Alex. Mais je plonge vraiment dans cet espace de réflexion profonde.

— Tu veux des solutions, ou tu veux simplement en parler ?

Alex émit un petit rire.

— J'ai dit ça à quelqu'un l'autre jour et j'ai instantanément pensé à toi.

— C'est bon de savoir que quelque chose est rentré, le taquina son père. Ça a quelque chose à voir avec ta chérie ?

— Ouais. Les choses se passent bien, ou en tout cas je le pense. Elle est assez spéciale, papa. Je suis sûr que nous sommes bien assortis. Mais on croit pendant un moment que tout sera un long fleuve tranquille, et puis...

Alex inspira profondément.

— Mais je ne te demande pas de conseil sentimental. Absolument pas.

Son père laissa échapper un éclat de rire bruyant.

— Alors je ne t'en donnerai certainement pas.

— Que maman et toi soyez ensemble depuis toujours ne veut pas dire que tu puisses pousser mes pas dans la bonne direction.

Alex pouvait imaginer son père secouer silencieusement la tête, se demandant s'il devait sortir un marteau pour faire pénétrer la chose dans la tête dure de son fils.

— Je ne suis pas en train de te donner de conseils. Mais que tu penses que vous êtes assortis ne suffit pas. Connais-tu cette femme ? Est-ce qu'elle te connaît, *toi* ? Est-ce que vous évoluez et apprenez ensemble ? C'est ça qui fait que ça dure. C'est là-dessus que tu dois travailler.

— J'essaie.

Alex n'allait pas faire la liste de toutes les choses qu'il faisait. Mais malgré tout, son père continua, et les mots se gravèrent profondément.

— Est-ce que tu écoutes ce qui est important pour elle ? demanda Hans.

Yvette avait tant révélé pendant la semaine passée... Tout était important. Toutes des choses pour lesquelles Alex avait essayé de la soutenir...

Creighton.

— Oh.

À l'autre bout de la ligne, son père se racla la gorge, son amusement évident.

— Qu'est-ce que c'était que ça ? Tu as avalé une mouche ?

Alex faillit lever la main pour empêcher son père de parler avant que sa pensée ne s'égare.

— Je te rappelle.

Il raccrocha, certain que son père riait aux éclats et secouait la tête en cet instant. Mais ce n'était pas là-dessus qu'il devait se concentrer.

Creighton. Yvette avait dit quelque chose en passant pendant qu'ils parlaient de sa famille. Qu'elle préférait dépenser son énergie à aider des gens du coin. Elle faisait de son mieux depuis un moment pour gérer le vieil homme... ce qui n'avait rien à voir avec le fait d'être professionnelle.

Pour une raison ou une autre, elle tenait à lui. Elle tenait à changer les choses.

Peu importe qu'Alex ne comprenne pas pourquoi cet individu en particulier était devenu important pour elle, tel était le cas. De plus, vouloir aider le vieil homme la faisait progresser dans une relation, domaine qui la mettait mal à l'aise, mais elle avait tenu bon.

Il semblait qu'elle tentait une autothérapie depuis le début.

Cela voulait dire qu'un bon petit ami devrait l'encourager dans cette tâche. Peut-être même lui donner un coup de main.

Il ne voulait pas prendre le relais, mais il y avait toutes les questions qui faisaient actuellement du bruit en ville. Yvette et lui soupçonnaient que le vieil homme déposait discrètement ses animaux chez les autres.

Pourquoi ?

Alex ignora tout le reste, s'emmitoufla, sortit de sa chambre du dortoir et se dirigea vers la montagne.

La température était bien en dessous des gelées. Même si c'était censé se réchauffer à l'approche de l'après-midi, le froid glacial de la nuit s'attardait, et ce ne fut que lorsque Alex aperçut le mince filet de fumée qui s'élevait de la cheminée de Creighton qu'une partie de son inquiétude s'apaisa. Quoi qu'il se passe, le vieil homme continuait au moins ses activités quotidiennes.

Alex avait à peine posé le poing contre la porte que Creighton l'ouvrit.

— Entre avant que je ne perde toute la chaleur, ronchonna le vieil homme.

Un des chiens qui agissait habituellement comme comité d'accueil leva les yeux du panier dans le coin de la pièce, agitant la queue alors qu'il regardait Alex avec espoir.

Mais Alex resta immobile jusqu'à ce que Creighton lui intime d'approcher.

Alex utilisa l'excuse de caresser le chien pour détourner les yeux du vieil homme.

— Il fait froid. Je me suis dit que j'allais venir m'assurer que tout allait bien.

Le vieil homme retourna à la table et tira une chaise, faisant traîner les pieds arrière sur le sol en bois.

— Foutaises.

Alex fit un geste pour que le chien retourne dans le coin et rejoignit Creighton à table.

— Qu'est-ce qui vous fait dire ça ?

Creighton poussa la cafetière vers lui et un mug vide.

— Parce que je vis ici depuis sacrément longtemps, et que tu n'es jamais venu voir comment j'allais avant. Ce qui m'amène à penser que c'est ta dame qui t'a persuadé de le faire.

Alex haussa les épaules.

— Vous êtes un homme intelligent, mais vous n'avez que partiellement raison. D'abord, c'est plutôt elle qui commande, et moi qui lui appartiens. Ensuite, elle ne m'a pas persuadé de quoi ce soit, mais je sais qu'elle pense à vous. Alors j'ai voulu lui rendre service et lui épargner le trajet sur votre affreuse route.

Creighton lui lança un grand sourire.

— Je ne t'aurais pas pris pour une mauviette.

— Avez-vous perdu un pari quand vous l'avez construite ? demanda Alex d'un ton traînant mais amusé. Parce que, bon sang, cette route n'a de sens pour personne.

Le vieil homme prit une inspiration tremblante, inattendue pour des taquineries bon enfant. Il regarda fixement la table.

— Tout va de travers.

Alex attendit.

Creighton posa les deux paumes sur la table.

— Je croyais que je pouvais tenir bon. J'aime vivre ici. J'aime ma maison et tout ce que j'ai construit de mes deux mains. Même mon affreuse route, mais tout s'écroule.

— Ça s'écroule, ou ça devient trop dur pour vous ? demanda Alex simplement.

Puis, Seigneur, Creighton se mit à pleurer. Un son mince lui échappa comme de l'air d'un ballon.

Le chien dans le coin fut là en un instant, la tête posée sur les genoux de Creighton et agitant la queue.

Alex resta silencieux et but son café jusqu'à ce que le vieil homme se reprenne.

Ses mains ridées dessinaient un motif régulier sur la tête du chien. Même le tremblement de ses doigts révélait quelque chose... Ça comptait pour lui. Ça comptait beaucoup pour lui.

Creighton passa le dos de sa main sur ses yeux.

— Je n'ai pas vu que Hunter ne se sentait pas bien. Puis la véto a dit que je devrais prendre mieux soin de lui. C'était comme recevoir une gifle, mais quand il est mort quelques jours plus tard, je me suis rendu compte qu'elle avait raison.

Alex posa une main sur son épaule.

— Yvette m'a dit que Hunter était âgé, et qu'il n'y avait pas grand-chose que vous auriez pu faire. Il a eu une belle vie. Je parie qu'il a apprécié de poursuivre une tonne de lapins au cours des années. Ne vous le reprochez pas parce que c'était son heure.

— Soit, mais c'était un déclic. Si je ne peux pas prendre soin d'eux, je n'ai aucun droit d'avoir des animaux.

— Vous les déposez dans divers endroits en ville, n'est-ce pas ?

Le vieil homme hocha la tête et leva les yeux vers Alex.

— Elle est bien, ta dame. Ce n'est pas facile de s'entendre avec moi, pourtant à chaque fois qu'elle est venue ici, elle a été respectueuse et intelligente. J'aurais aimé avoir une fille comme elle.

Alex sourit sincèrement.

— Entendre ça la rendrait fière. Je sais qu'elle vous apprécie aussi, grincheux que vous êtes.

Creighton eut un rire moqueur.

— Mais je ne sais pas si je t'apprécie.

Mais il sourit.

Il était temps de passer à la suite.

— De quoi avez-vous besoin ? demanda Alex.

Le vieil homme recula un peu sur sa chaise, tapotant encore la tête du vieux chien, l'animal le regardant avec une adoration absolue.

— Il est temps que j'emmène ma propre carcasse dans un endroit un peu plus facile à gérer. J'ai mon nom sur la liste d'attente de la résidence pour seniors à Heart Falls. Il semble qu'ils ont de la place pour moi et Tex... un appartement privé. Je pourrais encore m'occuper de moi du mieux que je peux, mais si je bascule de l'autre côté, il y aura des gens pour m'aider à me relever.

Alex le regarda avec étonnement.

— Vous emménagez à la résidence pour seniors ? Comme ça ?

— Ouais.

Nom d'un chien. Ce n'était pas qu'il voulait porter la poisse ou quoi que ce soit, mais quand même.

— Vous êtes rudement raisonnable, signala-t-il prudemment. Je pense que je devrais décrocher les doigts de mon père du chambranle de la porte de la ferme pour le faire partir quand ce sera le moment.

Le vieil homme haussa doucement les épaules, indiquant qu'il avait accepté cette idée.

— Tu viens de le dire. *Quand ce sera le moment.* C'est le moment. J'ai vu les signes avant-coureurs.

Eh bien. Il n'y avait pas grand-chose d'autre à dire, alors.

Alex frappa ses mains l'une contre l'autre.

— Bon. Dites-moi ce que je peux faire pour vous aider.

Creighton repoussa sa chaise et pointa la porte du doigt. Deux valises et quelques cartons étaient empilés sur la droite.

— Voilà mes affaires. Ça me rendrait service si tu m'emmenais.

— Maintenant ? *Aujourd'hui ?*

Un petit rire échappa de Creighton.

— Tu n'es pas aussi vif d'esprit que ta nana, n'est-ce pas ?

— Je suis simplement surpris, clarifia Alex. Comment saviez-vous que j'allais venir ?

Creighton enfila son manteau, chaussa ses bottes et mit son chapeau de cow-boy.

— Je savais pas. J'allais appeler Yvette. Alors tu lui as épargné un trajet sur cette affreuse route, tout comme tu l'espérais.

Un vrai miracle. Maintenant cet homme le *taquinait.*

— Vous avez besoin d'autres choses ici ?

Creighton secoua la tête.

— Plus tard. J'ai laissé une enveloppe ici des instructions. Finissons-en. Ils ont dit que je pourrais faire la queue au réfectoire ce soir. Ce sera la première fois que quelqu'un d'autre aura cuisiné pour moi depuis plus longtemps que je ne peux me le rappeler.

Alex empila les cartons à l'arrière de la double cabine et revint chercher la dernière valise.

Creighton pivota lentement sous son porche et hocha la tête en regardant une dernière fois autour de lui. Puis il ferma la porte derrière lui et se dirigea vers la portière passager de la camionnette. Tex se roula à ses pieds, la tête posée sur le genou de Creighton.

Le trajet vers la ville fut silencieux. Alex avait un million de questions à poser, mais il estimait que Creighton méritait de parler quand il aurait envie.

Ils étaient presque arrivés à la résidence pour seniors quand Creighton se racla la gorge.

— Ne fais pas tout foirer avec cette jeune demoiselle. Tu m'entends ? Traite-la bien.

— C'est prévu, lui assura Alex. Dès qu'elle me laissera faire.

Un grognement satisfait échappa à Creighton. Puis ils portèrent les cartons jusqu'à son appartement sobrement meublé.

Le téléphone d'Alex lui brûlait les doigts. Il voulait prendre des nouvelles d'Yvette et lui annoncer les changements stupéfiants de la journée. Mais il se concentra sur Creighton, l'aidant à porter ses affaires et à s'installer, parce que c'était ce qu'elle aurait voulu. Ou en tout cas il commença à le faire.

Creighton l'évalua du regard.

— On dirait qu'il y a encore une chose que j'ai besoin que tu fasses.

— Tout ce que vous voulez, déclara Alex.

Creighton pointa alors du doigt une des chaises de sa nouvelle table. Un vrai sourire d'une oreille à l'autre illumina son visage ridé.

— Tu vas devoir t'asseoir.

Yvette ne trouvait pas la moindre trace d'Alex. Il ne répondait pas à ses appels, et ses derniers textos étaient restés sans réponse.

Elle ronchonna en entrant dans le garage de Heart Falls à la recherche de Brooke.

— Ça ne sert pas à grand-chose d'avoir l'après-midi de libre si je n'arrive pas à le *trouver*.

Son amie apparut derrière le comptoir en essuyant ses doigts graisseux sur un chiffon pas très propre.

— Tu as perdu quelqu'un ? Oh, je sais. Le vieux saint Nicolas... tu essaies de le trouver pour avoir le parfait cadeau de Noël.

— J'essaie plutôt de trouver quoi *donner* comme cadeau de Noël parfait, répondit Yvette en secouant la tête, agacée. Je n'arrive pas à y croire, mais il reste deux jours avant Noël, et je n'ai toujours rien pour Alex.

Brooke cligna des yeux, surprise.

— Vraiment ?

La culpabilité l'envahit de nouveau, mais cette fois Yvette pensait qu'elle était autorisée à embrasser cette émotion.

— Je suis une affreuse petite amie.

Le sourire de son amie réapparut.

— À la manière dont il chantait tes louanges à Mack l'autre jour à la caserne, Alex est très heureux de t'avoir comme petite amie.

Cela envoya un délicieux frisson dans son ventre.

— Tu as entendu que je n'ai pas de cadeau pour lui et que Noël est dans deux jours. Non ?

Brooke lui fit signe de faire le tour du comptoir.

— Est-ce que vous avez parlé de cadeaux ?

Dans la salle d'attente, Yvette se laissa tomber tellement fort sur une chaise qu'elle couina.

— Oh, eh bien, non. Même si chaque jour j'ouvre un cadeau que *lui* m'offre.

Une légère tape sur son bras attira l'attention d'Yvette, et elle vit Brooke lui lancer un regard noir.

— Toute cette affaire de calendrier de l'avent est cool, mais ce n'est pas la même chose que te rendre compte que tu veux lui offrir quelque chose de spécial, et je pense que c'est ce que je t'entends dire.

— J'aurais dû m'en apercevoir avant...

Yvette s'interrompit. L'écho d'une voix dans sa tête soulignait qu'elle avait été indélicate, qu'elle ne pensait qu'à elle-même.

Une voix qui ressemblait suspicieusement à celle de sa mère ou de sa sœur.

Mais ce n'était pas vrai. Yvette *avait* réfléchi, seulement à chaque fois qu'elle trouvait une idée, ce n'était pas la bonne. Ce n'était pas ce qui rendrait Alex le plus heureux.

Il était temps de s'y atteler. Yvette hocha fermement la tête.

— Nous devons nous concentrer sur une solution et pas sur le fait que je m'en veuille.

Brooke serra les doigts d'Yvette.

— C'est bien ma copine, ça. Dis-moi ce que tu as mis dans la pile des rebuts, et nous trouverons quelque chose de bien.

L'étincelle dans les yeux de son amie tandis qu'elles passaient en revue une liste était une autre preuve qu'Yvette avait fait les bons choix. Venir à Heart Falls, trouver des gens à qui elle tenait et qui tenaient à elle... c'était ce qu'il fallait. C'était bien, et elle allait en apprécier chaque seconde.

Y compris se dépêcher à la dernière minute de trouver un cadeau qu'Alex apprécierait vraiment.

Elle le sut tout de suite quand elles tombèrent sur la bonne idée.

— Tu te rends compte que je dois maintenant aller parler à Ashton ?

Brooke balaya la remarque d'un revers de la main.

— Vas-y. Je t'aime trop pour te faire attendre ici alors que tu as l'air assez excitée pour t'envoler avec les rennes.

S'arrêter à Silver Stone et retrouver Ashton ne prit que quinze minutes de plus. Il étrillait son cheval préféré et les longs gestes paisibles de son bras étaient captivants.

Yvette se racla la gorge.

— Ça vous dérange si je vous interromps ?

Il marqua une pause puis secoua la tête.

— Tu as besoin de toute mon attention, ou je peux terminer de travailler sur Happy-Go-Lucky ?

— Continuez à travailler. J'ai besoin d'informations sur Alex, dit-elle rapidement. Des trucs personnels, et je sais qu'habituellement vous ne les donneriez pas, mais j'espère vraiment que ça ne vous dérangera pas de contourner un peu les règles.

Ashton hésita une seconde avant que ses doigts ne reprennent leur mouvement.

— Personnel ?

Yvette lança un coup d'œil autour d'elle pour s'assurer que personne d'autre n'était à portée de voix puis s'expliqua, terminant rapidement par :

— Qu'en pensez-vous ?

Il prit une profonde inspiration puis souffla lentement.

— Laisse-moi finir. J'ai cette information dans les dossiers.

Ashton lui lança un rare sourire, son amusement s'accentuant.

— Je suppose qu'il t'a convaincue de continuer après décembre ?

— Ça aurait été un peu dur de ne pas être convaincue. Pas quand il a plus ou moins commencé par me dire qu'il pensait que nous étions faits pour être ensemble.

L'expression d'Ashton devint sérieuse.

— Il n'en a pas fallu plus ?

Yvette n'était pas prête à s'expliquer davantage. Pas avant d'avoir dit à Alex les vérités qu'elle avait découvertes.

Mais il avait l'air sincèrement intéressé, et pendant un instant, elle pensa à Sonora et au commentaire énigmatique d'Alex selon lequel ce n'était peut-être pas Ashton qui se retenait.

Elle réfléchit intensément, puis révéla la seule chose qu'elle pouvait.

— Ce dont je pensais avoir besoin il y a un mois n'est pas ce dont j'avais vraiment besoin. Alex m'a donné le temps de le comprendre, tout en disant très clairement ce dont *lui* avait besoin. Nous aurons encore des choses à éclaircir à l'avenir, mais je pense que nous prévoyons de le faire ensemble.

L'expression bourrue d'Ashton ne changea pas beaucoup, mais il s'essuya les mains et fit un geste vers la porte.

— Laisse-moi aller te chercher cette info.

À peine quelques minutes après, elle montait dans sa camionnette et passait un appel stressant. Elle venait de terminer quand son téléphone vibra.

Un texto du travail, ce qui lui fit traverser la ville jusqu'au bureau vétérinaire, qui était fermé pour les fêtes sauf pour les urgences.

— Josiah ? Tu es là ? demanda Yvette en s'avançant vers l'arrière de la clinique.

Il sortit de la salle d'examen, son sourire s'illuminant lorsqu'il la vit.

— Yvette. Super, merci d'être passée. J'ai besoin que tu ailles chez Creighton pour moi. Quelque chose au sujet d'un des chiens dont il s'inquiète.

— D'accord.

Il marqua une pause.

— Tu ne te plains pas ?

Elle haussa légèrement les épaules.

— Nous nous entendons bien. En fait, j'ai quelque chose pour lui.

Elle avait pris un cadeau de Noël pour Creighton alors même qu'elle peinait à en trouver un pour Alex.

Josiah laissa échapper un soupir de soulagement.

— Merci beaucoup. Avec la température qui se radoucit enfin et la neige qui arrive, la famille de Lisa nous a proposé d'aller au ranch de Red Boot pour faire de la luge. Je ne voulais pas rater ça.

— Bien sûr que non. Je suis contente de pouvoir t'aider, insista Yvette.

Il se dirigea vers la porte.

— J'ai aussi quelque chose pour toi. Je vais le mettre à l'arrière de ta camionnette. Tu pourras le prendre plus tard.

La neige que Josiah avait mentionnée arriva en fanfare pendant qu'elle faisait une pause pour aller chercher le cadeau de Creighton avant de prendre la route.

D'énormes flocons de neige tourbillonnaient comme si quelqu'un secouait des oreillers de plumes au-dessus du paysage, le transformant en scène hivernale féerique. Peu importait qu'il y ait en dessous des kilomètres de champs de chaume jaune brun. On n'aurait pas pu deviner qu'une semaine auparavant les routes avaient été un chantier tout boueux, défoncé et visqueux.

C'était le moment de l'année où chaque chute de neige fraîche apportait un tout nouveau départ, une surface blanche étincelante pour tout recommencer.

Elle ne soupçonna rien avant d'arriver dans la cour et de découvrir la camionnette d'Alex garée juste à côté de la vieille bagnole de Creighton.

Les deux chiens plus jeunes arrivèrent en courant pour l'accueillir, bondissant jusqu'à ce qu'elle leur lance des friandises. Puis ils retournèrent droit à la grange. Aucun d'eux n'avait l'air d'avoir besoin d'un vétérinaire.

Elle grimpa les marches menant au porche et frappa.

— Creighton ? C'est Yvette. J'entre.

La porte s'ouvrit, et une bouffée de chaleur ainsi qu'une odeur de biscuits au gingembre l'enveloppa sur elle. Mais ce n'était pas son vieux fermier ronchon qui l'attendait dans le petit chalet cosy.

C'était Alex.

14

———

L'expression d'Yvette fit sourire Alex d'autant plus.

— Comme Creighton dirait, viens t'asseoir un moment.

Les lèvres d'Yvette tressaillirent.

— J'ai tellement de questions, mais commençons par : *où est-il ?*

Alex secoua la tête.

— Ce n'est pas par là qu'il faut commencer. Et si je te posais d'abord une question ? Est-ce que Josiah t'a donné quelque chose à apporter ?

Elle fronça les sourcils.

— Oui.

— Fantastique. Reste ici, je reviens tout de suite.

Il sortit et revint aussitôt après avoir récupéré le paquet, une couche de neige sur la tête et les épaules malgré tout.

Yvette avait enlevé son manteau et ses bottes, mais elle était restée debout, l'air gêné, dans la cuisine. Alex passa à côté d'elle et posa le paquet sur le plan de travail, puis se retourna et la prit dans ses bras.

— Bonjour.

Elle lui ébouriffa les cheveux, et une tempête de neige vola autour d'eux.

— Bonjour.

— Les réponses après, les baisers d'abord, murmura-t-il avant de se pencher pour goûter de nouveau à ce dont il avait désespérément envie.

Les doigts d'Alex se posèrent doucement sur sa nuque, sa langue taquina la sienne et il sourit contre ses lèvres avant qu'ils ne se séparent.

Il prit un instant pour retirer son manteau et ses bottes, puis lui donna une paire de pantoufles.

— Nous pouvons aussi bien nous mettre à l'aise.

Elle regarda brièvement autour d'elle, mais s'assit sur une chaise de cuisine et enfila docilement les pantoufles style mocassins.

— Est-ce que tu vas en venir au moment où tu m'expliques ce qui se passe ?

Il avait eu une bonne heure pour prévoir comment résumer ça, et ça n'avait toujours pas suffi.

— Reste assise.

Elle arqua un sourcil.

— C'est si grave que ça ?

— Honnêtement, plutôt *si bien que ça.*

Il lui tendit la lettre qui avait été posée sur la table de cuisine.

— Pour faire court, Creighton a décidé d'emménager... non, laisse-moi recommencer. Creighton *a* déménagé en ville aujourd'hui. Il y a deux heures. Je l'ai emmené en ville, et il vit maintenant là-bas. Il veut te vendre sa maison.

— Quoi ?

Elle cligna des yeux de confusion, ouvrant maladroitement

la lettre comme si elle espérait que celle-ci aurait plus de sens que ce qu'il venait de lui annoncer.

— Il a *déménagé* ? Alors comment suis-je censée examiner un de ses chiens... dont aucun ne semble avoir besoin d'être examiné ?

— C'est ma faute, avoua Alex. J'avais besoin d'un moyen de te faire venir ici, et Josiah a proposé de t'envoyer pour le boulot.

Elle sortit la feuille de l'enveloppe et la déplia. Elle la mit à plat sur la table pendant qu'Alex s'avançait derrière elle et se penchait pour passer les bras autour de sa taille alors qu'ils lisaient tous les deux les mots qu'il avait déjà déchiffrés plus tôt.

~~M*ademoiselle Wright*~~
~~*Docteur Wright*~~
Yvette

J*e me souviens* *de la première fois que tu es venue ici. Je pensais que Josiah était accompagné d'une petite sœur. Tu avais ces nattes qui sortaient de sous ton chapeau de cow-boy, et tu avais l'air d'avoir environ douze ans.*

Seulement, quand lui et toi vous êtes mis à parler des animaux, je ne pouvais pas comprendre la moitié des mots qui sortaient de ta bouche. C'est là que je me suis rendu compte que tu étais beaucoup plus maligne que moi.

Tu n'agissais pas comme si tu étais meilleure que moi. Si affreux que je sois, tu gardais ton calme et tu nous traitais, mes animaux et moi, avec respect.

J'admets que je ne suis pas l'homme le plus facile avec qui s'entendre. Têtu, une forte tête. Plutôt inflexible, et très content de la manière dont j'ai vécu ma vie. La seule chose que je n'ai jamais accomplie, c'est de trouver quelqu'un avec qui passer ma vie. Je n'ai jamais pu avoir de famille.

Souvent, quand un homme est seul, il se met à réfléchir et s'interroge sur ce qui aurait pu être. Je pense à toutes les fois où tu es venue ici toute seule et où j'étais très grincheux, alors tu étais insolente à juste titre et tu me disais exactement ce que je devais faire, pourtant tu ne levais jamais la voix...

Je ne prévois pas de t'écrire un roman. Tu es une vétérinaire extra. Tu es quelqu'un de bien. Si j'avais eu des enfants, j'aurais voulu qu'ils soient comme toi.

Alors maintenant que je ne peux plus vivre ici, je vais te laisser la priorité pour acheter mes terres. Tu devras quand même me payer, parce que je ne suis pas un idiot. Mais j'ai seulement besoin d'assez pour vivre confortablement, et ça ne me dérange pas d'avoir plusieurs versements, si c'est plus facile pour toi. J'ai laissé le prix que je suis prêt à accepter sur la page suivante.

J'espère que tu prendras soin des chiens, quoi qu'il arrive. Tex est vieux, et silencieux, et ses os apprécieront d'être à la retraite avec moi dans le nouveau logement en ville. Les deux autres sont encore trop pleins d'ardeur et de vigueur pour être heureux ailleurs qu'en extérieur.

Merci pour tout ce que tu as fait pour moi au cours des années. Parce que je sais que je ne l'ai pas assez dit.

Réfléchis à l'idée d'acheter la ferme, puis viens me voir.

Ton ami,
Creighton Reiner

Yvette se tourna sur sa chaise alors qu'Alex s'installait près d'elle et lui tenait la main.

Elle regardait encore la lettre fixement et chercha dessous la deuxième page. Un hoquet lui échappa.

— Il veut que j'achète sa maison. Mais c'est loin de ce qu'elle vaut. Il pourrait aussi bien me la donner.

— C'est ce qu'il ferait s'il pouvait, dit Alex doucement. C'est un sacré compliment. Il a une si haute opinion de toi qu'il veut pratiquement que tu hérites du travail de sa vie.

La surprise joua dans les yeux d'Yvette, mais elle releva légèrement les lèvres. Elle inspira profondément et hocha la tête.

— Oui, c'est un compliment. Je n'arrive toujours pas à croire que c'est vrai.

— Laisse-toi un peu temps pour digérer. Et laisse-moi te parler de la seconde raison pour laquelle tu es ici, proposa-t-il.

Elle sourit de nouveau.

— Je t'en prie, répondit-elle.

Il lui tint la main et passa le pouce d'avant en arrière sur la veine de son poignet.

— Tu es de repos pour le reste de cette journée celle de demain. Par une étrange coïncidence, moi aussi.

Il se pencha et posa les lèvres contre sa joue, contre sa mâchoire, contre le point sensible sous son oreille.

— Continue, ronronna-t-elle. C'est intrigant.

— Eh bien. Puisque nous n'avons pas d'obligations, j'ai pensé que nous pourrions peut-être jeter un œil dans ce qui pourrait devenir ton nouveau foyer. Voir ce que tu penses, faire des listes du pour et du contre. Et aussi, recevoir un très bon massage de ton petit ami.

— Tout ça a l'air merveilleux, dit Yvette avant de pencher la tête et de lui demander malicieusement : Où se trouve le *avoir faim parce qu'il n'y a rien à manger* dans cet emploi du temps ?

— Oh, femme de peu de foi ! dit Alex en faisant un geste vers la cuisine. J'ai apporté des vivres. J'ai apporté de la musique. Nous avons tous les deux des livres à lire... je suis allé récupérer ton nouvel ouvrage macabre à *Fallen Books*.

Elle rit.

Il lui lança un clin d'œil.

— Et assez de nourriture, y compris du bacon, pour que nous restions ici jusqu'à ce que je doive prendre mon service samedi matin. Ce sac, ce sont tes vêtements. Brooke est passée en douce chez toi et les a emballés puis les a déposés à Josiah.

— Rusé.

— Ouais. Et au cas où tu te demanderais, j'ai aussi apporté des draps propres et un gros paquet de préservatifs.

Un rire emplit le petit chalet. Le son joyeux rebondit sur les murs et résonna dans le cœur d'Alex.

Yvette glissa la main sur sa joue et examina son visage comme si elle essayait d'en mémoriser chaque trait.

— Je serai ravie de rester ici avec toi.

Un plaisir pur envahit Alex, et avant qu'il ne se rende compte de ce qu'il faisait, il s'était remis debout et l'entraînait vers le doux tapis qu'il avait placé devant le poêle à bois.

Il l'attira dans ses bras, s'asseyant simplement avec elle alors que la chaleur les enveloppait et que ses pensées tourbillonnaient.

Yvette ne cessait de tourner lentement la tête, regardant chaque centimètre du petit chalet.

— J'ai l'impression d'être dans un rêve.

— Mais c'est réel, répondit-il en l'embrassant sur la tempe. Tu es une femme incroyable. Creighton veut que tu aies le meilleur parce que la bonté en toi brille depuis des années.

Elle cligna un instant des yeux.

— Oh. Je ne parle pas de la situation avec Creighton. Je parle d'être ici. Avec *toi*.

Elle leva les doigts et les pressa contre ses lèvres avant qu'il ne puisse parler.

— Je parle de choses qui ont tellement changé depuis que j'ai ouvert cette enveloppe que tu m'as envoyée... Celle avec le tout premier porte-clés.

— C'est agréable, hein ? demanda Alex en passant les doigts contre sa joue rougissante. Je me suis beaucoup amusé à te regarder ouvrir les tiroirs, à passer du temps avec toi.

— J'ai changé, chuchota Yvette. Et c'est agréable, mais voilà la partie qui me donne l'impression d'être dans un rêve.

Elle le regarda droit dans les yeux.

— Je suis amoureuse de toi.

Le cerveau d'Alex bourdonna comme s'il avait été frappé sur la tête par un marteau.

Il n'avait pas les mots. Tout le sang qui fournissait habituellement à son cerveau la capacité de penser, de raisonner et de parler s'était complètement arrêté.

La seule chose qui fonctionnait encore était son cœur, et ce satané truc battait si fort qu'il aurait juré que les murs auraient dû vibrer.

L'expression sérieuse d'Yvette devint amusée.

— Alex ?

Il l'attira sur ses genoux puis dans ses bras, il la serra si fort qu'il lui avait peut-être arraché un couinement.

— Oh mon Dieu. Oh mon *Dieu*, dit-il.

Un rire monta, la poitrine d'Yvette remuait contre la sienne.

— Ce n'est pas la réaction à laquelle je m'attendais, mais ça me plaît.

Il ne sut comment, mais il réussit à la lâcher suffisamment pour pouvoir prendre son visage entre ses paumes.

— Vraiment ? Tu m'aimes ?

— Je vais rester sur ça, ouais. Je n'ai jamais ressenti ça, dit-elle, l'amusement s'effaçant et le sérieux revenant.

La joie demeura, rebondissant entre eux et se glissant dans les mots d'Yvette.

— Je tiens à mes amis, et je sais ce que ça fait de vouloir le mieux pour les gens. Mais ce que je ressens pour toi ? C'est tout nouveau. Ça me semble précieux, mais pas comme une tasse en porcelaine ou une statue délicate. Ce sont les chiens qui filent dans la cour ou la découverte d'une nouvelle portée de chatons. Ce sont des chevaux qui courent au printemps et qui s'éclatent.

On pouvait faire confiance à une vétérinaire pour décrire ses émotions ainsi. C'était si parfait pour elle.

Parfait pour eux.

Il la serrait toujours.

— Je t'aime aussi. Mais je n'aurais jamais rêvé que ça se produise.

— Tu vois ? Tu vois ce que je veux dire ? C'est comme un rêve.

Mais c'était le rêve qu'Alex espérait depuis le début.

— Le premier baiser après avoir dit *je t'aime*. Celui-là devrait être super tendre.

Il posa les lèvres contre les siennes et s'en empara doucement.

Elle passa les bras autour de lui et leurs corps se touchèrent. Puis elle tira le T-shirt d'Alex et le passa par-dessus sa tête. Elle retira son propre haut pour qu'ils se retrouvent peau contre peau la prochaine fois que leurs lèvres se rencontreraient.

Elle prononça ces mots d'un ton désireux et bas, son souffle glissant sur la joue d'Alex alors qu'elle passait les doigts sur son dos :

— Est-ce que nous faisons ça ici, ou est-ce que tu as déjà mis les draps sur le lit ?

— Oui. Et oui.

Il fallut quelques contorsions à Yvette pour retirer son jean et enfourcher les jambes d'Alex, pour qu'elle soit tout près, ne portant que son soutien-gorge et sa petite culotte. Les mains sur ses hanches, Alex l'attira lentement vers lui par-dessus le renflement épais de son membre.

— Bon sang, c'est bon quand tu es sur moi.

— Ce serait encore mieux si tu retirais tout, suggéra-t-elle.

Yvette remua les hanches contre lui alors que des petits sons s'échappaient de sa gorge. Elle le regarda fixement dans les yeux.

— C'est amusant, continua-t-elle. Et c'est bon, mais je veux que ce soit bon pour toi aussi.

— J'ai une femme presque nue dans mes bras qui me dit qu'elle m'aime. Je plane pratiquement en ce moment, avoua-t-il.

Malgré tout, il la repoussa assez pour retirer précipitamment ses vêtements. Yvette s'arrêta alors qu'elle enlevait sa petite culotte, leva les doigts vers sa bouche et gloussa presque.

Il regarda autour de lui.

— Quoi ?

Elle termina sa tâche, rampa vers lui et glissa la main le long de sa cuisse... allant dans la mauvaise direction. Elle tapota ses chevilles et les épaisses chaussettes en laine qui lui couvraient encore les pieds.

— Tu es un vrai cow-boy.

L'HOMME DEVANT ELLE – dévêtu en dehors de ses chaussettes, lui lança un immense sourire puis la ramena sur ses cuisses.

— Je pourrais avoir tellement de problèmes en répondant à cette phrase, dit Alex.

Un flash-back vers une autre époque, quand elle ne comprenait pas pourquoi il la taquinait constamment, une époque où elle était un peu trop sensible et lui un peu trop impertinent.

Mais c'était avant, et maintenant ils étaient là.

— Tu avais tellement de problèmes avec ça, mais maintenant j'ai compris ton style de taquineries.

— Je ne veux pas abandonner *toutes* les taquineries. Surtout pas le genre que tu apprécies.

Ses grandes mains solides entourèrent le corps d'Yvette. Le bout de ses doigts dessina des cercles avant de glisser le long de sa colonne vertébrale. Puis il joua avec la peau sensible en haut de ses fesses, son sourire devenant plus éclatant alors qu'elle remuait de plus en plus.

La moindre parcelle du corps d'Yvette était électrisée. Mentalement, elle encouragea ses mains à voyager. Elle voulait qu'Alex s'empare de nouveau d'elle et la serre fort, qu'il mette leurs corps en mouvement et glisse jusqu'à ce qu'ils ne soient plus deux êtres séparés mais qu'ils ne fassent plus qu'un. C'était ce qu'elle voulait...

Ce qu'elle désirait.

Ce qu'Alex désirait aussi, mais il ne semblait pas pressé d'atteindre le clou du spectacle. Ou en tout cas, beaucoup moins pressé qu'Yvette ne l'espérait à cet instant.

Il était temps de l'encourager un peu. Elle remonta la main le long de sa cuisse et la caressa de plus en plus haut.

— Tu es un grand fan des préliminaires, n'est-ce pas ?

Un hoquet torturé échappa à Alex alors qu'elle glissait les doigts autour de son membre dur.

— Oh que oui.

Ses caresses étaient légères, ses doigts se resserraient autour de la chaleur veloutée.

— Alors ça ne te dérange pas si je fais ça pendant un moment.

Tous les muscles du corps d'Alex s'étaient tendus. Sa tête

tomba en arrière et des hoquets tremblants s'échappaient de ses lèvres.

— Je veux être en toi. Je veux être entouré par ta chaleur et serré dans tes bras.

Un frisson la saisit. Le provoquer plus longtemps serait amusant, et pourtant elle avait appris cette leçon aussi. Recevoir la chose que vous vouliez vraiment était une joie particulière.

Yvette attrapa son jean abandonné de sa main libre et chercha un préservatif dans la poche. Il grogna alors qu'elle le déroulait sur lui, mais ses doigts étaient maladroits alors que l'excitation montait.

Il prit ses fesses dans ses paumes lorsqu'elle s'agenouilla sur lui, la main enroulée autour de son membre tandis qu'elle se soulevait et redescendait lentement, les faisant glisser diaboliquement l'un contre l'autre sans le faire entrer dans son intimité. Ses nerfs la picotaient, la chaleur montait. L'humidité provenant de son corps enduisait le membre d'Alex.

— Yvette.

Il avait chuchoté son prénom.

Elle leva les yeux et plaça le bout du membre d'Alex entre ses replis. Leurs yeux se croisèrent.

Après une pénétration lente et intime, ils se retrouvèrent unis. Le plaisir dans le corps d'Yvette reflétait la joie dans son cœur...

Les yeux d'Alex. Oh, ses yeux étaient tellement emplis de joie, de tendresse et d'amour !

Vraiment, d'amour.

Elle l'embrassa.

— Premier baiser pendant le sexe après avoir dit *je t'aime*.

— Pendant l'amour, la corrigea-t-il doucement. Nous, nous faisons toujours l'amour.

Ce qui fit papillonner le cœur d'Yvette encore plus fort.

En allant lentement, elle ne tint que trois minutes. Puis la douce caresse des mains d'Alex sur son corps, en plus du mordillement affamé de ses dents le long de son cou, la fit chavirer. Yvette enfonça les doigts dans ses épaules et le monta comme un poney. Tous deux cherchaient leur souffle et de petits sons et grognements de plaisir s'élevaient dans le silence du chalet cosy.

Alex resserra les mains sur les hanches d'Yvette, la tenant suffisamment haut pour la pilonner. Sa main à elle était placée entre leurs corps joints et caressait cet endroit, tout en taquinant son clitoris.

Ils jouirent ensemble, le grondement bruyant d'Alex résonna à son oreille alors qu'il tressaillait contre elle. Il grogna de nouveau lorsque l'orgasme d'Yvette l'enserra.

Elle se mit à rire, et lui aussi, et ils s'embrassaient et s'étreignaient si fort qu'il ne restait rien entre eux.

Rien d'autre que de l'amour.

Elle fut reconnaissante de découvrir que le chalet contenait une salle de bains étonnamment luxueuse, avec une douche suffisamment grande pour deux. Se laver leur prit plus longtemps que d'habitude, mais ce fut beaucoup plus amusant.

La journée ne cessait de s'améliorer. Ils cuisinèrent ensemble jusqu'à ce qu'un dîner simple soit posé sur la table de cuisine. Un repas qui comprenait du bacon croustillant en quantité.

Ils devaient encore beaucoup discuter, mais c'était un bon endroit où commencer.

Seule une inquiétude planait encore au-dessus d'elle. Yvette attendit qu'ils aient terminé de manger et que la petite cuisine soit rangée. Puis elle guida Alex vers le canapé et prit sa main dans la sienne.

— Il y a une chose dont nous devons discuter le plus tôt possible.

— Tu as l'air plutôt sérieuse.

— Il ne reste qu'un jour dans le bureau compte à rebours.

Peu importe sa gêne, elle devait avoir cette conversation.

— Si nous passons toute la journée ici, ça veut dire que je n'ouvrirai le vingt-quatrième tiroir que le jour de Noël.

Aucun air fâché n'apparut sur le visage d'Alex.

— Tu m'as offert des cadeaux incroyables. À l'évidence, ce que tu as prévu a fonctionné à merveille, parce que passer tout ce temps ensemble et apprendre à vraiment te connaître a vraiment changé les choses.

— Tu as toujours l'air inquiète, dit Alex. Maintenant tu me troubles, et pas d'une manière agréable.

Peut-être que c'était mieux d'y aller d'un coup sec, comme pour retirer un pansement.

— À un moment, j'ai dû faire un peu de chirurgie sur le bureau. J'ai fait tomber une clé, et le démonter était le seul moyen de l'attraper, mais quand j'ai récupéré la clé, quelque chose d'autre est tombé.

Elle remua pour pouvoir sortir la bague de sa poche. Parce que oui, elle l'emmenait encore partout.

Un peu obsédée ?

Elle leva la main, la bague posée sur sa paume.

Alex fronça les sourcils, la prit et l'examina avec soin.

— Eh bien, c'est bizarre. J'ai examiné ce bureau de haut en bas quand je l'équipais de serrures. Je n'avais pas la moindre idée qu'il y avait quelque chose comme ça à l'intérieur.

— Alors elle ne vient pas de toi ?

Il leva brusquement la tête, et la fixa du regard avec des yeux ronds comme des soucoupes.

— Hum, non ?

Elle ne put se retenir, un rire moqueur lui échappa.

— Tu n'as pas l'air convaincu.

— J'essaie encore de me faire à cette idée. C'est une bague.

Il hoqueta.

— Oh mon Dieu, c'est une *bague de fiançailles*.

Yvette frissonna d'un rire réprimé. Il avait répété ses premières pensées.

Il secoua la tête.

— Waouh. Je sais que je suis un sacré optimiste, mais même moi je trouverais ça difficile d'imaginer de partir de zéro et de finir avec une bague de fiançailles en à peine quatre semaines.

Elle laissa échapper un soupir et sa colonne vertébrale se détendit sous le soulagement.

— Dieu merci.

Alex haussa un sourcil.

— Pendant tout ce temps, tu pensais que j'allais faire ma demande ? Ça devait être stressant.

— Pas tout le temps. Mais oui, les deux dernières semaines ont été un peu compliquées.

Elle planta son doigt dans son torse.

— Je croyais aussi que tu allais m'offrir des préservatifs beaucoup plus tôt que tu ne l'as fait, si tu te rappelles.

Le grand sourire d'Alex était revenu.

— Trésor, c'est un préambule parfait. Tu te souviens, j'ai dit que tu donnais le rythme ? Franchement, je serais très heureux de glisser cette bague à ton doigt tout de suite et d'emménager à Fiançailles-ville.

— C'est trop tôt, dit Yvette rapidement.

— Exactement.

— Pas parce que je ne veux pas en arriver là, peut-être... mais non, non.

Son visage devait être rouge. Elle ne voulait pas donner l'impression qu'elle le rejetait, lui.

— Ça sort complètement de travers, ajouta-t-elle.

Encore une fois, elle se retrouva sur ses genoux, ses bras

forts autour d'elle, les doigts glissés à l'arrière de sa tête pour diriger le regard d'Yvette droit vers le sien.

— Tu m'as dit que tu m'aimais. Je n'ai pas *besoin* d'autres fioritures. Ou de bagues, ou d'engagement.

Il leva sa main libre et taquina ses lèvres d'un doigt.

— Je veux parler de ce que ça veut dire quand deux personnes découvrent qu'elles sont amoureuses. Où elles vivent, comment elles passent leur temps. Mais je n'ai pas besoin d'une jolie babiole à ton doigt, ou au mien, pour savoir que nous sommes faits pour être ensemble. Point.

O.K. Même si un léger instant de culpabilité se glissa en elle et disparut plus vite qu'elle ne croyait possible.

— Est-ce que ça te rendrait heureux si nous étions fiancés ?

Sa réaction instantanée fut de hausser légèrement les épaules.

— Bien sûr, mais pas besoin que ce soit aujourd'hui.

Son sourire redoubla de nouveau.

— Et aussi, ajouta-t-il, j'aimerais que ce soit moi qui t'offre une bague. Quelque chose que nous choisirons ensemble, au lieu d'une que tu as trouvée qui traînait.

— Cachée dans le bureau qui est dans ta famille depuis des années... Elle ne *traînait* pas, dit-elle, faussement sérieuse.

Puis elle se pencha et l'embrassa. Toute inquiétude avait disparu. Qu'il la comprenne était une bénédiction qui faisait de nouveau grandir cette boule de chaleur en elle.

Ils restèrent là un moment, à s'embrasser, à se caresser et à parler de ce qui pourrait se produire ensuite. Ils sortirent même sous le porche, enroulés de la tête aux pieds dans des couvertures alors qu'ils s'asseyaient ensemble et regardaient d'énormes flocons de neige tomber doucement sur la ferme pittoresque.

Alex utilisa son téléphone pour mettre de la musique, et le lien entre eux semblait si normal ! Ils chantèrent, la voix plus grave d'Alex était un complément merveilleux à son contre-alto tandis qu'ils entonnaient « Winter Wonderland » et « White Christmas ».

— C'est un bel endroit, dit Yvette, les doigts entrelacés à ceux d'Alex sous les couvertures. Il a de bonnes fondations.

— C'est un endroit fantastique où planter des racines pour toi.

Cela lui paraissait agréable, mais pas tout à fait correct. Yvette répéta les mots dans sa tête. C'était vraiment une chose qu'elle voulait éclaircir. Plonger dans des alliances et des discussions de mariage... ça, c'était trop tôt. Mais elle était sûre à cent pour cent des sentiments qu'elle ressentait dans son cœur.

Elle l'aimait. C'était solide comme le roc, ce qui voulait dire que cette partie-là devait être claire comme du cristal.

— Pour *nous*, corrigea-t-elle en croisant son regard sans détour. C'est là que nous pouvons planter des racines, ensemble.

Le sourire d'Alex aurait pu illuminer la campagne.

— Ensemble.

15

____

Leurs trente-six heures passées à la ferme avaient été un moment de paradis. Devoir aller au travail le matin de Noël semblait être une punition cruelle.

Mais d'abord, ils pouvaient le fêter.

Bien trop tôt le matin, Yvette roula sur Alex dans le lit et bondit d'excitation comme une enfant.

— C'est le jour de Noël, cria-t-elle presque. Joyeux Noël !

Il la fit rouler sous lui, essayant d'ignorer l'heure.

— Joyeux Noël. Désolé, il n'y a rien sous le sapin pour toi. Oh, attends. Peut-être que si.

Elle cilla, puis le fit pratiquement voler en sortant précipitamment de la chambre très fraîche et en entrant dans la pièce principale légèrement plus chaude.

Un rire monta alors qu'elle s'installait sur le sol près du « sapin » qu'il avait créé la veille, en se faufilant hors du lit pour l'installer. Il avait attaché une branche d'épicéa à l'une des chaises de cuisine. Puis il avait posé son cadeau de Noël sur le siège, emballé dans du papier rouge brillant agrémenté d'un énorme nœud argenté.

Il la rejoignit.

— Tu te rends compte qu'il est 5 heures du matin ?

— Ce qui te laisse juste assez de temps pour ouvrir ton cadeau et quand même arriver à l'heure à ton service.

Yvette tendit la main sous le canapé et en sortit un paquet emballé dans du papier brillant.

— Ta-da. Voilà la première partie.

C'était au tour d'Alex d'être surpris.

— Je savais à l'avance que j'allais faire ça, c'est pour ça que j'avais apporté le tien avec moi. Tu avais mon cadeau avec toi dans ta camionnette ?

Elle eut l'air penaude.

— J'ai acheté un cadeau pour Creighton et j'ai décidé de t'en prendre une paire aussi. Ton vrai cadeau, c'est autre chose. Tu l'auras plus tard dans la journée.

Il s'assit sur le sol près d'elle.

— Eh bien, joyeux Noël à nous.

Le papier vola. Beaucoup de papier, parce qu'Alex avait emballé le cadeau d'Yvette dans cinq couches différentes, rien que pour la faire sourire.

Son cadeau à lui s'avéra une paire de gants de travail doublés de peau de mouton, résistants et chauds.

— Je les adore.

Il les enfila, et ils lui allaient parfaitement.

— Tu connaissais la taille.

Elle marqua une pause en posant l'album photo enfin déballé sur ses genoux.

— J'ai suffisamment senti tes mains sur tout mon corps ce mois-ci. Je savais quelle taille prendre.

Alex était très amusé. Il pressa le cuir doux sur ses seins.

— S'il te plaît, dis-moi que tu as fait ça au milieu du magasin.

Elle éclata carrément de rire.

Il cilla, ses mains retombant sous la surprise.

— Tu *l'as fait* ?

Yvette leva les doigts vers sa bouche.

— Je te l'ai dit, je voulais avoir la bonne taille.

Elle s'épanouissait de tant de merveilleuses manières !

— J'aurais aimé être là pour voir ça.

Yvette ouvrit la première page de l'album photo, ouvrant la bouche d'émerveillement.

— Oh, Alex. Je l'adore.

— Tes amies m'ont aidé. Hanna et les autres. Elles ont été rusées pour moi, à prendre des photos et à en chercher d'autres plus anciennes.

Vingt-quatre jours de photos. Pas seulement de ce mois de décembre, mais certaines de *l'époque d'avant*. Quand tous deux ne s'entendaient pas encore mais se trouvaient réunis de manière répétée par des amis communs et leur travail.

Il avait pris une photo de chaque porte-clés et l'avait placée dans le coin en haut. Le reste de la page, c'était eux : les endroits où ils étaient allés, les moments qu'ils avaient passés en lien avec le thème de la journée.

Jour numéro deux, le porte-clés en étoile était accompagné d'un cliché de Silver Stone deux ans auparavant. Un minuscule poulain avec une marque en forme d'étoile sur le front qu'Yvette avait aidé à mettre au monde.

Le porte-clés du jour numéro quatorze était une bougie. La photo à côté avait été prise par Brooke la nuit où ils avaient fait ce feu de joie, avec la lueur des flammes qui dansait sur leurs visages tandis qu'Alex se penchait pour l'embrasser.

Une photo d'eux dans leurs pulls moches, récompensés et entourés par des bonshommes de neige qui avaient subi une mutation. Une photo d'eux à cheval, d'eux à la caserne avec leurs amis, elle qui lui lançait un regard en coin tandis qu'il faisait la grimace.

Tout était là. Une trace de leur lien et de leur intimité croissante.

Elle leva la tête, et ses yeux étincelèrent.

— Tu as laissé beaucoup de pages vides.

— Pour de nouveaux souvenirs. Ils viendront, lui assura-t-il.

Elle le serra fort, les écrasant pratiquement l'un contre l'autre. Sans savoir comment, Alex se traîna dehors à l'heure et descendit l'allée enneigée avec l'impression de mesurer six mètres de haut.

Tout son service – heureusement court – passa en un clin d'œil, et il se précipita à la résidence pour seniors pour retrouver Yvette comme promis. Ils arrivèrent tous deux du parking, main dans la main.

La première surprise fut de découvrir Creighton assis dehors sur un des larges bancs qui faisaient face à la montagne. Tex était assis à ses pieds, agitant la queue alors qu'ils approchaient.

— Joyeux Noël, déclara Alex.

— Fumisterie, répondit Creighton avant de sourire. Vous aussi.

Yvette s'arrêta à trente centimètres de Creighton. Elle se pencha et parla doucement.

— Joyeux Noël.

L'instant d'après, elle l'entourait de ses bras et l'étreignait. Le vieil homme écarquilla les yeux de surprise, mais il leva les bras et la serra fort. Il ferma les yeux alors que la joie se lisait sur son visage buriné.

— Fadaises et calembredaines, tu sais.

Les mots sortirent d'un ton bourru et ronchon.

Il se força à froncer les sourcils lorsqu'elle se redressa et croisa les bras, les yeux espiègles.

— Joyeuses fêtes ? Nous sommes trop en retard pour un joyeux solstice.

Creighton agita une main.

— Bien. Joyeux Noël. Comment vont mes chiens ?

— Ils sont heureux. Au chaud. Mais vous leur manquez. Ils m'ont dit eux-mêmes avant que nous partions qu'ils espéraient que vous viendriez leur rendre visite un jour.

Elle secoua la tête et son sourire s'adoucit.

— Nous reparlerons de votre offre généreuse, mais merci. J'ai beaucoup de choses auxquelles penser.

— Ce sont les fêtes, répondit-il en fronçant les sourcils vers Alex. Pourquoi est-ce qu'elle parle affaires alors que ce sont les fêtes ? Tu ne rends pas cette journée très festive pour elle.

— Vous avez raison, dit Alex en passant à Yvette le sac contenant le cadeau de Creighton avant de lui tendre celui qu'il lui avait pris. Il est temps de faire la fête. Dépêchez-vous, vieil homme. J'ai entendu dire qu'il va bientôt y avoir du gâteau, et je ne veux pas rater ça.

Un rire amusé échappa à Creighton. Il déballa la paire de pantoufles qu'Alex lui avait prise, et les gants venant d'Yvette. Son visage sévère était soudain devenu beaucoup plus âgé et plus fragile.

Il croisa le regard d'Yvette et soupira.

— Merci d'être gentille avec un *vieil homme*. Maintenant, ouste. Tu pourras venir me voir la semaine prochaine et me dire combien tu vas me payer et comment tu vas rénover ma maison.

— Ce n'était pas difficile d'être gentille avec vous, insista Yvette.

Elle plissa le nez avant d'ajouter :

— Enfin, la plupart du temps ce n'était pas difficile.

Creighton se mit carrément à rire. Puis il se tourna vers Alex.

— Pour info, tu avais raison. Cette route qui mène chez moi est calamiteuse. Je l'ai faite comme ça pour agacer un bon ami à moi. Il a perdu un pari, alors j'ai construit ma route d'accès pile au milieu d'un de ses pâturages, juste pour qu'il me maudisse à chaque fois qu'il déplaçait son bétail.

Nom d'un chien.

— Sérieusement ?

— Il est mort maintenant, alors ce n'est plus amusant.

Le vieil homme hocha la tête, un éclat machiavélique dans les yeux.

— Il y a un autre droit de passage qui mène à la propriété, juste au bord de la nationale 34. Je pensais que vous pourriez construire une route à travers les arbres sur la section est pour vous gagner du temps en venant de la ville en moins de dix minutes.

— Vous êtes vilain, avança Yvette.

Il haussa les épaules.

— Un homme doit profiter de la vie comme il peut.

Yvette secouait encore la tête en riant lorsqu'ils quittèrent Creighton et Tex pour rejoindre le reste de la fête.

L'intérieur de la résidence était rempli de bruits de fête et des odeurs de Noël. Alex garda les doigts enroulés autour de ceux d'Yvette alors qu'ils avançaient dans le pavillon sécurisé.

Avant qu'ils ne rejoignent les grands-parents d'Yvette, Alex l'attira sur le côté et sortit son téléphone. Il le lui tendit, la chanson qu'il avait préparée était visible à l'écran.

— Ça te convient de chanter ça en guise de cadeau pour tes grands-parents ?

Le sourire d'Yvette était éblouissant.

— Je t'aime.

Il lui lança un clin d'œil.

— Je vais prendre ça pour un oui.

Un doux moment de bonheur suivit tandis qu'on échangeait des étreintes. Le grand-père d'Yvette continua à sourire et à hocher la tête tandis qu'on ouvrit les cadeaux, même s'il ne voulait en déballer aucun lui-même. Mamie

Geraldine eut une exclamation de joie en regardant ses amis passer du temps avec leurs arrière-petits-enfants.

— C'est une belle journée.

Yvette attendit que l'excitation et le papier cadeau aient terminé de voler.

— Mamie. Nous avons autre chose pour vous.

Elle hocha la tête vers Alex, et il l'aida à se relever. La musique lancée, il prit Yvette par la main et ensemble, ils chantèrent « Have Yourself a Merry Little Christmas ».

Il n'était pas interprète, et ce n'était pas une performance où établir le contact avec le public était important. Peut-être qu'il aurait dû en faire un peu plus, mais il n'avait d'yeux que pour Yvette. Elle était la seule personne qui pouvait vraiment faire durer en lui cette sensation festive durant toute l'année.

Quand ils eurent fini de chanter, il l'attira dans ses bras. Les seniors de la pièce applaudissaient et hochaient la tête. Mamie Geraldine s'essuya les yeux.

Mais ce fut le grand-père d'Yvette qui amusa le plus Alex. Son expression exprimait une joie pure tandis qu'il regardait Alex dans les yeux et lui lançait un clin d'œil.

Les étreintes et les baisers terminés, Alex et Yvette retournèrent chez elle peu avant 16 heures. Le timing était quasi parfait, étant donné qu'ils n'auraient pas besoin de commencer à cuisiner quoi que ce soit avant un moment.

Comment pouvaient-ils passer leur temps ?

— Alors, quel est mon deuxième cadeau ? la taquina Alex en glissant un bras autour de sa taille et en frottant les lèvres sous son oreille. Est-ce qu'il implique des jeux de cartes ? De la nudité ? Les deux ?

— Ce sont toutes d'excellentes idées, et je m'en souviendrai pour la prochaine fois, mais rien de tout ça. Je pense quand même que ça te plaira.

Elle inspira profondément, puis agita son téléphone en l'air.

— Nous allons parler avec tes parents. Ils devraient appeler dans quelques minutes.

~

Son visage...

Yvette aurait pu le regarder pendant une éternité. Ou prendre une photo et la placer dans le dictionnaire sous le mot *stupéfait*.

— Mes *parents* ? demanda Alex avant de déglutir. Tu leur as parlé ?

Il ne semblait pas contrarié mais franchement joyeux.

— Je sais à quel point ils sont importants pour toi, et je voulais une occasion de les rencontrer, pour ainsi dire. Nous avions prévu de passer le reste de la journée ensemble, et je craignais que tu n'aies pas l'occasion de leur parler.

Il leva ses doigts vers ses lèvres et les embrassa.

— J'ai envie de... bon sang, je n'ai plus de mots. *Encore une fois*. Mademoiselle Wright, quand il s'agit de dire des choses qui me renversent, tu réussis à coup sûr.

— Ça ne te dérange pas que je les aie appelés sans que tu le saches ?

— Oh que non.

Il se pencha, l'espièglerie dansant dans ses yeux.

— Dis-moi que mon père a dit quelque chose pour se coller la honte.

Yvette se mit à rire.

— Ils ont été très gentils. Nous n'avons pas parlé longtemps. Nous avons simplement prévu qu'ils fassent un FaceTime avec nous.

La nervosité n'eut pas le temps de monter, parce que son téléphone sonna. L'instant d'après, Alex avait le bras passé autour d'elle et avait pris le téléphone. Il le posa dans un verre vide sur la table, le calant pour que l'écran les montre tous deux lovés l'un contre l'autre et à l'aise.

De l'autre côté de l'écran, bien plus de deux personnes apparurent.

— Joyeux Noël !

Le groupe avait parlé en chœur, et Yvette sourit, son regard se déplaçant sur les personnes rassemblées. Elle agita la main en réponse à une petite fille assise sur les genoux d'un homme aux cheveux argentés installé sur le canapé.

Alex répondit pour eux deux :

— Joyeux Noël. En voilà une surprise ! Cait, Aaron, vous avez trouvé des elfes de Noël ?

Tout le monde dans la maisonnée Thorne portait un pull vert vif. Fluo, avec de gros nœuds rouges sur la poitrine.

— Hé, Alex. Bonjour, Yvette. Ravi de vous rencontrer. Voici Davis. Je suis Caitlin, voici mon mari, Aaron. Nous avons Thomas, Tisha et Nyx qui passent les fêtes avec nous cette année.

— Je suis Nyx, annonça la plus jeune en sautillant sur place. Pourquoi vous ne portez pas de pulls rigolos ?

— Je ne sais pas. Nous devrions remédier à ça, n'est-ce pas, Alex ? déclara Yvette, qui pointa la petite fille du doigt. Attends ici. Je reviens.

Sans réfléchir, elle déposa un rapide baiser sur la joue d'Alex, puis se leva pour aller chercher leurs pulls. Un chœur de sifflets et d'exclamations retentit dans le téléphone.

Alex accepta les taquineries avec humour et se moqua de son frère aîné. Yvette enfila son pull puis joua les mannequins, repoussant les mains d'Alex quand il essaya de faire la démonstration du fonctionnement des animaux sur les scratchs.

Les rires résonnèrent de manière répétée. Nyx ainsi que son frère et sa sœur montrèrent les cadeaux qu'ils avaient reçus, et l'échange fut doux et spécial. Yvette n'aurait rien pu imaginer de mieux.

Mais quand Cait et Aaron s'éloignèrent avec leur famille, ne laissant que Hans et Glenda, Yvette rougit de nouveau.

— Nous n'allons pas vous retenir beaucoup plus longtemps, mais est-ce que la saison des fêtes a été agréable ? demanda Glenda.

— Ça a été...

Comment décrire ce qui s'était passé ? Comment révéler les changements qu'Yvette ressentait en elle après tout ce qu'elle avait appris et vécu ce mois-ci ?

Elle lança un coup d'œil à Alex. Il ne fut d'aucune aide. Il la regardait avec de l'amour dans les yeux.

Yvette se tourna vers les parents d'Alex. Leurs expressions étaient emplies de gentillesse, mais ils étaient aussi clairement amusés. C'étaient des gens bien, qui avaient élevé un merveilleux fils.

Un fils qu'elle aimait.

— Votre fils est très spécial. Merci de le partager avec moi.

Hans lui lança un grand sourire.

— Est-ce que tu veux le garder ?

— *Papa,* râla Alex. Je viens de passer un mois à faire en sorte de l'empêcher de s'enfuir. Ne la fais pas fuir...

— Oui, l'interrompit Yvette avant de passer un bras autour du sien. Je le garde. J'espère que ça ne vous dérange pas.

Glenda tapa les mains l'une contre l'autre, l'air ravi.

— Vraiment ?

— Est-ce que ça veut dire que vous avez des projets de mariage ? demanda Hans.

Yvette frissonna, restant muette pendant un instant.

— Pas encore, dit Alex en lui souriant radieusement. Quand elle sera prête.

— Tu aurais dû mettre ça sur la liste, fiston, le taquina

Hans. Mais c'est très bien. Il est clair que vous êtes faits l'un pour l'autre. Nous n'avons pas besoin d'une cérémonie particulière pour que ce soit vrai.

— Nous avons hâte de vous reparler, dit Glenda, avec un sourire étincelant et d'une voix douce. Et n'hésite pas à m'appeler quand tu veux, Yvette. J'aime les visites, les appels téléphoniques et entendre que mon fils est merveilleux. Ou qu'il a foiré... c'est aussi amusant à entendre, si tu as besoin de râler un moment.

Yvette se mit à rire. Un souvenir lui revint brusquement.

— Oh. Changeons de sujet un instant. Vous savez le cadeau qu'Alex m'a offert cette année ? Le bureau avec les cadeaux quotidiens ?

— Je l'ai aidé avec les serrures, dit Hans fièrement. Mais c'était son idée à lui.

— C'était une merveilleuse idée, et j'ai vraiment apprécié. Mais il y a aussi un mystère à résoudre.

La sensation en elle n'était maintenant que de la pure curiosité. Pas d'inquiétude, pas de souci. Elle sortit de nouveau la bague de sa poche et la leva.

— J'ai trouvé ceci, et Alex a dit qu'il ne sait pas...

— Oh bonté divine !

Glenda s'était à demi levée de surprise.

Elle retomba sur son fauteuil et se tourna vers Hans, bouche bée.

— Tu as vraiment... Je veux dire, est-ce *la* bague ?

Hans se mit à rire. Un son tonitruant qui remonta de son ventre alors qu'il attirait son épouse dans ses bras et la serrait fort.

— Je t'avais dit que je t'avais acheté une bague. Je te l'avais *dit*.

Yvette lança un coup d'œil à Alex. Il haussa tranquillement les épaules.

— Je n'ai aucune idée de ce qui se passe. Maman, papa. Arrêtez de vous bécoter et crachez le morceau. À qui est cette bague ? demanda-t-il.

Parce que ses parents s'embrassaient. Plutôt vigoureusement, en fait, Yvette se retrouva avec un grand sourire alors que Glenda repoussait enfin Hans assez loin pour qu'ils puissent tous deux de nouveau regarder la caméra.

— Autrefois, c'était *mon* secrétaire. Hans m'a dit qu'il m'avait laissé un cadeau dessus, et je… Eh bien, j'ai eu un petit incident et je me suis cognée dessus quand j'ai accouru pour voir. J'ai trouvé une fleur et des chocolats. J'ai vraiment apprécié les deux et j'ai dit merci. Mais comme je n'ai pas mentionné la bague, il a cru que je l'ignorais…

— Cette fichue femme m'a non seulement dit qu'il n'y avait pas de bague, mais que si je croyais que je pouvais faire ma demande sans, je me mettais le doigt dans l'œil, se souvint Hans avant de sourire de nouveau. Nous avons fait bon usage de cette dispute, c'est moi qui vous le dis.

— C'était censé être votre bague de fiançailles ? demanda Yvette en refermant prudemment les doigts autour. Je vais la mettre en lieu sûr pour vous. Je suis contente que nous l'ayons trouvée.

— Je suis contente aussi. Bien sûr, si Alex la veut, ça ne me dérange pas de la partager…

Glenda haussa les sourcils d'un air suggestif puis se remit à rire.

— J'arrête. Allez à votre rythme.

— Mais elle est sérieuse, chuchota Hans. N'en doutez jamais.

— Je m'en occupe, leur dit Alex, amusé.

Les enfants riaient à l'arrière, et Yvette laissa la joie de l'instant l'envahir alors qu'elle tenait la main d'Alex.

— Nous adorerions discuter encore un peu, mais nous allons vous laisser retourner à votre famille.

— Tu *es* de la famille, dit Glenda avec aisance. Bienvenue, Yvette. Alex, nous t'aimons. Profitez du reste des fêtes.

— Je vous aime aussi. On se parle bientôt, promit Alex.

Yvette réussit tout juste à garder le sourire jusqu'à ce que l'appel se coupe et qu'elle puisse enfouir son visage dans le cou d'Alex sans risque. Les bras forts de celui-ci l'enveloppèrent et la serrèrent alors qu'une fois de plus les larmes coulaient.

— Je ne suis pas tout le temps aussi mélodramatique, assura-t-elle quand la crise de larmes se calma.

— Ne t'excuse jamais de laisser paraître tes émotions, répondit-il en essuyant lui-même une larme. C'est une vraie famille. Tu as des gens qui t'aiment. N'en doute jamais.

Ils allèrent chez Brooke et Mack pendant quelques heures, leur groupe tout entier était rassemblé autour du feu de camp dans la cour. La température était juste en dessous de zéro, et la chaleur des amis était presque aussi forte que la lueur du feu.

Ils chantèrent tous *joyeux anniversaire* à Talia, puis elle et Crissy allèrent dans le jardin enneigé pour faire des anges, et leurs pères les aidaient quand elles le leur demandaient. Brooke s'avança un peu sur son siège pour pouvoir parler à Yvette derrière Hanna, qui tenait son fils de deux ans dans ses bras. Madison regardait fixement le feu avec un sourire digne d'une madone sur le visage, après avoir été emmitouflée par Ryan et leur fille avant que les enfants n'aillent s'amuser.

C'était un rassemblement plein de bonheur et de chaleur.

Toute la journée, le cœur d'Yvette avait débordé de joie, depuis la première minute où elle s'était retournée et avait vu les yeux d'Alex, plein d'amour.

Quelques heures plus tard, ils étaient de retour chez Yvette, lovés devant le feu. Elle ne savait pas si son cœur pouvait en contenir davantage.

Seulement, elle avait un sujet de curiosité. Sa nature de pie avait entendu un commentaire brillant, et maintenant elle voulait en savoir davantage.

Elle lia ses doigts à ceux d'Alex.

— Puis-je te demander quelque chose ?

— Tout ce que tu veux.

— Ton père a dit de *l'ajouter à la liste,* dit Yvette en faisant un geste. Cet après-midi quand nous avons discuté.

L'expression d'Alex devint sérieuse.

— J'ai beaucoup réfléchi quand je suis parti au printemps dernier. J'avais compris que nous étions faits pour être ensemble, mais faire en sorte que ça arrive demandait encore du travail. Alors j'ai fait une liste.

Elle fronça les sourcils.

— Tu as fait un calendrier compte à rebours.

— Oui, mais d'abord j'ai fait une liste.

Il sortit une carte de sa poche et la lui tendit. L'écriture était nette, mais les bords du papier étaient usés.

*E*LLE *A UN CŒUR GÉNÉREUX, mais elle est tendre aussi. Sois gentil, sois généreux. Laisse-la te le rendre.*

Elle aime les choses brillantes, les surprises.

Elle ne voudra pas de cadeaux coûteux mais plutôt attentionnés.

Elle a besoin qu'on l'écoute.

Elle a besoin d'un homme aussi honnête et digne de confiance qu'elle l'est.

Elle a besoin de savoir à quel point j'apprécie ses compétences et son opinion.

Elle a besoin de voir ce qui est important pour moi par ce que je fais... et ça veut dire :

Elle a besoin de savoir qu'elle est importante pour moi *par la manière dont je la traite.*

Alors arrête d'être un con !

Yvette posa une main sur la joue d'Alex.

— Tu es incroyable.

— Toi aussi. C'est pour ça que j'ai fait la liste.

Il tourna la tête pour lui embrasser la paume.

— Tu as encore un tiroir à ouvrir, ajouta-t-il. Nous n'étions pas là pour le vingt-quatrième jour.

Puisqu'elle n'avait pas besoin de s'inquiéter de trouver un emplacement vide là où elle avait cru qu'était la place de la bague qu'elle avait trouvée, Yvette s'enthousiasma.

— Je vais être vraiment triste maintenant que les fêtes sont terminées. J'aime bien avoir des tiroirs à secrets à ouvrir.

Le sourire d'Alex semblait bien trop éclatant.

— Dépêche-toi. Allons-y.

Sous le porche, vingt-cinq jours après avoir commencé cette aventure, il lui sembla que bien plus de temps que cela s'était écoulé. Comme si ça avait toujours été comme ça, Alex à ses côtés, leurs doigts entrelacés.

Le dernier porte-clés était un arc-en-ciel. La clé en elle-même était d'un bleu vif. Yvette inspecta les tiroirs, essayant de se rappeler lequel elle n'avait pas encore ouvert.

Un des plus petits tiroirs sous le cylindre avait une serrure bleue.

— Je le vois.

Yvette se dépêcha d'ouvrir le tiroir, poussant un cri de joie lorsqu'elle découvrit une autre breloque pour son bracelet.

— Un arc-en-ciel. Oh, Alex, je l'adore.

Elle le prit et marqua une pause en entendant un bruit de papier froissé.

Une enveloppe reposait au fond du tiroir.

L'expression d'Alex était espiègle et joyeuse.

— Joyeux Noël.

— Qu'est-ce que c'est ?

Elle ouvrit l'enveloppe et hoqueta.

— Une autre clé ?

— Eh bien, tu as dit que tu étais triste de ne plus avoir de tiroirs à secrets à attendre avec impatience.

Oh non.

— Qu'est-ce qu'elle ouvre ? demanda Yvette, devenant soupçonneuse.

— Un secret que tu recevras dans un mois environ, répondit Alex en levant les mains comme s'il était magicien. Ta-da. Tu as maintenant quelque chose à attendre avec impatience.

Elle allait le tuer. Ou l'embrasser. L'un ou l'autre.

— Tu es terrible, et merveilleux, et si terriblement merveilleux que je vais devoir garder l'œil sur toi à partir de maintenant.

— Ça me va.

Alex poussa un soupir joyeux, l'attira dans ses bras et la serra fort.

La clé mystérieuse entre ses doigts déclencha un frisson d'excitation positive à travers elle. La chaleur du corps d'Alex, un sentiment de bonheur.

L'expression dans ses yeux, un amour parfait.

Yvette embrassa son cow-boy, si reconnaissante qu'il ait été prêt à faire sa liste, à s'efforcer de leur faire quitter le passé et de les diriger vers un futur qui serait merveilleux, elle en était sûre. Un jour précieux après l'autre.

ÉPILOGUE

1er janvier, Heart Falls

Le silence planait dans l'air de l'église déserte, un calme solennel qui n'était brisé que par le faible bruit du vent qui sifflait contre le haut clocher. La lumière du soleil se déversait par les vitraux, faisant danser des carrés de couleurs vives sur l'allée jusqu'à l'endroit où Ashton Stewart se tenait.

Habillé de son plus élégant costume, avec des bottes cirées et les cheveux peignés en arrière aussi soigneusement que possible, il se serait senti idiot si son cœur n'avait pas battu la chamade.

Il jeta un coup d'œil à sa montre. Midi moins trois.

Encore trois minutes à attendre.

Si peu de temps à attendre pour découvrir s'il avait enfin trouvé la vérité qui empêcherait son cœur de se briser.

Trois minutes avant que Sonora n'arrive.

Ou pas...

Heart Falls. Cette petite ville du centre de l'Alberta, au Canada, est nichée dans un paysage vallonné, avec les Rocheuses majestueuses à l'ouest, et des kilomètres de ranch à l'est. La plupart de ses habitants y vivent depuis plusieurs générations ou cherchent un nouveau départ loin de leurs anciennes habitudes.

Heart Falls est l'endroit parfait pour que l'amour vienne frapper à la porte, emportant tout le monde dans son sillage. Chacun de ces tomes peut se lire indépendamment des autres. Ils sont tous légers, romantiques et piquants, écrits avec amour pour ceux qui aiment s'évader avec une belle histoire pendant les vacances d'hiver.

Noël à Heart Falls
Tome 1: Le Joyeux Noël du pompier
Tome 2: Le Vœu d'un soldat
Tome 3: L'Espoir du héros
Tome 4: Un rêve de cow-boy
Tome 5: Baiser pour un rancher

Vivian fait actuellement traduire ses nombreuses séries. Merci de consulter son site web pour toutes les dernières informations.
www.vivianarend.com/fr

À PROPOS DE L'AUTEUR

Avec plus de 3 millions de livres vendus, Vivian Arend est une auteure de best-sellers figurant aux classements du New York Times et de USA Today. Elle a écrit plus de 70 romances contemporaines et paranormales.

Ses livres sont des romans intégraux qui peuvent se lire indépendamment de toute série et ne se terminent pas sur un suspense. Ce sont des histoires pleines d'humour et d'émotions, avec des moments sensuels et des fins heureuses. Vivian estime avoir le plus beau métier au monde. Elle habite en Colombie-Britannique, au Canada, avec son mari depuis plusieurs années (l'inspiration de chacun de ses héros et un compagnon volontaire pour toutes sortes d'aventures).

NOTES

Chapitre 2

1. NdT : Littéralement : « Je sais ce que je veux pour Noël. »

Chapitre 4

1. NdT : Littéralement « Un Noël de bonbons durs », référence aux sucreries peu coûteuses qui sont les seules que les pauvres puissent s'offrir.
2. NdT : Mouvement chrétien anabaptiste né au xvie siècle, qui subsiste surtout au Canada et aux États-Unis, où des adeptes vivent en autarcie dans des communautés agricoles.

Chapitre 8

1. NdT : Chant de Noël popularisé par Chuck Berry en 1958, repris par de nombreux artistes et utilisé dans de nombreux films et séries comme *Maman j'ai raté l'avion*, *Ally McBeal* ou *Castle*.

Chapitre 10

1. « Que les solitaires connaissent leur valeur. »

Chapitre 11

1. NdT : « Qui ? Quoi ? Où ? Quand ? Comment ? Combien ? Pourquoi ? », sigle désignant une méthode empirique de questionnement.

Chapitre 12

1. NdT : « à la manière des Wright ». Jeu de mots avec *right* qui se prononce à l'identique et signifie « comme il faut ».
2. NdT : Association à but non lucratif, qui construit des logements grâce au travail des bénévoles et le vend sans bénéfice.